AS SOMBRAS DO CRISTAL ENCANTADO

CB067198

J. M. LEE

AS SOMBRAS DO CRISTAL ENCANTADO

Tradução
Regiane Winarski

Ilustrações
Cory Godbey

🜨 Planeta   minotauro

Copyright © J.M.Lee, 2016
Copyright © Editora Planeta do Brasil, 2019
Este livro foi publicado em acordo com a Penguin Young Readers Licenses, um selo da Penguin Young Readers Group, uma divisão da Penguin Random House LLC.
Todos os direitos reservados.
Título original: *Shadows of the Dark Crystal*

Preparação: Luiza Del Monaco
Revisão: Barbara Prince e Laura Vecchioli
Diagramação: Marcela Badolatto
Capa: Adaptado do projeto original de Brian Froud
Ilustrações: Corey Godbey

DADOS INTERNACIONAIS DE CATALOGAÇÃO NA PUBLICAÇÃO (CIP)
ANGÉLICA ILACQUA CRB-8/7057

Lee, J. M. (Joseph M.)
    As sombras do cristal encantado / J. M. Lee ; tradução de Regiane Winarski . -- São Paulo: Planeta, 2019.
    272 p.

ISBN: 978-85-422-1692-9

1. Literatura infantojuvenil 2. Ficção fantástica I. Título II. Winarski, Regiane

19-1294	CDD 028.5

2019
Todos os direitos desta edição reservados à
Editora Planeta do Brasil Ltda.
Rua Bela Cintra, 986, 4º andar – Consolação
São Paulo – SP – 01415-002
www.planetadelivros.com.br
faleconosco@editoraplaneta.com.br

Um fala vam especial para Claire; para Kate e Kathryn; para minha mãe, por me criar como artista e sonhador; para meu pai, por me fazer assistir a um filme assustador de bonecos em uma idade impressionável.
—*J. M. Lee*

CARTA DO EDITOR

Prezado leitor,
O que você tem em mãos agora é o primeiro livro original a se passar no mundo de *O Cristal Encantado*, de Jim Henson.

Quando Jim Henson criou o universo de *O Cristal Encantado*, foi diferente de tudo que o mundo já tinha visto. A mistura de imagens sofisticadas e esperançosas com a história sombria e emotiva tocou uma geração de fãs que ansiava por algo estranho e inesperado. A paixão deles pela mítica Thra e seus fantásticos habitantes nunca passou, tendo sido transmitida para uma nova e crescente legião de fãs adolescentes e adultos.

As sombras do Cristal Encantado nos leva a uma época bem anterior aos eventos do filme, apresentando aos leitores uma jovem Gelfling chamada Naia, que deixa seu lar isolado na esperança de descobrir a verdade sobre o desaparecimento de seu irmão gêmeo, que foi acusado de traição pelos aparentemente benignos Lordes Skeksis. Em pouco tempo, segredos sombrios e sinistros são expostos, quando Naia é tirada de um mundo tranquilo, cheio de esperança e potencial, para ser levada a outro, que foi obscurecido por um mal além da compreensão.

Este é o primeiro título em uma série de quatro livros escritos pelo autor iniciante de fantasia J.M.Lee, com capa do designer original de criaturas de *O Cristal Encantado*, Brian Froud.

Seja você um fã incondicional ou alguém que acabou de descobrir esse mundo, esperamos que ache *As sombras do*

Cristal Encantado uma história agradável, emocionante e, às vezes, engraçada sobre uma jovem se descobrindo em um estranho e impiedoso mundo de fantasia.
Obrigado pela leitura.
Rob Valois, editor executivo, Grosset & Dunlap

No começo, havia silêncio...
e então, a música começou.
O Cristal Encantado: mitos de criação.

CAPÍTULO 1

A visitante apareceu de manhã cedo, antes de o Grande Sol ter chegado ao ápice no céu azul-pálido.

Nas copas frescas das grandes e emaranhadas árvores apenó, Naia observava. Primeiro, ela botou a mão na boleadeira feita de pedra e corda, mas parou quando a visitante hesitou para retirar a capa, pesada por estar coberta de lama e algas. Por baixo do capuz, Naia viu uma mulher Gelfling séria, com cabelo longo e prateado. O que uma Vapra estava fazendo no meio do pântano de Sog? Era peculiar, talvez até suspeito. Naia, no entanto, não sentiu o medo acelerar o coração e afastou a mão da boleadeira. Ao redor, o pântano de Sog se espreguiçava e bocejava ao despertar, o zumbido de insetos voadores e o chilreio de insetos saltadores cricrilando em harmonia com a grande canção do mundo. Enquanto observava a visitante, Naia tirou uma fruta alfen ácida da bolsa na cintura e a mastigou, pensativa.

— Ela deve ter feito uma longa viagem — murmurou Naia.

Seu companheiro, Neech, enrolado nas compridas mechas do cabelo dela, só soltou um gorgolejo baixo em resposta, em seguida escondendo a cabeça nos cachos. Quando a visitante retomou a jornada, Naia equilibrou em uma reentrância no tronco do apenó o caroço liso da fruta alfen, do tamanho de um nó de dedo. Um peteleco rápido fez o caroço voar pelas espirais e curvas da casca de árvore para, em seguida, desaparecer no meio das árvores retorcidas. Em seguida, ela desceu atrás, outro peteleco no caleidoscópio da sombra das copas.

A estranha passou a tarde viajando em direção ao coração do pântano. Uma ou duas vezes, Naia pensou em correr à frente dela para alertar o vilarejo, mas teve medo de perder a visitante na areia movediça ou para qualquer criatura faminta do pântano. Uma alternativa seria se apresentar e oferecer ajuda, mas havia motivo para chamar os estranhos de *estranhos*. Abordar uma forasteira no meio do pântano poderia ser tão perigoso para Naia quanto uma criatura do pântano poderia ser para a Vapra.

O percurso que Naia teria feito em poucas horas sozinha virou uma jornada de um dia inteiro. Quando o céu começou a escurecer, os densos apenós abriram caminho para uma clareira circular, onde as árvores, enormes e antigas, eram cuidadas com adoração por mãos Gelfling. Elas tinham chegado à casa do clã Drenchen. Naia olhou do sistema de caminhos que flutuava no pântano entre os apenós para seu vilarejo acima. Passarelas de treliça e cordas ligavam construções entalhadas nas curvas das árvores àquelas penduradas em pêndulos grossos. Um mundo inteiro suspenso acima do pântano.

Enquanto a visitante, brilhando de suor e hematomas e picadas de insetos, parava para recuperar o fôlego em Glenfoot, Naia correu em direção ao coração do vilarejo. Ela pulou de um galho para a corda mais próxima, se segurando com os dedos dos pés enquanto corria por ela. No centro do vale estreito ficava a Grande Smerth, a árvore mais velha do pântano, na qual a família dela morava havia gerações. Passarelas sinuosas envolviam seu tronco enorme, pontilhado de entradas circulares e janelas decoradas com flores exuberantes e trepadeiras grossas.

Ela deu um salto que cobriu uns seis passos e caiu na sacada com um baque calculado. O pouso sem asas a fez parecer um garoto, mas era inevitável. Ela não tinha mesmo tempo para ser graciosa. Ao empurrar a porta com o ombro, seus passos ecoaram no cerne dourado do salão redondo do lado de dentro. Rostos simpáticos a receberam no caminho, mas ela não tinha tempo de retribuir os cumprimentos agora.

— Mãe!

Neech deu um pequeno gorjeio de alívio e eriçou a pelagem em volta do pescoço quando Naia entrou, sem fôlego, na câmara da família. Sua mãe, coberta de tecidos bordados em turquesa e dourado, estava sentada em um banquinho, enquanto suas duas irmãs mais novas prendiam contas e fios coloridos nos cachos densos. A Maudra Laesid era a imagem perfeita da maudra do clã Drenchen, o rosto gentil e paciente demonstrando sabedoria e as risadas demonstrando a juventude. Os pontos que manchavam sua pele cor de argila refletiam na luz o verde primavera, e suas asas cintilavam como uma bela capa anil e turquesa. Em suas mãos havia um filhote de muski, com metade do tamanho de Neech. O filhote estava se recuperando de um pequeno corte que rompera a pele negra e lustrosa.

— Ah, Naia, boa noite! — disse Laesid. — Você perdeu o almoço, mas acho que chegou a tempo para o jantar.

— Uma forasteira — disse Naia. Ela tirou um pano úmido da bacia perto de onde as irmãs estavam cuidando da mãe e limpou a névoa das bochechas. Suas irmãs a olharam sem entender e ela se deu conta de que não tinha começado do começo. — Hoje de manhã, na minha vigília. Vi uma forasteira entrar no pântano. Ela está aqui agora, em Glenfoot. Parece ser uma Vapra... Uma Prateada, de cabelo e rosto claros. Mãe, você convocou a Maudra-Mor?

— Não — disse Laesid.

Ela não tinha afastado o olhar da enguia bebê que segurava delicadamente na mão, e balançou a outra mão acima, em um gesto lento e circular. Seus dedos brilhavam com uma luz azul suave e concentrada, como se manipulassem água cristalina. Quando a maudra afastou a mão, o corte já havia se fechado e o inchaço diminuído, e a enguia gorjeou em agradecimento antes de voar pela janela.

Eliona, a filha do meio da maudra, se levantou e ergueu as orelhas com uma animação que a mãe não demonstrava.

— Uma forasteira! — exclamou ela. — De Ha'rar? Ela trouxe presentes da Maudra-Mor?

— Se trouxe, estarão cheios de lama agora — comentou Naia com deboche. — Ela veio por baixo. Levou o dia inteiro, mãe! Os Prateados não têm orientação no pântano?

— Não, não há pântanos na costa Vapra — respondeu Laesid sardonicamente. — Você poderia tê-la ajudado, sabe? Isso também teria ajudado você.

Naia apertou os lábios, cruzou os braços e decidiu não responder à leve crítica. Sua mãe sempre parecia ter uma solução melhor na ponta da língua, por mais que Naia tivesse refletido sobre suas decisões. Ser maudra era isso, afinal, e Naia ainda não era maudra.

— O que vamos fazer?

— Se ela tiver realmente sido enviada pela Maudra-Mor, é melhor irmos cumprimentá-la. Quanto antes melhor. Receba-a em Glenfoot. Pemma, chame seu pai, mande-o se juntar a Naia e a nossa visitante. Eu a verei na minha câmara, se ela solicitar.

Quando Pemma, a mais jovem, saiu correndo para chamar o pai, Laesid levou a mão ao chão, pegou a muleta e se apoiou nela para se levantar. Naia secou o rosto com a manga. Estava insegura de ir receber a visitante sozinha e, apesar de ser velha demais para precisar de acompanhante, ficou secretamente feliz de o pai estar lá. Havia algo na chegada da Vapra que provocava uma sensação de embrulhamento em sua barriga.

— Mãe — disse ela com voz baixa. — Isso pode ser sobre Gurjin?

A Maudra Laesid deu de ombros e levantou a mão aberta, sem respostas.

— Nem tudo é sobre seu irmão, minha querida — respondeu ela, mas sua voz pareceu inquieta e o toque desagradável alimentou o nó na barriga de Naia.

— Na última vez que um Prateado veio... — começou ela.

— E nem todo mensageiro da Maudra-Mor está aqui para levar sua família embora — concluiu Laesid. — Agora vá, não deixe nossa visitante esperando. Mostre seu talento com as formalidades. Convide-a para jantar e vamos ver qual é o motivo de tanta agitação.

Naia manteve a boca calada, sem saber como explicar o que sentia de verdade. Quando Gurjin foi jurado em serviço do Castelo do Cristal, Naia ficou cheia de ressentimento e inveja. Embora ela e o irmão tivessem exatamente a mesma idade, o mesmo talento e a mesma vontade, seus destinos eram diferentes. O dele era responder ao chamado enquanto ela permanecia em Sog, para ser aprendiz da mãe. Esse era o dever da filha mais velha, afinal. Sempre fora assim. Naia já tinha aceitado, mas isso não a impedia de ter esperança de que um dia um soldado aparecesse para convocá-la para ir embora do pântano também. Mas sua mãe parecia pensar diferente.

Naia engoliu o orgulho e pegou o Caminho de Pedra: um túnel longo e sinuoso até o pé da Grande Smerth. Enquanto percorria a passagem, ignorou os olhares cautelosos e os sorrisos dos homens e das crianças. Preocupava-se com o que poderiam estar pensando; até as asas de Eliona tinham surgido e ela era um trine mais nova... Naia afastou da mente os pensamentos constrangedores. Era só questão de tempo, sua mãe dissera: *A chegada da maturidade é uma jornada, não um destino.*

O Grande Sol estava havia muito tempo na altura máxima, seu irmão vermelho espiando na borda do céu visível, aquecendo o vale estreito e brilhando nos rostos pensativos dos Drenchens espalhados pelas passarelas e pontes de corda. Acima e ao redor, o povo do clã de Naia sussurrava, rostos cinzentos, verdes e marrons espiando, pelas janelas entalhadas, a viajante exausta que descansava nos nódulos de uma raiz próxima. Naia se aproximou e deu a olhada atenta que não pudera dar mais cedo. Diferentemente dos robustos Drenchens, ela era magra como um graveto, com rosto estreito e bochechas altas e macias. Enquanto as mechas densas de Naia ficavam presas com tranças e cordas pretas e verdes, o cabelo da mulher Gelfling caía reto em tom lilás pálido. Embora tivesse uma testa orgulhosa e lisa e postura de adulta, seria fácil levantá-la com uma das mãos e jogá-la no pântano de onde tinha vindo.

— Olá — disse Naia, ao se aproximar.

A visitante se sobressaltou com a voz, e suas orelhas se viraram em direção a ela como delicadas flores brancas.

— Olá — respondeu ela.

Ela falava com sotaque e elaborou a palavra com mais precisão e brevidade. Apesar do cansaço, ela se levantou e fez uma reverência rápida e formal, segurando o broche entalhado de unaposa que prendia sua capa no pescoço.

— Talvez você possa me ajudar. Sou Tavra, de Ha'rar. Espero poder pedir a inconveniência da hospitalidade de seu clã; se eu pudesse falar com sua maudra...

Naia levou um tempo para perceber que, mesmo não tendo finalizado a frase, Tavra havia terminado de falar, deixando subentendido o resto em vez de dizer em voz alta. Naia passou a língua pelos dentes e assumiu uma postura relaxada, mantendo o queixo erguido em uma pose bem treinada.

— A maudra é minha mãe e sou sua filha mais velha. Pode falar comigo no lugar dela.

Uma expressão de alívio surgiu no rosto de Tavra, embora os olhos ainda observassem Naia como se olhassem para um Nebrie selvagem, questionando se era perigoso ou não. Era isso que os forasteiros achavam dos Drenchens? A expressão e as palavras que Tavra estava prestes a proferir sumiram quando o pai de Naia se juntou a elas. Bellanji era corpulento e pesado, as mechas de sua grande barba trançadas com fios e contas, e trazia uma lança na mão relaxada, como formalidade adequada ao marido da maudra.

— Olá! — disse Bellanji com sua voz alta. — Naia! Achei que tivesse pedido para você limpar o que pegasse antes de trazer para a mesa de jantar! — Ele soltou uma gargalhada alta às custas de Tavra, e Naia sentiu um sorrisinho erguer os cantos da boca.

— Pai, essa é Tavra — apresentou ela. — De Ha'rar.

Bellanji ergueu uma sobrancelha grossa e preta.

— Ha'rar, é? — repetiu ele. — A Maudra-Mor enviou você? Ou talvez você seja uma das filhas dela! Quantas são agora? Não menos do que sessenta e quatro, tenho certeza.

As bochechas de Tavra eram tão pálidas que ficaram rosadas. Ela levantou a mão.

— Sou apenas uma viajante que por acaso traz uma saudação da casa da Maudra-Mor dos Gelflings — disse ela. — Já ouvi falar muito das vistas e... dos odores... do pântano de Sog. Eu tinha esperança de pedir a inconveniência de sua hospitalidade e poder testemunhar em pessoa tudo que vocês têm aqui.

Bellanji esperou, permitindo que a filha tomasse a decisão, apesar de ela ainda não ser maudra. Naia deixou a conversa silenciar, sentindo algo por baixo das palavras de Tavra. Havia muita coisa que a Vapra não estava dizendo. No entanto, até onde o instinto de Naia podia perceber, não era nada que causaria um problema mais perigoso do que o clã Drenchen conseguiria enfrentar. Decidida, ao menos no momento, ela assentiu com firmeza para o pai. O sorriso dele voltou e ele bateu na passarela com a parte de trás da lança antes de sair andando.

— Bem, vamos todos testemunhar algo de qualquer modo, não vamos? — disse ele por cima do ombro. — Naia, encontre um lugar para Tavra de Ha'rar apreciar nossa hospitalidade. Ela pode ficar o tempo que quiser. No jantar de hoje, pode aproveitar as vistas e os odores que tanto desejava!

Embora o pedido de Tavra tivesse sido aceito, a expressão no rosto dela não era de entusiasmo.

CAPÍTULO 2

Naquela noite, Tavra se sentou à esquerda de Naia na cabeceira da mesa do Salão de Banquetes, no meio da Grande Smerth. Depois de um banho e um tempo de descanso, a visitante Gelfling parecia mais nobre do que cansada. Naia imaginou sua hóspede nos salões de pedra branca de Vapra Ha'rar, o lar da Maudra-Mor. De onde estava, Naia tinha uma visão próxima do rosto da mulher e da expressão nervosa que ela tentava esconder enquanto os criados empurravam carrinhos de pratos tradicionais dos Drenchens. Em cada carrinho havia camadas de bandejas cheias de amplas tigelas de madeira e folhas, cheias até a borda de quitutes se retorcendo: besouros de mosto fúcsia e bolinhos de leite fermentado de Nebrie, cogumelos de samambaia alada e o favorito de Naia, peixe-cego capturado no fundo do pântano. Naia pegou suas porções com a mão quando os carrinhos passaram e as empilhou na folha larga a sua frente, enquanto os cantores e músicos tocavam tambor e cantavam na sacada sobre o salão agitado.

— Onde estão... — Tavra começou a falar, olhando por toda a mesa comprida antes de elaborar a pergunta de outra forma. — Vocês usam utensílios para comer?

— Espetos — disse Naia. Ela indicou a tigela de junco com uns dez espetinhos no fim da mesa, perto da única cadeira vazia, lugar habitual de Gurjin. Tavra balançou a cabeça, parecendo mais pálida do que o habitual, quando Naia engoliu um bigode branco agitado de peixe-cego. Depois que alguns carrinhos passaram, a fome finalmente predominou, e ela pegou um prato folhoso que passou, apenas para descobrir que estava cheio de algas peludas que se moviam. No começo, Naia lutou para esconder a graça que estava achando do dilema de Tavra, mas logo sentiu pena pela pobre mulher e empurrou a cadeira para trás.

— Venha, Neech. Vamos procurar algo que nossa hóspede possa pegar.

Neech se mexeu da posição enrolada no pescoço dela, a pele escorregadia deslizando até ele estar equilibrado em seu ombro e esticar as asas membranosas. Soltou um gorjeio baixo e saiu voando para pegar um gafanhoto que tinha pulado longe demais da mesa, mastigando-o preguiçosamente enquanto Naia seguia entre os criados dos carrinhos e o grupo simpático de Gelflings que banqueteavam. Entre mordidas, alguns dos Drenchens batiam na mesa com a música dos tambores, o ritmo tumultuoso ressonando no interior da Grande Smerth como uma pulsação. Todos os tipos de criaturas do pântano ouviam a música e entravam pelas janelas entalhadas, se esgueirando entre os pés das cadeiras e das mesas na esperança de pegar um pedaço delicioso que tivesse caído no chão.

Naia pegou um prato de verduras e um peixe-cego, que cortou cuidadosamente em pedacinhos. Voltou com a comida e colocou-a na frente de Tavra com um copo de leite de Nebrie. Gotas de suor cobriam a testa da Prateada como uma tiara, como se o banquete fosse uma experiência mais estressante do que a viagem até o vale.

— Obrigada — disse ela, embora ainda parecesse prestes a desmaiar. Preocupada com a convidada, Naia forçou um sorriso, buscando deixar a outra Gelfling à vontade. Depois de um tempo, um sorriso mais caloroso surgiu no rosto de Naia. Apesar de estar fazendo aquilo por Tavra, ela achou que o gesto trazia um reconforto inesperado.

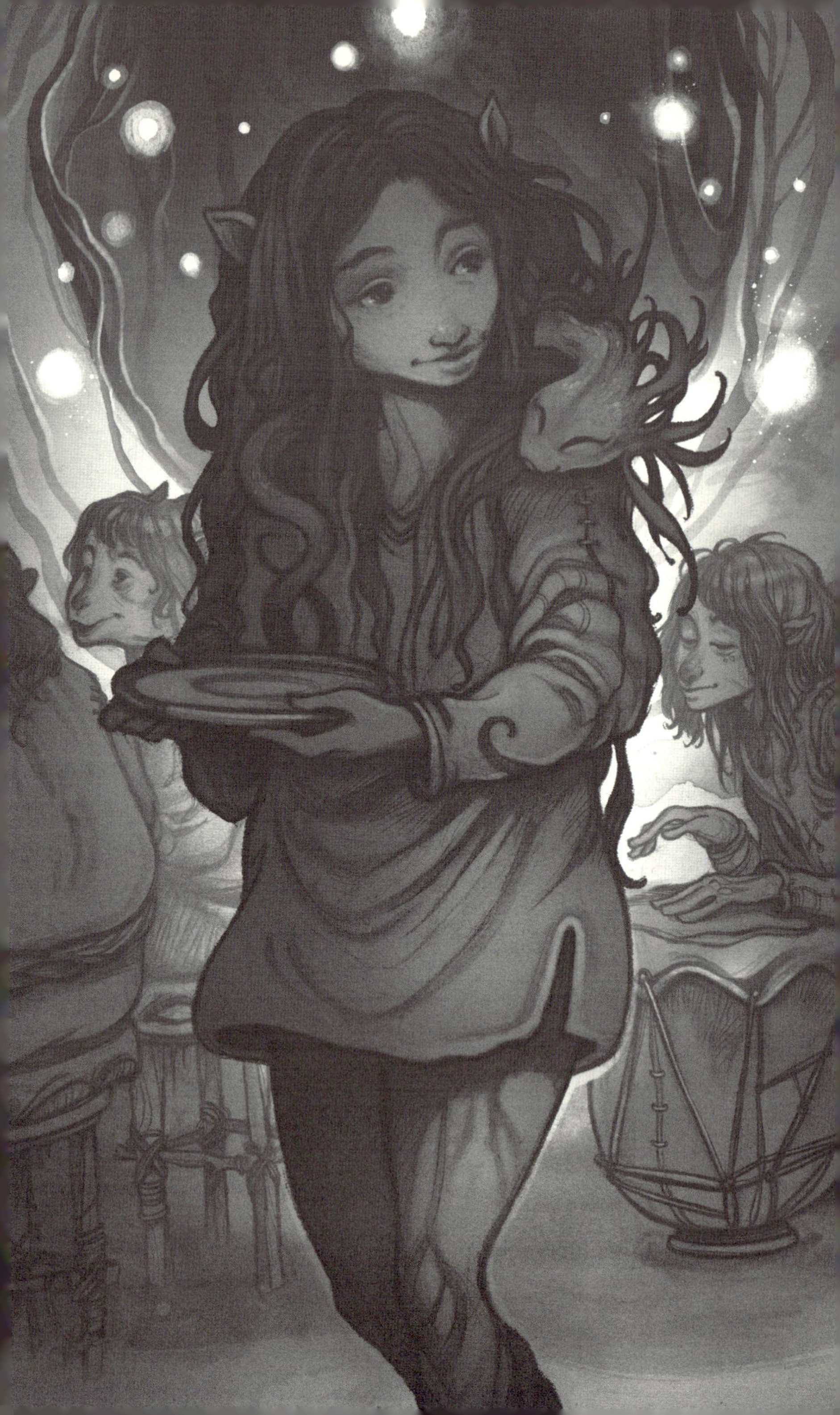

— Desculpe por não termos... utensílios — disse Naia, se sentando de novo. — Nós acreditamos que sentir a comida faz parte da experiência. O cheiro, o gosto, a visão *e* o toque.

Ela mostrou a Tavra como enrolar as verduras e o peixe nas folhas crocantes e a Vapra deu uma mordida. Seus olhos apertados se arregalaram, indo da apreensão para a surpresa. Então, depois de engolir, ela comentou:

— Isso é bem gostoso!

Naia riu e comeu um pedaço da comida dela, enrolando um filete de alga entre os dedos antes de sentir o gosto salgado e verde. Ela viu Tavra comer com crescente entusiasmo e sorriu. No fim da mesa, viu que seus pais as observavam, também sorrindo.

— O que você está achando de Sog, agora que não está com a água dele até a cintura? — perguntou a Maudra Laesid.

— Eu vi muitos lugares nas minhas viagens — respondeu Tavra, depois de limpar a maior parte do prato —, mas diria que este é o mais diferente do lugar de onde venho, perto do mar.

— Posso imaginar — disse Bellanji com uma risadinha.

— Eu nunca vi o mar — disse Naia. — Ha'rar fica perto?

— Sim. Muito. Há uma diferença profunda entre o pântano e o mar. Quando você para perto do pântano, a água e a terra são uma coisa só. No oceano, dá para ficar de pé na terra onde a água começa, e ela segue em direção ao horizonte até onde os olhos alcançam.

Naia tentou imaginar algo assim, mas foi difícil. Em Sog, sempre havia coisas para ver por perto e longe, em todas as direções. Mesmo ao olhar para o céu noturno, havia incontáveis estrelas e três faces brancas e brilhantes das Luas

Irmãs. Imaginar que qualquer coisa pudesse ir mais longe do que ela conseguia ver parecia chato... Ou talvez, percebeu ela com um tremor, *sufocante*.

— Quem é esse no seu pescoço? — perguntou Tavra.

Naia olhou para Neech, que estava enrolado preguiçosamente em seus ombros como um lenço.

— O nome dele é Neech. Os muskis são treinados para caçar; quando você acerta o alvo, não sabe onde ele pode cair, e perder a caça ou a boleadeira é um desperdício. — Ela coçou embaixo do queixo de Neech e ele soltou um ronronado satisfeito. — Ele é só um bebê agora, mas vai crescer conforme ficar mais velho. A enguia da minha mãe era tão grande que quase dava para eu e meu irmão montarmos nela quando éramos menores.

Tavra esticou a mão para fazer carinho em Neech, mas ele eriçou os pelos e as penas perto da cabeça e abriu as asas para parecer maior. Ela puxou a mão de volta e pediu desculpas. Naia o mandou fazer silêncio e abaixou os espinhos dele.

— Seu irmão... — disse Tavra em voz alta, apesar de o ambiente estar tão barulhento que era como se ela estivesse falando consigo mesma. Ela inclinou a cabeça para a cadeira vazia, depois de onde as irmãs de Naia passavam uma tigela de bolinhos entre si. — Gurjin?

Naia assentiu.

— Ele está jurado a serviço do Castelo do Cristal — explicou ela, embora essa menção formasse uma bolha desconfortável de silêncio entre as duas em meio ao batuque e à barulheira e ao banquete. — Dois trines atrás. Ele nos visitava, mas a viagem do castelo até aqui é longa, e acho que com tudo de magnífico e grandioso acontecendo lá, com lordes e tudo, nos visitar no pântano não traz emoção para as guelras dele.

Naia tentou falar do irmão com orgulho, como deve ser, mas a fala saiu seca. Na última visita de Gurjin, ele só falara sobre o castelo e o mundo fora de Sog. Era tudo sobre ele e as comemorações elaboradas e os visitantes de todos os cantos de Thra. Por mais que Naia amasse peixe-cego, Gurjin uma vez dissera que os banquetes dos lordes eram superiores a tudo, até aos dos Drenchens. Ela desejava ver o salão de banquetes que ele descreveu, com o teto alto e abobadado cheio de pedras e metais brilhosos; sentir o gosto dos caldos, dos bolos e dos besouros, empilhados em montes opulentos nas dezenas de mesas cobertas de toalhas de pano. Estaria ele banqueteando em uma naquele instante, enquanto ela ficava em Sog, passando o dia no mesmo pântano de sempre, enfrentando o rigoroso treinamento de maudra de sua mãe? Provavelmente.

— Rivalidade entre irmãos pode ser difícil — disse Tavra. Ela procurava consolá-la depois do tom rígido de Naia, mas sua tentativa apenas fez com que uma explosão saísse da boca da Drenchen. O que a soldado da Maudra-Mor sabia sobre rivalidade?

— Rivalidade, rá! Gurjin e eu temos as mesmas habilidades, os mesmos interesses. Somos até exatamente da mesma idade... Gêmeos! Mas eu sou a filha mais velha, então tenho que me tornar maudra, e ele foi jurado ao castelo. Se não fosse assim, nós dois teríamos ido.

Tavra fechou a boca com um clique audível, prendeu o ar e murmurou um *oh* baixinho, e foi a última coisa que elas falaram sobre o assunto. Naia deixou a dor antiga passar antes de colocá-la completamente de lado.

Alguma coisa bateu nelas por trás. Naia soltou um *uff* e caiu em cima de Tavra, derrubando as duas no chão. Então, ela colocou-se de pé em um pulo e gritou com os dois meninos Drenchens bagunceiros, que correram por cima da mesa, virando pratos e tigelas de vime e os casulos de bebida antes de dispararem pelo salão, morrendo de rir.

— Desculpe! — exclamou Naia.

Ela se inclinou e ofereceu a mão para Tavra, que estava caída de costas, o peito das vestes recentemente limpas agora sujo com a comida que antes estava em seu prato. Tavra pegou sua mão e, quando elas se tocaram, Naia ofegou com as imagens repentinas que surgiram em sua mente: uma linda Gelfling Vapra com um aro cintilante na cabeça, usando vestes prateadas esvoaçantes, o cabelo branco trançado e enrolado em espirais e nós intrincados. O rosto gentil tinha um toque de rigidez; o peso de guiar o povo Gelfling.

Uma voz soou em sua mente. A voz de Mayrin, a Maudra-Mor Gelfling...

Encontre Rian. Encontre Gurjin.

O nome do irmão trouxe de volta lembranças que entraram no elo de sonhos antes que ela pudesse impedi-las: despedir-se de Gurjin no dia em que ele foi embora com os outros soldados. As brigas com a mãe quando ela não teve permissão de ir junto... E o dia em que Naia desistiu e passou a esconder, contrariada, sua raiva. Aceitou, então, seu dever de se tornar maudra e aprender a vliyaya de cura, história e como resolver brigas entre o povo de seu clã.

A voz da Maudra-Mor surgiu de novo nas lembranças de Tavra, desta vez mais rígida e mais dura:

Encontre-os. Encontre qualquer um dos aliados deles...

A ordem se dissolveu no ar quando Naia finalmente puxou a mão de volta, deixando que Tavra caísse de novo no chão. Quando o toque foi rompido, as visões pararam.

— De... desculpe — disse Naia. — Eu não pretendia... Aqui.

Concentrando-se no controle mental, ela esticou a mão de novo. Desta vez, quando Tavra voltou a segurar a palma de sua mão, não houve elo de sonhos, não houve compartilhamento de lembranças. Com as bochechas quentes, Naia ajudou-a a limpar com água a roupa suja. Tavra não falou nada o tempo todo, embora Naia tivesse certeza de que ela estava pensando no que acontecera. O elo de sonhos acidental era uma invasão de privacidade, algo que uma Gelfling da idade de Naia deveria ser capaz de controlar.

— Desculpe — pediu Naia de novo.

— Eu devo me recolher — disse Tavra, em vez de reconhecer o pedido de desculpas. — O dia foi longo para mim e tenho medo de não conseguir manter os olhos abertos por muito tempo.

Naia ficou parada ao lado, retorcendo as mãos, enquanto Tavra fazia os agradecimentos apressados e a saída final. Quando ela partiu, Laesid fez um sinal. Envergonhada, Naia parou ao lado da mãe e esfregou a testa com as costas da mão.

— Essa saída foi apressada — comentou Laesid, fazendo carinho nos cachos de Naia distraidamente. — O que houve?

— Tive um elo de sonhos acidental com ela — murmurou ela, com um pouco de esperança de que suas palavras derretessem antes que sua mãe as ouvisse. Ela afastou com delicadeza as mãos da mãe dos cachos, querendo qualquer coisa naquele momento, menos se sentir criança. — Estou tão constrangida.

— Desde que não haja mal nenhum como resultado, acho que vocês duas vão sobreviver — disse Laesid, cruzando as mãos no colo. Bellanji, que parecia ter ouvido, se inclinou.

— Você viu algo importante? — perguntou ele.

A princípio Naia pensou que ele estava brincando, mas os olhos do pai não estavam sorrindo. Ela já tentava esquecer as lembranças particulares que tinha visto na mente de Tavra, mas quando ele perguntou, as imagens de Gurjin e da linda Maudra-Mor Gelfling voltaram à mente com facilidade, assim como as palavras ameaçadoras:

Encontre-os.

Encontrar quem? Gurjin? Quem era Rian e o que ele tinha a ver com o irmão de Naia? E, ainda mais importante: o que Tavra queria com os dois? Naia contou o que vira e, depois que terminou de falar, Bellanji e Laesid se inclinaram, se olhando e tendo a conversa silenciosa que às vezes eles tinham, do tipo que não exigia nem palavras nem elo de sonhos. Eles assentiram um para o outro, concordando.

— Naia — disse Laesid com voz firme e severa. — Em luz disso, acredito que chegou a hora de esclarecer a desculpa nada satisfatória da nossa hóspede. Termine seu jantar e depois nos encontre no meu quarto. Já passou da hora de termos uma conversa séria com Tavra de Ha'rar.

CAPÍTULO 3

Naia fez o que sua mãe sugeriu, embora apreciar o resto do jantar tenha sido difícil com sua barriga se contraindo em nós de expectativa pelo confronto planejado para mais tarde. Foi um alívio quando os carrinhos pararam de sair da cozinha e o povo do clã foi embora dormir, fazendo seus agradecimentos pós-refeição e as orações com uma batida de mãos na cabeça e uma reverência profunda antes de partirem para suas acomodações, dentro da Grande Smerth e nos apenós ao redor.

Enquanto Eliona agradecia aos músicos e servos da noite, Naia ajudava a tirar a mesa e a empilhar pratos nas cestas de vime penduradas nas varandas perto da cozinha. Quando a chuva noturna chegasse, os pratos seriam lavados e limpos, qualquer resto ou molho levado para o pântano, um lanchinho noturno para as criaturas que viviam lá. Depois que suas tarefas terminaram, Naia subiu pelas passarelas de corda até os galhos mais altos de Smerth, seguiu por um salão retorcido, esquerda e direita, depois entrou no túnel para os aposentos de sua mãe, os mais grandiosos da Grande Smerth, perto do centro da árvore.

Ficava escuro lá dentro, tão dentro da Smerth e tão tarde da noite, mas as paredes redondas da câmara circular eram cobertas de musgo cintilante da caverna, que dava ao aposento um delicado brilho azul-esverdeado. Havia tapeçarias carregadas de contas, penas, escamas e marfim entalhado decorando as paredes, pintadas e tingidas com figuras protetoras e encantamentos. Em alguns lugares, principalmente acima da porta e da caixa de remédios da mãe, havia talismãs de madeira pendurados, entalhados com gravuras feitas muito tempo antes, quando uma gravadora de sonhos foi maudra do clã deles. As palavras eram escuras, como se queimadas, em um tom preto e vermelho que não desbotou com a passagem do tempo. A gravação de sonhos era uma habilidade muito rara, e os talismãs recebiam admiração especial. Acima, um único túnel largo, aberto na madeira, levava ao lado de fora. Quando a Lua Azul, a maior das Irmãs, estava cheia e passava bem acima do túnel, marcava o começo de um novo *unum*.

Recostada em um balanço de rede, a Maudra Laesid se balançava delicadamente com o único pé enquanto o marido enchia e acendia um cachimbo feito de uma única presa oca de Nebrie do pântano. Tavra estava sentada em uma almofada no chão, as costas eretas, as mãos apoiadas formalmente nos joelhos pontudos enquanto ela aguentava o olhar inescapável da sábia Drenchen. Naia andou em silêncio com pés cuidadosos, dando a volta no aposento para se sentar em um banco perto do balanço da mãe. A atmosfera do aposento estava tensa, embora Naia agradecesse por estar ao lado da mãe. Muitas vezes fora vítima daquele olhar, e não invejava Tavra nem um pouco.

— Agora que estamos todos aqui — começou Laesid —, Tavra de Ha'rar. Apesar de termos oferecido nossa lareira e nosso lar para você sem estipular nenhuma condição, parece que agora há mais na sua história do que você falou.

— Peço desculpas, maudra — disse Tavra. — Eu só...

Laesid a interrompeu com um aceno rápido de mão.

— Eu poderia continuar falando e arrancar a verdade de você pouco a pouco, com a fala mansa que a Maudra-Mor e vocês Prateados do norte preferem, mas aqui em Sog, nós Drenchens temos pouco tempo para isso. — A voz de Laesid ficou poderosamente séria. — Conte-nos por que está aqui e, em particular, o que isso tem a ver com meu filho, Gurjin.

Naia esperava que a voz de Tavra ficasse aguda como tinha ficado no banquete, mas a mulher inspirou fundo, com calma, fechou os olhos e expirou antes de enfrentar Laesid com olhar firme e treinado.

— Sou uma soldado enviada pela Maudra-Mor Mayrin — ela afirmou e olhou para Naia, não tanto com acusação, mas com conhecimento. — Sua filha já deve ter lhe contado isso. O elo de sonhos dela é mais forte que o da maioria das pessoas dessa idade.

— Contou, e é mesmo. Mas prefiro água fresca da fonte — disse Laesid. — Qual foi a missão na qual a Maudra-Mor a enviou?

— Embora eu preferisse que isso viesse à tona de uma forma menos constrangedora...

— Seja direta — disse Bellanji. — Fale de uma vez!

Laesid ergueu uma sobrancelha em concordância, e Naia sentiu uma pontada de prazer ao ver Tavra se remexer. A Vapra hesitou e dobrou os dedos na palma da mão, determinada.

— Seu filho e outro guarda do castelo, Rian de Pedra-na-Floresta, foram acusados de traição pelos Lordes Skeksis. O crime deles é espalhar mentiras contra o Castelo do Cristal e Ha'rar. Quando chamados a julgamento, em vez de enfrentar a justiça, eles fugiram. Nenhum dos dois voltou a ser visto. Eu ia contar pela manhã, depois das formalidades. Peço desculpas.

A respiração de Naia entalou no peito, as orelhas ardendo e o olhar se desviando para a mãe. O castelo fora confiado aos Skeksis desde o começo dos tempos e, em troca, eles compartilhavam com os Gelflings a antiga tarefa de protegê-lo. Tudo aquilo era parte da grande Canção de Thra, a harmonia eterna de todas as coisas existindo como deveriam. Sair da melodia só era possível por trevas e corrupção poderosas. Gurjin podia, às vezes, ser arrogante quanto a seu dever, mas o levava a sério; era impossível, Naia queria gritar, que ele traísse os Skeksis, o castelo e o Coração de Thra que residia lá. Naia pressionou a língua com firmeza no céu da boca para se obrigar a ficar quieta e deixar a mãe falar.

— Antes tarde do que nunca — disse Laesid, reconhecendo o pedido de desculpas, mas não exatamente o aceitando. Se ela estivesse sentindo a mesma surpresa defensiva que Naia sentia, estava escondendo bem, reclinada no balanço e batendo com o indicador nos lábios. — Então, você veio até aqui para ver se o traidor Gurjin estava escondido em casa?

Tavra suspirou e baixou o queixo, assentindo com seriedade.

— Sim. Nem os Lordes skekLach e SkekOk o viram, e eles estão fazendo o censo neste último *unum*. Contaram todos os Gelflings ao sul do Rio Negro e não houve sinal… Rian e Gurjin sumiram como neve no verão. Se eu não os encontrar, tenho ordens de levar um parente próximo de cada um deles para ser julgado em seu lugar. Se eles não aparecerem em Ha'rar em um *unum* para assumir responsabilidade por suas ações, haverá notificação pedindo a morte deles.

Morte? Naia olhou para os pais de novo. Os dois pareciam estoicos, e ela fez a mesma cara, mas a notícia era difícil e o prazo mais ainda. Levava quase um *unum* inteiro só para enviar notícias para a Maudra-Mor pelo mensageiro swoothu mais veloz; como eles poderiam encontrar uma pessoa desaparecida e chegar ao julgamento nesse mesmo período?

— Então não é para ser julgado no lugar de Gurjin, é para servir de refém — disse Bellanji. — Fale as coisas como elas são. Em uma volta das Irmãs? Só isso? E o que vai acontecer com o parente se Gurjin não aparecer?

— O parente será mantido como testemunha. Se decidirem incriminar Gurjin no julgamento, a ordem de morte só será antecipada. Se decidirem defendê-lo, a decisão final caberá aos lordes.

— Não vai chegar a isso — declarou Laesid. — Meu filho não é traidor. Quando souber que a Maudra-Mor está mantendo algum familiar dele como refém, vai aparecer para o julgamento e para provar que não cometeu a traição da qual está sendo acusado. Deve haver alguma explicação para o desaparecimento dele.

— Como você pode ter certeza de que ele não é traidor se não fala com ele desde que foi acusado? — perguntou Tavra abertamente, de forma tão direta que quase pareceu uma fala Drenchen. — Há um motivo para que servir ao castelo seja um dever que só se encerre com a morte. Ele muda uma pessoa. Por mais que você proteste, é possível que não reconheça Gurjin como seu próprio filho se tiver a oportunidade de voltar a vê-lo.

— Os interesses de Gurjin são em caçar e cortejar garotas, não em política — disse Bellanji. Ele atravessou o aposento e parou na frente de Tavra, a câmara toda ecoando seus passos pesados e sólidos. — Essas coisas não mudam na vida de uma pessoa, esteja ele jurado ao castelo ou não. Como eu adoraria ver as bochechas rosadas de Sua Prateada Excelência quando ela descobrir que ele não está planejando traição, mas sim que subiu em uma árvore com uma mocinha em algum lugar.

— Eu gostaria que fosse esse o caso — disse Tavra, uma risadinha de desdém escapando de seus lábios.

— Então foi aquele patife Stonewood — insistiu Bellanji. — Eu sempre soube que aqueles insetos da floresta batedores de pedra não prestavam...

— Bellanji — advertiu Laesid, e ele ficou em silêncio, embora seus olhos ainda estivessem ardendo.

— Eu já estive em Pedra-na-Floresta — afirmou Tavra. — Não encontrei nenhum sinal dos dois.

— Bem, procure de novo — respondeu Bellanji. — Tenho certeza de que você vai descobrir que a culpa foi desse Rian, arrastando meu garoto junto em alguma mentira descabida.

Tudo em Tavra enrijeceu de irritação, mas Naia precisava admitir que gostava de ver o pai ficar nervoso. Ela queria ser tão leal a Gurjin quanto seus pais, mas a verdade era que as palavras de Tavra tinham mérito. Era bem possível, embora ela não gostasse de admitir, que a vida dele fora de Sog o tivesse mudado aos poucos. Se ela estivesse no lugar dele, teria esperança de ter mudado... crescido, ao menos um pouco. Sua mãe costumava dizer que o trabalho no castelo podia fazer as asas do garoto crescerem, um dito que sempre gerava protesto de seu único filho. Mas enquanto Naia tinha crescido no treinamento e aceitado as responsabilidades designadas, talvez fosse isso que Gurjin tivesse feito. Não, ela lembrou a si mesma. Era o que Tavra *dizia* que ele fizera. Não havia prova de que Gurjin fosse traidor.

— Se você tem tanta certeza de que ele é inocente, eu o convido a enviar o parente mais próximo dele a Ha'rar comigo — disse Tavra, olhando para Naia pela primeira vez desde o começo da reunião.

— Vou mesmo! — declarou Bellanji. — Se isso encerrar sua investigação do jeito que está, vai valer a viagem!

As bochechas de Tavra ficaram rosadas e ela apertou os lábios. Ela obviamente não estava falando de Bellanji.

— Você é necessário aqui no vale, com certeza — disse ela. — A irmã de Gurjin...

— Ainda está em treinamento. Eu vou com você, Prateada. Vamos ver a certeza que a Corte de Ha'rar tem sobre Gurjin quando um *Drenchen* chegar lá com uma conversa séria. Partiremos amanhã.

Seu pai estava tão determinado que parecia pronto para pegar a lança e partir para o lar da Maudra-Mor Gelfling naquele exato momento. Todos os pelos de seu corpo tremiam de indignação. Mas Laesid não o impediu. Pelo menos, ainda não. Ela continuava batendo com os dedos nos lábios, mergulhada em pensamentos enquanto analisava o rosto de Tavra. Naia precisava admitir, a soldado de cabelo prateado de Ha'rar não tinha um pingo de dúvida nos olhos. Sendo ou não verdade, ela acreditava no que alegava. Nem a falação de Bellanji faria com que ela se abalasse.

— Sim, de fato — disse Laesid por fim. — Sim. Bellanji, de manhã você vai para Ha'rar se encontrar com a Maudra-Mor em pessoa. Vamos resolver isso de forma civilizada... sem necessidade de se esgueirar por aí nem de enviar visitantes misteriosos para investigar na calada da noite.

Quando Tavra abriu a boca para protestar de novo, Laesid continuou:

— Naia, você vai com seu pai.

Naia se empertigou, as mãos segurando os joelhos, o coração disparado de surpresa e empolgação.

— Vou?

— Está na hora de você sair de Sog e este vai ser um bom momento para isso. Você vai com seu pai para ver como fazem as coisas em Ha'rar. — A voz de Laesid ficou um pouco mais baixa, quase como se ela estivesse falando sozinha. — Tem uma urtiga com espinhos crescendo. Entre o castelo e os Skeksis, emaranhada com a Maudra-Mor e a raça Gelfling. Quando ficar mais denso, nós, nas partes mais distantes da Terra Skarith, teremos que nos familiarizar mais com aqueles que nos governam.

Bellanji soltou um anel de fumaça e largou o cachimbo com um barulho alto.

— Ótimo — disse ele. — Uma palavra final. Naia, vamos partir quando o Grande Sol nascer. Vou para a cama.

Ele bateu no peito uma vez com o punho e soltou um grande arroto. O odor se espalhou pela sala e Tavra franziu o nariz quando ele saiu, voltando a atenção para Laesid.

— Maudra, vou acompanhar sua filha e seu marido a Ha'rar.

— Com a bênção de Aughra, sei que vai — respondeu Laesid, uma sobrancelha arqueada em dúvida para deixar claro onde sua confiança estava. — Ao menos será um jeito de tirar você da minha frente. Vá para a cama e descanse bem. Vocês partem de manhã e com vocês vão todas as palavras contra meu filho. Entendeu?

— Posso ficar de boca fechada, mas a verdade arrebanha cantores onde quer que vá — disse Tavra. Ela se levantou. — Ainda assim, agradeço por sua leniência. Vou me esforçar para acompanhar seu marido até a Maudra-Mor, para que ele possa fazer sua defesa no julgamento de Gurjin, se for isso que você deseja. Mas não garanto a eficiência.

Naia fechou os punhos pela irreverência na voz da Vapra, mas se controlou, como fez durante toda a reunião. Não era bom, mas ela sabia que era o jeito adulto e aguentou.

Laesid deu de ombros e balançou a mão, sem se deixar afetar pelo tom arrogante da Vapra.

— Não preciso de nenhuma garantia sua, Tavra de Ha'rar, exceto uma: de que você vai sair do meu pântano assim que houver luz suficiente para mostrar o caminho.

CAPÍTULO 4

Naia acordou cedo. Depois de lavar o rosto com água fresca da bacia em frente à janela, ela vestiu uma túnica leve e prendeu duas boleadeiras no cinto. Finalmente, abriu uma bolsinha de couro artificial que ficava em sua única prateleira entalhada. Foi presente de Gurjin, uma coisa que ele levou para ela na primeira vez que voltou em casa, depois do compromisso no Castelo do Cristal: uma pequena adaga com lâmina de metal de verdade. No valioso cabo havia uma pedra de rio polida, preta como a noite e tão brilhante que dava para ver seu reflexo nela. Metais eram difíceis de se obter em Sog, embora Gurjin tivesse contado para ela sobre os muitos ornamentos e aparatos brilhantes que decoravam o castelo. Foi a única coisa que ele levou para Naia, além de todas as histórias que a enchiam de desejo de sair por aí. E para que ela a usaria? Caçar no pântano era uma atividade feita a distância, na qual facas não tinham utilidade. Mas Naia a guardou mesmo assim, como lembrança do irmão e de suas responsabilidades compartilhadas, ainda que separadas.

Ela tentou não deixar a amargura atrapalhar suas lembranças. Eles ainda veriam o que tinha acontecido com ele e, até onde ela sabia, ele podia estar em perigo. Ela só podia torcer para ele não ter desperdiçado a liberdade que ela não tivera a chance de ganhar. Repetindo isso para si mesma, Naia guardou a adaga no cinto.

Então, ela ajeitou as penas de Neech e se despediu em silêncio do quarto, antes de sair pela janela e pular pelas cordas até a beirada do vale. Lá, ela esperou seu pai e Tavra com tremores ansiosos e animados no estômago. Ela ficaria perante a Maudra-Mor de Ha'rar enquanto o pai se pronunciava? Eles encontrariam Gurjin no caminho e teriam a chance de provar que Tavra estava errada antes de chegarem à casa da Maudra-Mor Gelfling?

Ela veria o mar amplo e infinito?

Parecia que Tavra não havia dormido muito. Tinha sombras fundas embaixo de seus olhos quando ela apareceu, suas orelhas estavam caídas de lado e o cabelo estava amarrado em uma trança frouxa e prática, que estava se soltando por causa da umidade do pântano. Ela tirara boa parte das capas e panos que tinha usado na caminhada de chegada e, agora, só vestia uma túnica bordada com contas de vidro, com costas abertas para que as asas prateadas e finas tivessem espaço para se mover. No quadril havia uma espada curta e fina embainhada. Bellanji, atrás de Tavra, estava com traje de viagem: uma armadura leve feita de couro curtido de Nebrie e pedaços de casca de apenó endurecidos pelo sol. Ele levava uma bolsa de viagem pendurada nos ombros e a lança de caça na mão. Com apenas uma série de acenos eles partiram, silenciosos na manhã que despertava, deixando para trás o Vale dos Drenchens e a Grande Smerth.

Naia seguiu o pai para cima e eles mostraram a Tavra como subir no labirinto de galhos de apenó, garantindo que a viagem para fora de Sog não fosse tão cansativa quanto a de chegada. Quando chegaram às copas, eles aceleraram o passo sem hesitar. Usando a lança para pular de um apenó para outro, Bellanji, apesar do volume do corpo, era rápido e poderoso, e Naia tinha que ficar alerta e atenta para acompanhar o ritmo dele. Era extasiante sentir o vento na pele, e o desafio de acompanhar o pai, ou, ao menos, de não ficar para trás, levou seu coração a bater em um ritmo firme e rápido que se sincronizava com a música do pântano. Assim, eles foram da manhã até o fim da tarde, seguindo rapidamente para o norte. Naia assentiu em despedidas silenciosas para cada apenó pelo qual passava, ainda sem acreditar que, no fim da viagem de um dia, ela enfim sairia no pântano que fora seu lar constante desde que ela nasceu.

Para sua surpresa, Tavra os acompanhou. Sem o peso da capa e livre do atoleiro que sugara suas botas por quilômetros, a Prateada era ágil como um inseto do pântano. Naia só podia imaginar o quanto ela seria rápida em um campo aberto ou talvez acima de um Pernalta de pernas longas. As asas de Tavra ficavam dobradas nas costas até o momento certo... e *whissssh!* Esticavam-se, aproveitando a atmosfera para lançá-la no ar, onde ela pairava, subindo e pousando em outro galho e retomando o ritmo a pé.

Quando as árvores estavam rareando perto do limite do pântano, Tavra deu um salto particularmente impressionante, voando alto no ar e seguindo por uma boa distância sem pousar. A clareira nas copas deixava o sol entrar e os raios bateram nas asas da Prateada, iluminando-as com um brilho e um cintilar prateado. Distraída pela visão, Naia inchou de inveja e quase errou o passo quando a terra tremeu de repente. Com o gemido ecoante, os apenós ao redor tentaram se contrair; as árvores mais novas conseguiram se encolher com sucesso, enquanto as mais antigas, cobertas de séculos de casca dura, só tremeram, estalaram e se sacudiram. Naia se segurou com força na casca, enfiando as unhas e prendendo o ar, sabendo que, se fosse jogada do galho, não teria como desacelerar a queda.

Ela ouviu gritos quando o tremor passou. Eles tinham chegado ao Passo Alto, a grande divisão de apenós que marcava a fronteira entre o território Drenchen e o pântano externo que acabaria se transformando na pradaria que havia depois. Assim que conseguiu agir sem medo de perder o equilíbrio, Naia ficou de pé e procurou seu pai e Tavra. Ambos foram derrubados e estavam quase no pântano... mas estavam bem.

Bem até uma forma monstruosa pular das profundezas lamacentas.

Naia apertou as mãos nos ouvidos por causa de um rugido ensurdecedor enquanto lama e gosma do pântano voavam em todas as direções, o lodo escorrendo como uma avalanche do monstro que tinha surgido. Parecia um Nebrie do pântano, redondo, com presas e olhos pretos e brilhosos dos dois lados da cabeça bulbosa. Mas aquela criatura, dez vezes maior e preta como a noite, ficou de pé acima da copa das árvores com as barbatanas abertas como asas enormes e grossas. Os olhos estalavam com uma luz violeta e o pântano ao redor encolheu. Até Naia sentiu a energia que emanava dele. Confusão. Medo. *Raiva*.

Quando ela puxou uma boleadeira, o monstruoso Nebrie pulou para cima de seu pai e de Tavra. Apesar de os dois terem saltado para longe, o volume do monstro quebrou os galhos dos apenós como se fossem gravetos. O Nebrie caiu no pântano com um estrondo trovejante e Tavra pousou em uma raiz próxima, puxando a espada. Bellanji se preparou, firmando os calcanhares e segurando a lança com ponta de pedra em direção ao olho mais próximo do monstro. O Nebrie gritou, se ergueu e exibiu as presas, cada uma facilmente com o dobro do tamanho do pai de Naia. Bellanji enrijeceu as costas e seguiu o animal com a ponta da lança.

— O que o deixou com tanta raiva, Nebrie? — gritou ele.

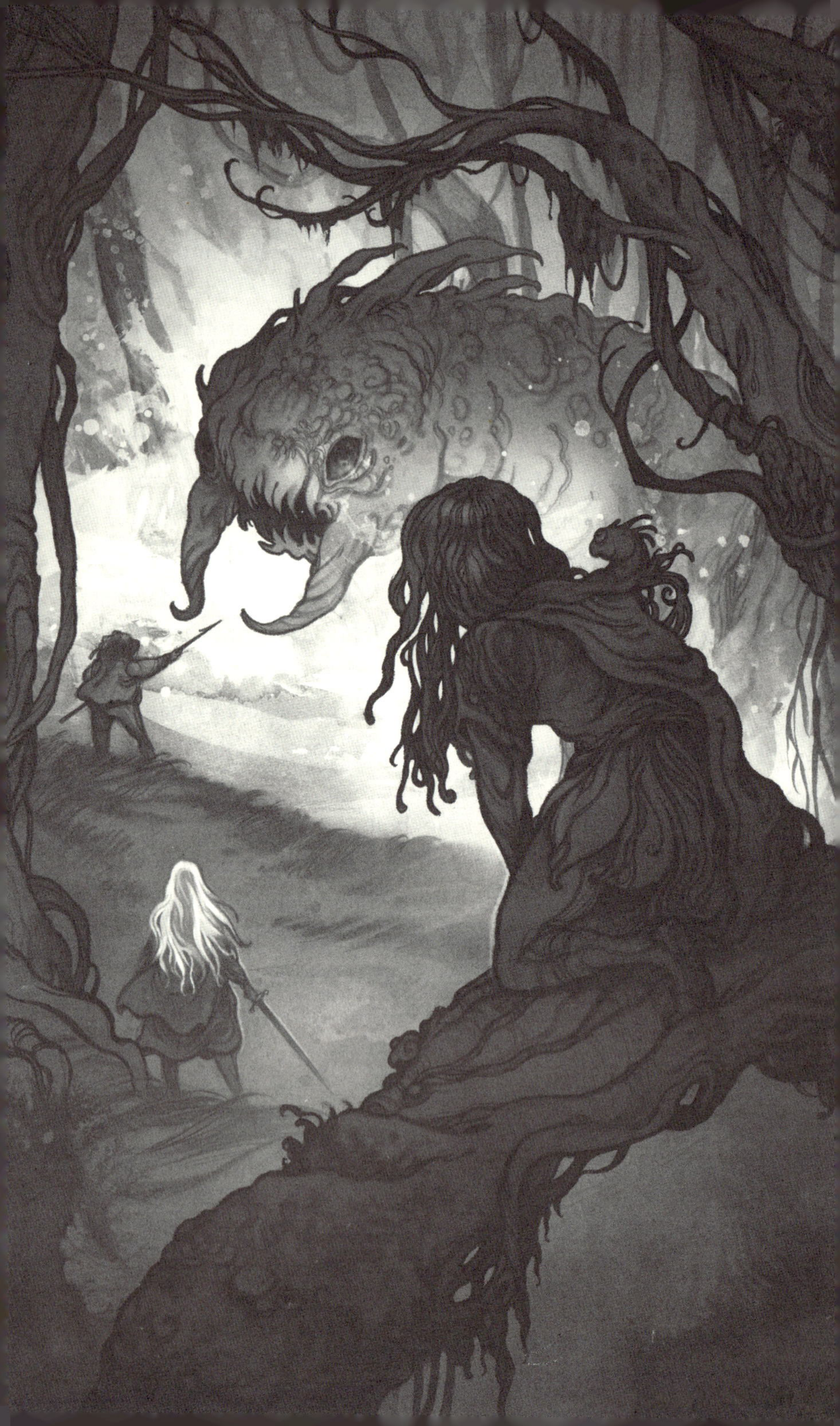

— Ele vai atacar! — avisou Tavra.

Ela olhou para cima e cortou o ar com a mão, sinalizando para Naia correr, mas a Drenchen fechou a mão no cabo de corda da boleadeira, as pernas imóveis de medo e pânico, não por si, mas pelo pai. O Nebrie empinou, se preparando para atacar de novo. Se fizesse isso, mesmo Bellanji sendo rápido, não havia como ele escapar do volume enorme do corpo da criatura. Sem pensar, Naia balançou os contrapesos da boleadeira e a soltou, acertando o Nebrie em um dos olhos globulares. A arma de cordas e pedras quicou inofensiva, mas foi o suficiente para atrair a atenção da criatura.

— Naia, não! — gritou Tavra. — Você só vai deixá-lo mais irritado! Saia daqui!

— E deixar que ele mate meu pai? Não mesmo!

Naia se levantou e correu pelo galho onde estava. O Nebrie selvagem afastou a atenção de Bellanji e correu em direção a ela.

— Aqui! — gritou ela. — Vem, grandão!

— Naia, tome cuidado — avisou o pai, enquanto recuava se afastando da sombra do Nebrie.

No local alto onde estava, Naia duvidava que o animal a alcançasse. Se ela conseguisse levá-lo para longe de Tavra e de seu pai, eles poderiam voltar para a segurança da copa das árvores e fugir. Ela deixou a segunda boleadeira frouxa na mão e acertou a cara do monstro, que soltou um grito agudo. O animal se empertigou, mais do que ela achava possível, grudando nela olhos vazios que faiscavam com um estalo de luz violeta cruel. Tavra também viu e perguntou, com voz trêmula:

— Qual é o problema dos olhos dele?

Naia olhou nas órbitas fundas da criatura, sentindo dor e só vendo preto e brilhos violeta, como se o Nebrie tivesse visto algo tão luminoso e terrível que a imagem tivesse queimado todo o resto da mente dele.

— Naia, sai da frente!

O aviso do pai veio tarde demais. O Nebrie virou a cabeça para a árvore onde Naia estava, e o impacto de suas presas a fez rachar, batendo nela como uma pedra pelo pântano. Mesmo velha e firme, a árvore se partiu com um *crack* ensurdecedor que fez centenas de pássaros voarem para o céu. Quando a parte de cima da árvore se inclinou, Naia procurou apoio, correndo pelos galhos em direção à árvore ao lado. Em meio aos galhos emaranhados e à vegetação do pântano, a queda da árvore ficou mais lenta, mas não o suficiente. Quando Naia chegou ao fim do galho, ela soube que não alcançaria a árvore seguinte. Mesmo assim, pulou, por não ver outra opção. As folhas do galho em frente roçaram em seus dedos, mas ela caiu rápido na sombra do Nebrie escuro.

O choque de sua queda no lago lamacento a imobilizou quando ela começou a afundar. Como outros do clã, ela não tinha medo de se afogar. As brânquias na lateral do pescoço se abriram e ela respirou na água. Afundou mais até suas costas tocarem na lama do fundo do pântano. Neech, que estava escondido em seus cachos, nadou em volta, cuspindo bolhas de preocupação. Na água escura, ela viu a sombra do Nebrie e flashes de luz. A água abafava todos os sons, menos o grunhido do Nebrie meio submerso. Ela só podia torcer para seu pai e Tavra sobreviverem.

Seus dedos começaram a formigar, e depois do que pareceu uma eternidade, Naia recuperou os sentidos. Ela enfiou os dedos na lama abaixo, se apoiou para se levantar e, então, parou. Havia algo duro sob os dedos de seus pés. Ela se virou e olhou, puxando a lama e o lodo. Embaixo do cinza e preto havia um raio de luz, um cintilar violeta. Ela limpou o local e viu uma veia cristalina na pedra. Embora fosse da largura de uma linha, ela apertou os olhos por instinto, como se seu corpo soubesse que, por mais distante que estivesse, a fonte era tão intensa que poderia cegá-la.

O caos acima parecia distante. Longe. Só quando um *splash* alto soou acima foi que ela percebeu que tinha perdido a noção do tempo e olhou para cima. Havia um corpo descendo em sua direção, com sangue deixando vermelha a água em volta. Naia foi tomada por pânico e esqueceu o cristal. Firmou os pés no chão do lago e se impulsionou para cima. Seu pai estava afundando, sangrando de um ferimento enorme na lateral do corpo.

Ela o pegou e desacelerou sua descida. Ele ainda estava consciente, mas por pouco, a lança bem segura na mão. Naia bateu os pés, puxando o peso do pai até eles emergirem na superfície do lago. Tavra apareceu e tentou ajudar a botar Bellanji no musgo úmido que cobria as raízes de apenós, mas um dos braços dela estava caído inerte junto ao corpo e sua túnica estava manchada de sangue vermelho. Elas puxaram Bellanji parcialmente da água e pararam para respirar. Havia lágrimas misturadas com água do pântano e pedaços verdes de algas e lodo nas bochechas de Naia. Tudo estava silencioso e, por um momento, ela pensou que o Nebrie tinha ido embora, mas Tavra sussurrou:

— Naia. Fuja.

Sua mente ficou lúcida e Naia percebeu a sombra pesada sobre elas. O Nebrie estava acima, ainda tremendo e grunhindo de fúria, tão perto que ela conseguia ver os pelos na pele manchada e grossa. Quando ele a viu, espuma voou do focinho e das presas. Ela não teria como escapar carregando o peso do pai. As palavras de Tavra ecoaram em sua mente, mas ela não conseguia fugir. Seus pés estavam inúteis, imóveis como pedras.

O Nebrie soltou um grito ensurdecedor, e em vez de medo, por um instante, Naia sentiu a agonia no grito da criatura, que ressoou de forma tão profunda que ela ficou com lágrimas nos olhos. O Nebrie estava com dor e ela a sentia tão intensamente como se fosse sua. Estimulados pela sensação, seus pés se moveram por vontade própria, mas não a tiraram da sombra monstruosa.

— Naia, não! — sussurrou Tavra.

Ela tentou puxar Naia de volta com a mão boa, mas não a alcançou. Naia se aproximou do Nebrie para tocá-lo. Baixou a voz e esticou a mão, passando-a na pele dele. O Nebrie não se moveu, ainda encarando o céu com olhos cegos. O grunhido baixo e constante emanando da barriga parecia vir de trás do Nebrie, como se o próprio pântano estivesse se contorcendo de dor.

— Por favor — disse ela para ele. Naia não sabia o que mais fazer. Encheu suas palavras de honestidade, desejando, esperando, rezando para atingir o Nebrie. — Por favor, não sei o que o incomoda. Não queremos lhe fazer mal...

Ao ouvir a voz dela, o Nebrie levou um susto, presas e dentes à mostra, revirando a cabeça. Tavra falou um palavrão e tentou puxar Bellanji, depois de ter desistido de convencer Naia a fugir. Naia não se importou e concentrou toda sua atenção no Nebrie. De onde ele viera? O que tinha visto que o mudara tanto? Uma visão surgiu na mente dela, da veia de cristal no pântano e sua escuridão terrível. De formas escuras. De medo. O medo a cobriu como uma noite sem luar, envolvendo-a, mas ela não podia se dar ao luxo de se perder nele. Pensou no pai, na mãe, nas irmãs e em Gurjin, onde quer que estivesse.

O Nebrie soltou um grito agudo e sofrido e tremeu, assustando Naia e fazendo-a dar um passo para trás. Ela manteve as mãos na lateral do corpo e ficou olhando. Com o canto do olho, viu que Tavra também estava olhando, tendo desistido de fugir. Se o Nebrie atacasse, seria o fim delas... mas ele não se mexeu, não emitiu mais sons. O pântano inteiro estava em silêncio, exceto pelo gotejar de água e por um gemido baixo e trovejante. O grito foi tão infeliz e sofrido que deixou Naia com lágrimas nos olhos. O Nebrie tremeu da barbatana até o focinho e caiu em uma onda de nadadeiras, bigode e pele. Soltou um suspiro, mas o som foi irregular, grave e oco.

Tudo ficou em silêncio. O Nebrie estava morto.

CAPÍTULO 5

Tavra ajudou Naia a puxar o pai até uma cama de algas e musgo. Fora da água, Naia viu que o ferimento, embora fundo, não era tão grave quanto parecera na água, cercado de nuvens e nuvens de sangue. Tavra deu um suspiro e caiu de joelhos, segurando o braço. Os ferimentos dela incluíam um ombro deslocado e pedaços finos de madeira enfiados no braço e em partes do tronco. Ela devia ter colidido com um dos muitos galhos estilhaçados ou troncos de árvores que cobriam o Passo Alto. Uma de suas asas parecia esmagada, mas pelo menos estava inteira. Caído entre dois apenós ali perto, o Nebrie não passava de um monte de carne cinza e preta. Uma nadadeira estava esticada inerte no ar e em pouco tempo passaria a ser poleiro e alimento dos animais do pântano.

— Pai — sussurrou Naia. — Pai, você está bem?

— Ah, silêncio — grunhiu Bellanji, se sentando e apertando a mão na lateral do corpo. — Claro que estou.

Naia revirou nas bolsas de viagem penduradas no cinto dele, procurando ervas curativas. Ela arrancou um pedaço de pano da túnica e pressionou o ferimento. Tavra encontrou a lança dele e a colocou perto, para o caso de haver problemas. Depois, observou as copas das árvores para ver se havia algum perigo. Todas as criaturas tinham fugido, com medo da fera monstruosa que o Nebrie se tornara.

Naia fez pressão no ferimento do pai, fechando os olhos e projetando com o coração, como a mãe tinha lhe ensinado. Era difícil se concentrar. Todas as terminações nervosas estavam alertas em busca de novos perigos. Ela olhou com atenção para o ferimento do pai e mandou o sangramento parar. Em resposta a seu esforço, o musgo embaixo deles se agitou e cresceu. Uma luz azul brilhou nas pontas dos dedos dela e na pele do pai. Depois de um momento, o sangramento diminuiu, embora ele ainda não estivesse em condições de se levantar.

— Incrível — disse Tavra baixinho. — As canções de cura da Maudra Drenchen são verdade, pelo que vejo.

— Se ela estivesse aqui, seria bem melhor — respondeu Naia, com a garganta apertada. Ela tentou afastar a culpa que sentia por não poder fazer mais. — Comecei agora a aprender a vliyaya com ela.

Bellanji tossiu, se engasgou e se sentou. Embora fosse mais exibição, ele estava recuperando a cor, e Naia sentiu um pouco de alívio.

— Não fique tão preocupada, pequena saltadora — disse seu pai. — Você se saiu bem. Eu me preocuparia mais com nossa amiga Prateada.

Tavra estava trabalhando para fazer uma tipoia com a manga da túnica, a asa ferida pendurada no ombro. Naia não sabia se deveria tentar curar a asa da Vapra nem como perguntar se isso era algo que ela queria. Antes que ela pudesse tocar no assunto, Tavra esticou a mão para trás e, com um movimento rápido e um chiado de dor, botou a asa no lugar. Ela não voaria tão cedo, mas o ferimento cicatrizaria. Ela fez uma careta quando se aproximou deles, mas guardou qualquer reclamação para si.

— A cura de Naia é forte, mas seu ferimento ainda está muito ruim — disse ela para Bellanji de forma direta, a frieza quase certamente mascarando a dor. Ou, talvez, ela estivesse tentando esconder a preocupação, pelo bem de Naia.

— Ele precisa voltar para o vale e depressa. Vamos ter que adiar a viagem para Ha'rar.

— Se sua mãe pode perder a perna, eu posso ser arranhado por um simples Nebrie — disse ele e, para dar ênfase, tossiu com força: — Rá!

Naia ficou mais aliviada ao ouvir o humor dele, mas isso não superou a apreensão que ela sentia na barriga. O comportamento do Nebrie não foi natural, nem um pouco. E se houvesse mais? Se um deles chegasse ao vale, toda a tribo dela estaria em perigo.

— Aquilo não era um simples Nebrie — afirmou Naia. — Estava doente, acho, ou possuído... vi algo no fundo, embaixo do lodo. Parecia um cristal da mesma cor da luz nos olhos do Nebrie. Se estiverem conectados, pode não ser só esse Nebrie. Pode haver mais criaturas afetadas.

Ela quase esperava que o pai fizesse outra piada ou risse, mas o humor na voz dele tinha sumido. Apesar da cura dela, o ferimento na lateral de seu corpo estava cobrando um preço enquanto ele olhava solenemente para o Nebrie morto. Com um grunhido de esforço, ele se apoiou na lança e se levantou. Não pareceu o melhor plano, mas, por outro lado, eles não podiam ficar esperando que ele se curasse. Tavra estava certa. Eles precisavam voltar para Smerth, onde os fazedores de remédios poderiam cuidar dos ferimentos e a Maudra Laesid poderia exercitar sua vliyaya de cura mais experiente. Naia era a única que não sofrera nada além de algumas batidas e hematomas.

— Tavra de Ha'rar — invocou Bellanji, olhando para a Gelfling de cabelo prateado. — O que você acha disso? Há alguma coisa que deveríamos saber? Talvez algo mais que você não tenha nos contado?

— Nada — respondeu Tavra. Daquela vez, sua voz soou firme e suas bochechas não ficaram coradas de forma incriminadora. Ela estava falando a verdade. — Mas se o que Naia está dizendo for verdade, que ela viu uma luz de cristal embaixo da terra... não foi uma mera doença que levou aquele Nebrie à fúria. As veias que pulsam do Coração de Thra chegam aos alcances mais distantes. Há algo errado.

Naia não sabia exatamente o que Tavra queria dizer, mas concordava que havia algo errado. Se alguma coisa tivesse feito mal a Thra, danificado, colocado veneno em suas veias, o Nebrie também teria sido envenenado? Bellanji se levantou de novo, os cachos da barba tremendo com as gotas de água do pântano. Ele mexeu os ombros para soltar a bolsa de viagem, que era à prova d'água, como todos os acessórios Drenchens, e a botou nos ombros de Naia. De repente, ela se deu conta do que ele lhe pediria. Tavra também reparou e esticou a mão como se quisesse impedir.

— Você não pode estar pensando em enviá-la a Ha'rar sozinha — exclamou a Vapra. — Ela é pouco mais que uma criança!

Naia se ressentiu da sugestão; ela conseguia se cuidar muito bem e era mais do que uma criança, mesmo que suas asas ainda não tivessem florescido. Mas havia coisas mais importantes a resolver no momento do que discutir com a Vapra. Ela pegou a bolsa do pai, mas só porque não estava ferida e a aguentaria com mais facilidade do que qualquer um dos dois adultos.

— Pai, não — disse ela. — Vou ajudá-lo a voltar ao vale. Quando vocês dois estiverem curados, podemos ir a Ha'rar juntos. A Maudra-Mor vai ter que esperar.

Ela tentou tirar o braço dele do ombro e se voltar para a Grande Smerth, mas Bellanji não a soltou.

— A Maudra-Mor não pode esperar para receber essa notícia — disse ele. E indicou Tavra com o queixo. — Você, dentre todo mundo, deveria saber disso. Se Naia viu brilhos do Cristal e sentiu que alguma coisa estava errada... Nós todos vimos aquele Nebrie, sentimos como ele estava desarmonizado com Thra! E agora está morto e nós estamos feridos. Pode ser *unum* antes de eu poder viajar, e temo que até lá...

Ninguém queria ouvir o fim das palavras de Bellanji, e ele nem se deu ao trabalho de falar. Naia olhou para o que restara do Nebrie. Ela esperava que aquilo não fosse um mau presságio, mas sua mãe tinha lhe ensinado que todas as coisas estavam interligadas.

Tavra tremeu e fez uma careta.

— Vou me curar mais rápido. Com a ajuda dos Pernaltas dos Spriton, posso chegar a Ha'rar rapidamente e levar a notícia do que Naia viu.

Outros pensamentos estavam surgindo por trás dos olhos da Vapra, embora não fossem formulados em palavras ou não passassem da careta constituída apenas por um aperto dos lábios finos e rosados.

— E se você for sozinha, quem vai representar Gurjin? — perguntou Naia.

Tavra bufou.

— Se receber a notícia de que seu pai ficou ferido tentando defender a honra dele perante a Maudra-Mor, talvez ele tenha coragem e se apresente para se defender.

Naia inspirou fundo pelo nariz e mordeu o lábio para controlar a raiva. Tavra a encarou por um momento, antes de se virar em direção à copa das árvores para começar a viagem de volta ao vale.

— Venha, então — disse a Vapra. — Não temos muito tempo com os ferimentos de Bellanji. Vamos ter que voltar depressa à noite. Naia, ajude seu pai...

— Não.

A palavra soou clara no pântano em processo de despertar, recuperando-se lentamente do lamento do Nebrie. Tavra se virou, a asa boa tremendo de irritação. Bellanji mudou de posição e não falou nada; aquilo era entre Naia e a soldado Vapra.

— Como? — disse Tavra.

Naia deu um passo à frente, determinada. Fechou bem as mãos para impedi-las de tremer e forçou a voz a ficar calma e controlada, sem, no entanto, dar espaço para negociação.

— Não — repetiu. — Você vai ajudar meu pai a voltar ao vale. Eu vou para Ha'rar. Vou ver a Maudra-Mor e representar os Drenchens e meu irmão.

Tavra botou a mão ilesa na cintura e avaliou Naia com o olhar experiente de soldado. Primeiro, Naia achou que a Prateada pudesse apenas rir dela. Mas ela ficou firme, recusando-se a deixar sua determinação virar piada. Um dia ela seria a Maudra Drenchen. Aquela não era hora de ser tratada como criança, principalmente com a honra de Gurjin em risco e se ela confiava em seus instintos sobre a veia de cristal.

A avaliação de Tavra terminou e ela soltou um suspiro.

— Muito bem — disse ela. — Mas garanto que não vai ser fácil.

Naia resistiu à vontade de sorrir. No entanto, a euforia vitoriosa durou pouco, logo sendo substituída por um nó de preocupação. Pela segurança do pai e pela viagem que ela tinha se voluntariado para fazer... sozinha. Mas ela se recusou a demonstrar a hesitação e se acalmou, apertando as alças da bolsa do pai. Tavra ergueu a sobrancelha, mas entrou embaixo do braço de Bellanji para ajudar a sustentar o peso dele. O pai de Naia aceitou a ajuda, embora o sorriso no rosto dele não fosse de gratidão, e sim de orgulho.

Quando Bellanji estava estável, Tavra esticou a mão. Naia olhou com desconfiança e a Vapra deu um suspiro e abriu um sorriso raro.

— Você nunca saiu de Sog antes, não é? Vou mostrar o caminho.

Desta vez o elo de sonhos foi intencional e vívido, bem mais intenso do que quando aconteceu por acidente durante o banquete. Naia viu a parte norte do pântano terminar em um cume longo da floresta. Depois disso havia uma pradaria, com o mar a oeste e uma floresta selvagem a leste. Na mente, Naia ouviu a voz de Tavra:

Siga para o norte pelas planícies Spriton e pela serra até encontrar o Rio Negro. Evite a Floresta Sombria o máximo que puder; não fale com os espíritos de lá. Siga o rio para o norte, até Pedra-na-Floresta e mais ao norte ainda, até Ha'rar.

Ainda mais ao norte, depois de milhares de colinas gramadas, uma cadeia de montanhas seguia de leste a oeste como a espinha fixa de uma cobra. Ao pé dela havia um rio negro que virava de repente, novamente para o norte, por deserto e floresta, até enfim chegar ao Mar Prateado. Lá, o rio desembocava na baía na qual uma impressionante região cintilante de vilarejos Gelfling encarava o oceano como uma crosta de safiras. No cume ficava Ha'rar, o lar da Maudra-mor, a Maudra-Mor Vapra Mayrin.

Tavra puxou a mão.

— Vou levar seu pai de volta ao vale em segurança. Espero encontrá-la novamente em Ha'rar.

Bellanji deu um abraço apertado em Naia, e ela pôde ver, pelo aperto em seus olhos, que doeu.

— Procure a Maudra-Mor Prateada em Ha'rar — disse ele. — Conte sobre o que viu hoje, acima e abaixo da água. Defenda a honra de seu irmão.

— Vou descobrir a verdade e levar para a Maudra-Mor — disse ela.

Seu pai sorriu e até os olhos de Tavra se suavizaram.

— Cuide da minha garotinha, Neech.

Neech gorgolejou e se enrolou no pescoço de Naia. Ela secou uma lágrima e subiu no apenó mais próximo para o norte, ansiosa para começar a viagem.

CAPÍTULO 6

Naia passou o finzinho da tarde atravessando o pântano cada vez mais raso que marcava o final da região de Sog. O ar já estava mais seco e mais fresco. Enquanto andava, ela tirava pedras da lama dura e as enrolava com o pedaço de corda da bolsa para substituir a boleadeira que perdera no confronto com o Nebrie. Quando o sol se pôs, ela tirou uma capa da bolsa e a enrolou nos ombros e no pescoço, para afastar o ar gelado da noite. Queria sair do pântano antes de precisar montar seu primeiro acampamento, primeiro porque isso lhe daria uma sensação de progresso... e também porque tinha medo de que, se acordasse de manhã e ainda estivesse nos arredores familiares e confortáveis do pântano, sua coragem pudesse sumir e seus pais a encontrassem novamente em casa a tempo do jantar.

Embora o ambiente em mudança mantivesse seu corpo ocupado, o cansaço físico deixava sua mente livre. Ela pensou na Grande Smerth e em como já sentia a falta da mãe, do pai, das irmãs e da rede em seu quartinho. Irritava-a sentir falta de tudo aquilo depois de um período tão curto afastada e depois de ter desejado por tanto tempo sair de lá. Ainda assim, sem ninguém para testemunhar o constrangimento, ela ao menos admitiu para si que estava solitária.

Naia sentiu a adaga de Gurjin na cintura e torceu para que estivesse segura. Esperava que conseguisse encontrá-lo e que, quando o fizesse, ele tivesse algum tipo de explicação para tudo que estava acontecendo. Juntos, eles se apresentariam perante a Maudra-Mor e os Lordes Skeksis e mostrariam que o clã Drenchen era leal e que Gurjin era digno de seu posto no Castelo do Cristal.

 Ela pensou em Tavra e nas visões de elos de sonhos delas, a intencional e a acidental. Pensou no Nebrie selvagem, e os gritos dele ecoaram em sua memória, fazendo as vibrações impotentes da culpa formigarem nos dedos das mãos e dos pés. Cada vez que algo se mexia nas árvores em volta, seu coração batia mais rápido, esperando outro monstro que a atacasse rugindo... mas não aconteceu. Fora os insetos voadores, rastejadores, andadores e nadadores, ela e Neech estavam sozinhos. Neech mordiscava o musgo reluzente que cobria as árvores, absorvendo a aura luminescente das plantas para que ele, junto da flora noturna cintilante e brilhante, iluminasse o caminho. Tentando pensar no futuro, Naia parou uma ou duas vezes para colher líquen e guardar na bolsa.

 Os apenós foram sumindo com o pântano e, em poucos quilômetros, Naia caminhou por um terreno esponjoso que logo desapareceria completamente, evaporando nas grandes planícies à frente, no norte. Os Três Irmãos sóis estavam se pondo quando o último trecho de pântano secou embaixo de seus pés exaustos, abrindo caminho para um campo aberto. Ela parou no limite e encarou tudo, tentando compreender a paisagem estonteante de grama verde-dourada pontilhada de flores vermelhas, ondulando no vento da noite. Ao longe, no céu enevoado, estavam as formas cinzentas e inclinadas das montanhas que Naia só tinha visto no elo de sonhos com Tavra, uma mancha de cor no horizonte que quase poderia ser truque dos olhos. Duas luas ocupavam o céu aberto, uma pálida e malva e a outra mais alta, menor e prateada. Aqui na pradaria não havia apenós entre ela e o céu, e Naia se sentiu tonta ao olhar para cima e perceber sua grandeza, que a fazia se sentir pequena.

Um bocejo intenso interrompeu seu assombro e trouxe sua atenção de volta ao corpo cansado. Era hora de acampar. Mas onde? No pântano, qualquer galho grande serviria, mas ela não podia mais contar com os apenós. Ela viu um pequeno matagal a curta distância, um amontoado de arbustos em volta de um trio de árvores floridas. Escalou depressa a árvore e pegou algo para comer na bolsa do pai. Apesar de a bolsa parecer bem cheia, ela se controlou. Não sabia com que facilidade encontraria comida nos novos lugares.

— Acho que vamos descobrir de manhã — disse para Neech. Ela coçou embaixo do queixo dele e ele ronronou de leve.

Naquela noite, Naia sonhou que estava deitada no cume de uma colina alta, olhando para o céu escuro. Suas mãos estavam unidas com outras mãos dos dois lados, segurando com força, ainda que delicadamente, enquanto eles tinham elos de sonhos, compartilhando visões com os outros e com Thra, abaixo e ao redor. As estrelas cintilavam como pedras, arrumadas em constelações que Naia nunca tinha visto. Só no horizonte ela conseguia identificar a constelação familiar em aro de Yesmit, o Olho de Aughra.

Ela acordou com o Grande Sol, quando seu corpo estava descansado. As folhas da árvore ofereciam sombra ampla, mas ela via raios de luz quente da manhã pelas aberturas e espaços. As flores espalhadas pelos galhos tinham florescido com a manhã, botões gêmeos se abrindo em bolas amarelas lindas do tamanho de punhos, cheias de filetes macios. Cada uma era protegida por um inseto voador de oito pernas com probóscides gêmeos que faziam uma combinação perfeita com as flores unidas de cada broto. Os voadores zumbiam entre as flores, ignorando completamente Naia e Neech. Naia os viu enquanto se espreguiçava e massageava os pés, antes de descer dos braços da árvore para a terra seca da campina.

Mesmo que ela não tivesse as instruções verbais de Tavra e o mapa mental do elo de sonhos intenso, teria sido bem fácil ir para o norte. As montanhas eram uma presença constante na paisagem baixa e não havia, em lugar nenhum, árvores que bloqueassem sua visão. Ainda assim, estavam tão distantes que era difícil acreditar que pudesse existir qualquer coisa além delas, mesmo Ha'rar e o Mar Prateado. Sog era tudo que Naia conhecia. Agora, depois de ver a pradaria, se alguém tivesse lhe dito que aquilo era toda Thra, ela talvez acreditasse. Voadores menores vagavam entre as flores do campo, alguns parando para polinizar enquanto outros eram capturados pela armadilha das pétalas assim que pousavam. A cada três passos, a grama até os joelhos fazia algum ruído e uma coisa próxima saía correndo.

Quando o Grande Sol chegou ao ápice e nenhuma sombra podia ser vista, Naia parou e subiu em uma pedra lisa e quente para tirar espinhos e pedras dos pés doloridos. Em alguns lugares, as solas estavam rachadas e até sangrando. Em comparação ao pântano esponjoso e indulgente, o terreno ali era seco e áspero. O Sol Morrente, apenas uma mancha roxa esmaecida na luz do Grande Sol, estava ao longe, onde o céu encontrava a terra, um lugar que ficava escondido da vista dentro das profundezas de Sog. Naia tinha ouvido falar de lá muitas vezes e tinha visto desenhos em calendários, mas nunca o vira com os próprios olhos. Agora, ela viu o sol roçar na superfície do horizonte como um inseto de água em uma poça estagnada. Neech estava dormindo na sombra dos cachos e do manto dela, e Naia desejou que eles pudessem trocar de lugar para que *ele* caminhasse. Aquela caminhada longa não era a aventura que ela queria. Estava com fome e irritada, e o dia se tornava quente e árido.

Naia suspirou e sacudiu os ombros e os braços. Depois de uma última massagem nos calcanhares, ela escorregou da pedra, desejando poder manter aquela superfície lisa debaixo dos pés enquanto andava pela campina... Espere! Com uma chama de esperança, Naia abriu a bolsa de viagem. De lá saiu um pedaço de corda trançada, macia ao toque, mas resistente. Ela a enrolou na mão e foi até o grupo mais próximo de árvores espalhadas pelo terreno, ignorando o ardor nos pés na esperança que não durasse muito mais. Naia puxou a adaga de Gurjin do cinto, se inclinou ao pé de uma árvore com casca grossa e ondulada e fez dois cortes rápidos. Pedaços de casca caíram, ondulados e ásperos de um lado e do outro lisos como as costas de sua mão. Ela cortou os pedaços do tamanho de seus pés, encostou o lado liso na pele e amarrou com firmeza usando a corda.

Ficar de pé não foi fácil, mas ela pegou o jeito. Afinal, tinha excelente equilíbrio. Satisfeita consigo mesma, Naia seguiu em frente... mas descobriu que, depois de alguns passos, a casca se soltava da corda e escorregava de seus pés. A corda frouxa que sobrou se emaranhou e desamarrou, e Naia chutou a casca, a corda e tudo, até que uma voou do pé dela e se perdeu na grama alta.

— Malditos nós! — reclamou ela. — E agora?

A única resposta foi o vento fraco e o movimento do campo com ele. Não havia ninguém para ouvir sua frustração. Ninguém exceto Neech, que só bocejou e escondeu o rosto de volta embaixo da asa. Até as montanhas olhavam com indiferença aparente. Sem pés cobertos de bolhas incomodando, elas não tinham motivo para solidariedade.

Engolindo a frustração, Naia entrou na grama e parou junto às sandálias quando as encontrou caídas no mato. Por um momento fantasiou em deixá-las ali e dar meia-volta. Se corresse, conseguiria voltar à Grande Smerth até o pôr do sol, jantar no grande salão com a família e cuidar do pai ferido antes de se encolher na rede no fim da noite. Ela se permitiu imaginar brevemente, sentando-se na grama e na terra, puxando a adaga de Gurjin.

— Se eu voltar, quem irá em frente? — perguntou ela à faca, meio esperando que pudesse se conectar com o irmão de alguma forma. O objeto não respondeu, apenas refletiu o brilho do sol... e então, ela entendeu. Pegou as sandálias no colo, usou a faca para abrir buracos nas laterais da madeira grandes o suficiente para segurar a corda no lugar. Ficou apertado no pé e no tornozelo quando ela terminou, e ela se levantou e chutou, andando em círculo. Mesmo depois de uma corridinha lenta, as sandálias ficaram no lugar.

Naia voltou para a trilha que estava seguindo e olhou para o sul, em direção a Sog. Decidida, foi na direção contrária, as sandálias novas estalando na terra.

— *Vas! Tamo, vas!*

Naia parou ao ouvir o som. Não, palavras. Definitivamente, mas de onde? Ela olhou em todas as direções, porém não viu nada além de grama e dos sóis poentes. Soou mais uma vez, agora com uma palavra que ela conhecia.

— *Vas,* Gelfling!

A grama à sua direita balançou, revelando um rosto marrom e redondo com olhos grandes e pretos.

CAPÍTULO 7

Parecia um Gelfling, com braços e pernas, dedos nas mãos e nos pés. A cabeça, no entanto, era larga, enquanto a de um Gelfling era alta, e o nariz era só um caroço redondo. Um amontoado desgrenhado e fino de cabelo vermelho estava preso embaixo de um gorro trançado, e a criatura usava uma túnica manchada e uma calça combinando. Na mão gorducha havia uma pá de jardinagem.

— Gelfling! — disse novamente. Como ela não respondeu, só ficou olhando estupefata, a criatura inclinou a cabeça e perguntou: — *Razumyety*? Ocê num fala Podling?

Naia soltou o ar que estava prendendo e afastou a mão da adaga no cinto.

— Não falo, não. Só falo Gelfling.

— Só fala Gelfling! Rá! — disse o homem marrom. Ele balançou a cabeça para cima e para baixo e riu. — O que ocê fazendo aqui? Por que ocê tão verde? Eu nunca vi um Gelfling verde! Ocê procurando Sami? Ocê parece perdida! — Ele riu de novo e Naia se lembrou do riso das irmãs.

— Não estou procurando Sami — respondeu ela, mas hesitou. — Não sei quem ela é.

— Ela! *Prostoduzan*. Sami! Sami Matagal. O *vilarejo*.

Ele empurrou a grama para que ela pudesse ver, embora Naia já fosse alta o suficiente para acompanhar o dedo que apontava. Havia um matagal denso a leste. Ela o tinha visto antes, no entanto não deu atenção. Mas agora que o homem tubérculo estava mostrando, ela viu uma cortina fina de fumaça subindo por trás das árvores e pelo menos uma torre de observação pequena em meio às folhas, bem protegida contra olhos não treinados.

— Vilarejo?

— É, é, o vilarejo! Vilarejo Gelfling!

O coração de Naia deu um pulo. Um vilarejo! Ela nem tinha pensado nisso. Claro que haveria outras comunidades Gelflings entre Sog e Pedra-na-Floresta. Talvez pudessem oferecê-la um lugar confortável onde passar a noite.

Mas, então, veio a ansiedade. Ela nunca tinha encontrado um Gelfling que não fosse Drenchen, exceto Tavra, e aquilo não dera particularmente certo. Tavra era a forasteira na ocasião e agora... O estômago de Naia roncou e ela botou a mão na barriga para silenciá-lo. Engolindo o orgulho, agradeceu ao homenzinho e seguiu em direção à linha de árvores. Ele fez um gesto de indiferença, rindo e murmurando *"prostoduzan"* de novo; mas, mesmo se foi para provocá-la, ele falou com um sorriso no rostinho redondo.

Quando Naia se aproximou do matagal, ela encontrou mais e mais das pessoas pequenas, todas ajoelhadas na terra, com pás e outras ferramentas de jardinagem, cavando raízes e insetos rastejantes da terra. Eles a viram passar, mas não pareceram se importar. A inspeção foi casual, mais por curiosidade que por qualquer outra coisa. Quando ela chegou à sombra das árvores, pôde ver claramente o vilarejo ali, aninhado em meio à folhagem e aos troncos altos e bem cuidados. Ela ouviu conversas e sentiu cheiro de fogo; e então, os viu, dois Gelflings, com gibões de couro incrustados parecidos com o que Naia poderia usar para caçar, descendo da torre de observação. Eles tinham pele marrom-escura e cabelo escuro arrumado em tranças e com contas no meio. Deviam ser Spritons. Muitos dos guardas do castelo eram Spritons, e Gurjin já lhe falara sobre o clã deles, bons com a boleadeira e o cajado, altos e atléticos. Mas, pela forma como se aproximaram, sem armas nas mãos, parecia que eles talvez não tivessem muito de que defender o matagal no dia a dia. Talvez esse fosse o tipo de dever que Gurjin preferisse ao trabalho rigoroso no castelo que ele descrevera, um dever que ele poderia ter cumprido em Sog, enquanto ela vestiria a armadura preta e prateada de uma guarda do castelo.

— Alto lá, Gelfling! — gritou um vigia. — Boas viagens. O que a traz a Sami Matagal de Spriton?

— Sou Naia, dos Drenchens de Sog — disse ela.

— Sog? — perguntou ele, franzindo um pouco o nariz. Ele tentou tirar a expressão do rosto antes que Naia visse, mas era tarde demais.

— Estou indo para o norte, para Ha'rar. Um dos homenzinhos me orientou a vir aqui… — Essa parte foi fácil, mas ela não sabia bem o que dizer em seguida. O que Tavra tinha dito quando chegara ao pé da Grande Smerth? — Eu esperava pedir… a inconveniência… da hospitalidade de seu vilarejo.

Embora Naia tivesse achado o discurso de Tavra floreado e desnecessário, o poder das palavras funcionou com os vigias Spritons. Eles a olharam de cima a baixo e, julgando-a suficientemente confiável, relaxaram. Um até se afastou, balançando a mão e deixando a apresentação para o parceiro. O vigia que ficou fez um gesto e chegou para o lado.

— Vá em frente. Os Drenchens têm sido bons aliados de fronteira para nós. Procure a Maudra Mera na praça. Mas seja breve, entendeu? Estamos um pouco ocupados esta noite.

Naia fez uma reverência insegura antes de seguir a orientação dele. Uma cerca de madeira ladeava um caminho amplo de terra em meio ao matagal. Quando ela se aproximou do centro, a terra deu lugar a pedras que ecoavam com cliques e cloques de seus passos usando as sandálias improvisadas.

Conforme foi se aproximando do vilarejo, ela ouviu vozes e música. A cerca dos dois lados foi substituída por lanças com as pontas enfiadas na terra. Bandeirolas e fitas ondulavam na brisa suave da floresta. No portão de entrada do vilarejo, as bandeirolas viraram faixas e bandeiras de festival pintadas com a imagem de Pernaltas de pernas longas e orelhas largas de todas as cores. Naia se perguntou se o Pernalta galopante de planícies e morador de floresta era o totem do clã Spriton, assim como o muski era para os Drenchens.

Sami Matagal era robusta, mas não tão grande quanto o grande lar do clã Drenchen, perto da Grande Smerth. Incluía uma estrada principal de terra batida que formava uma clareira grande e quadrada no centro do vilarejo, onde uma fogueira estava sendo preparada com carvão e madeira. Em volta da praça havia cabanas e moradias, algumas de vários andares, todas formadas de argila, pedra e madeira, com janelas redondas nas laterais. As coberturas de telhas à prova de chuva lembravam a Naia as escamas dos peixes-ymir que ela pegava com Gurjin quando eles eram pequenos.

Os Gelflings Spriton se misturavam com as pessoas pequenas, alguns conversando, outros discutindo, outros rindo; a maioria conversava. De tempos em tempos, uma sombra piscava acima quando uma garota Gelfling voava de um telhado até outro, pousando suavemente antes de entrar por uma portinhola de telhado. Agitados na praça, os Spritons carregavam cestas de frutas frescas e secas, e por toda a praça os Spritons erigiam mastros com decoração elaborada, enrolados com mais fitas, trepadeiras e flores enormes. Na outra ponta da praça ficava um monte alto de tijolos de argila e troncos pesados, grandes demais para ser uma moradia única. Naia se perguntou se era o local de reuniões dos Spritons, assim como o grande salão da Smerth, onde ela morava.

Maravilhada com as novas visões e sons, Naia ficou paralisada, sem saber por onde começar. Atentos aos próprios preparativos, os Spritons não prestaram atenção nela, além de um olhar casual. Duas vezes ela saiu da frente de um trabalhador apressado, o primeiro carregando uma braçada de madeira e o segundo com um tecido lindamente bordado, que ele jogou com graça por cima de uma das várias mesas grandes de banquete perto do centro da praça. O estômago de Naia roncou de novo e ela ajustou a capa e a bolsa, ergueu o queixo e tentou parecer respeitável ao se aproximar de um garoto Gelfling sentado em uma pedra. Como outros Spritons, ele tinha a pele da cor de ocre escuro e uma trança preta longa e comprida que quase chegava ao chão quando ele estava sentado. Ele olhava para as próprias mãos com atenção, e deu um pulo quando Naia limpou a garganta. Fechou as mãos antes de ela poder ver o que havia nelas, e a curiosidade de Naia superou sua intenção original de perguntar sobre a maudra dos Spritons, então ela acabou perguntando:

— O que você está fazendo?

Os olhos verdes surpresos se acenderam como uma folha iluminada pelo sol. Ele era alto e magro, bem magro, enquanto outros Spritons da idade dele estavam desenvolvendo seu estilo de vida atlético. Enquanto os guardas da entrada do matagal seguravam suas lanças com mãos calejadas, os dedos do garoto eram artísticos e estavam entrelaçados no colo dele. O momento de silêncio que se prolongou no final da pergunta de Naia pareceu um peixe-cego pendurado na linha e, de repente, o garoto tossiu de leve e abriu as mãos, respondendo simplesmente:

— Uma noz.

Nas palmas das mãos dele havia duas metades de uma noz partida. A casca era marrom e a parte interna era quase branca. No centro havia uma semente vermelha, e na carne, entre a semente e a casca, havia linhas finas e verdes em círculos e ovais concêntricos e ondulados. Os padrões eram um espelho perfeito, idênticos dos dois lados. Era interessante, mas só até certo ponto.

— Ah — disse ela, tentando ser educada. Afinal, quem perguntou foi ela. — Eu gostaria de saber se você pode me mostrar onde está sua maudra.

O garoto limpou a garganta e guardou a noz no bolso, virando as orelhas de constrangimento.

— Ah, claro — respondeu. — Maudra Mera está junto à fogueira.

Ele mostrou o fogo no centro do vilarejo, visível embaixo de uma névoa de fumaça que girava devagar até o céu. Lá havia uma Gelfling mais velha sentada, cercada de crianças e dando instruções aos dois garotos que estavam bem mais perto do fogo, segurando galhos bifurcados por cima da chama quente.

— Obrigada — disse Naia. — Hum... divirta-se com sua noz.

Ela deixou o garoto e seguiu a instrução dele e seu nariz. Sentiu cheiro de comida e, quando chegou mais perto, viu que havia abóboras cerejas na ponta de cada galho bifurcado. Sua boca salivou com o aroma doce e intenso da fruta cozinhando, enquanto ela ouvia a maudra dar ordens pela praça, orientando os Spritons que corriam de um lado para o outro como insetos ocupados.

— Vocês Drenchens sempre sabem estar no lugar certo nos momentos mais inconvenientes, não é? — disse a maudra quando Naia se aproximava. Ela sorriu, embora de forma um tanto fria, e esticou a mão como Naia tinha visto sua mãe fazer. Naia pegou a mão da maudra e se concentrou em não ter um elo de sonhos por acidente. — Bem-vinda ao meu Sami Matagal. Sou Mera, dos Spritons. Veio com sua mãe? Naia, não é? Você é igual à velha Laesid!

— Não, Maudra — disse Naia, sobressaltada que a Maudra Mera a reconhecesse como filha da maudra do clã dos Drenchens, e mais ainda por saber seu nome. — Quer dizer, não, não estou com a minha mãe, mas sim, meu nome é Naia. Eu estava indo para Ha'rar com meu pai, mas ele foi ferido e, agora, sigo a viagem sozinha.

— Ferido! É a cara do Bellanji. Bem, você é uma garota corajosa por continuar sozinha... Lun! Não tão perto, você não vê que está defumando? Precisam ficar *perfeitos*! Se queimarem, você mesmo que vai ter que comer!

Naia viu Lun puxar o galho para mais longe do fogo e desejou a abóbora, mesmo estando queimada. Ela tentou a abordagem de Tavra novamente, após ter ido tão bem com os guardas.

— Maudra Mera, eu tinha esperança de obter a hospitalidade...

— Claro — disse a Maudra Mera. — Eu não poderia recusar, apesar de não haver noite pior... Bem, o que se pode fazer? Mas você é uma garota de sorte. Os Podlings colheram abóboras cerejas para esta noite, e se os garotos não as queimarem, vamos ter mais do que os lordes são capazes de comer.

— Ah, obrigada... — começou Naia. Mas o sangue sumiu de seu rosto. — Os lordes?

A Maudra Mera soltou um suspiro profundo e balançou a mão.

— Sim, minha pequena encharcada, os lordes. Para o censo. Agora, escute, eles chegarão em breve. Então, se você vai passar a noite aqui, vou precisar que ajude a preparar e, quando eles chegarem, que fique *fora* do caminho.

O coração de Naia bateu com empolgação e um pequeno toque de medo assombrado. Só um conselho de criaturas em Thra poderia ser chamado de *lordes* por uma Maudra Gelfling. Eles iam para Sami Matagal? Que sorte! E pensar que em seu primeiro dia fora de Sog ela veria os lordes Skeksis com os próprios olhos.

— Claro! — exclamou ela. — Eu adoraria ajudar!

— Boa menina. Vou lhe dar um lugar de onde começar. Tem um riacho logo depois do vilarejo, a leste. Tome um banho antes do jantar, por favor. Você está com cheiro de Sog e eu não gostaria que o apetite de ninguém fosse estragado.

CAPÍTULO 8

O riacho ficava depois dos limites da cidade, uma coisa pequena e estreita o suficiente para pular por cima, se necessário. Mesmo na parte mais profunda, a água ia só até as coxas dela. Então, Naia deixou as roupas, a bolsa e as sandálias ali perto e se sentou em uma pedra parcialmente submersa para deixar a água fria do rio correr por ela. No pântano, quase toda água era lenta e arrastada, cheia de vida. Ali, era rápida e tão transparente que dava para ver pedrinhas e areia no fundo do rio. Embora a deixasse com frio, a água gelada era gostosa nos pés, pois lavou a terra e os pedaços de grama agarrados à pele. Neech farejou a água ondulante uma vez antes de eriçar os espinhos e ir para a segurança da margem do rio, escondendo-se sob as dobras da capa amassada.

Naia se mexeu na água e se ajoelhou para deixar o fluxo correr acima de seus ombros, molhando o rosto e tomando um gole para aplacar a sede. Por fim, inclinou a cabeça para trás e submergiu por completo, abrindo as brânquias para tomar um grande gole.

Quando estava se sentindo limpa o suficiente, ou ao menos esperava que estivesse, ela se vestiu e apertou os cachos até estarem secos. Tomar banho era algo desnecessário no pântano, pois os Drenchens ficavam entrando e saindo da água o dia todo. Naia levantou um braço e fungou; não estava com um cheiro *tão* ruim. Mas se era costume dos Spritons e a Maudra Mera tinha pedido, ela faria. Constranger os Spritons na frente dos lordes era a última coisa que ela queria fazer, principalmente sendo alguém que um dia se tornaria maudra.

Ela tremeu de novo ao andar em direção ao vilarejo, imaginando os Skeksis enormes, com seus anéis e cetros, reunidos no grande castelo. Embora ela nunca tivesse visto um, Gurjin descrevera os mantos adornados com penas, as joias cobertas de rubis e as coroas incrustadas de pedras preciosas. Apesar de eles serem lordes por toda Thra, parecia que tinham um interesse particular em Gelflings, mais do que em outras criaturas. Gurjin havia comentado que eles estavam dispostos a prestar atenção até nos mais pobres e tranquilos da raça deles. O conselho deles governava Thra com mão forte, cheio de riquezas e doações que eles compartilhavam com os Gelflings pela Maudra-Mor Mayrin. Eles deram ao povo Gelfling a tecnologia para a agricultura, para a mineração, para invenções desde barcos movidos a vento até carrinhos de mão. Isso parecia prova de sua proteção. Eram os guardiões do Castelo do Cristal e defensores do Coração de Thra, mas estavam indo até ali, na pequena Sami Matagal, *naquela noite*.

Que tipos de rostos os lordes tinham? Ela ouvira falar das plumas longas e negras e dos bicos de ébano, dos olhos inteligentes que pareciam oniscientes. Gurjin não falou de mais nada na última visita. Os lordes olhavam através de você e dentro de você, dissera ele. Como se vissem um universo dentro.

O coração de Naia se apertou de um jeito desconfortável ao pensar no irmão. Ele era tão orgulhoso antes, contando histórias e a enchendo de inveja, mas agora não estava em lugar nenhum.

Quando ela voltou para a praça de Matagal, o Grande Sol tinha se posto, levando o Sol Rosado junto. O vilarejo estava se reunindo na fogueira central para jantar a céu aberto. As abóboras cerejas assadas foram cortadas em fatias, enfiadas em palitos e colocadas em bandejas de madeira, ao lado de raízes picadas, folhas e tigelas cheias de frutas. Os Podlings corriam com as crianças Gelfling, carregando pratos da fogueira até a mesa de servir. Uma pequena banda tocava alaúdes e *fircas* bifurcadas, embora só tivessem um tambor. Só a música enchia a praça, pois o resto dos Gelflings sussurravam com ansiedade uns com os outros, muitos parados de lado segurando cestos embrulhados e pacotes de presentes.

Ao redor, os aldeões apareceram, cada um com uma oferenda para acrescentar à mesa. O estômago de Naia roncou e ela colocou a mão em cima, torcendo para que ele ficasse quieto enquanto ela esperava atrás de duas atléticas garotas Spritons, com cabelos lisos de ébano arrumados em voltas e tranças lindas, decoradas com penas. Os corpetes de costas nuas deixavam as asas à mostra, longas e estreitas o suficiente para garantir velocidade e agilidade, enquanto as asas Drenchens eram mais curtas e com membranas, melhores para planar e nadar nas profundezas do pântano. Naia engoliu um pequeno suspiro e voltou os olhos para a frente da praça, onde a Maudra Mera andava de um lado para o outro, gritando ordens de último minuto e balançando um cajado velho e retorcido para a frente e para trás. A maudra usava uma capa volumosa que se inflava em volta do corpo magro. Com o acréscimo do cajado, ela parecia uma flor virada e presa em um turbilhão. Uma risadinha soou como um coral de sinos das lindas garotas Spritons e Naia sorriu com elas... até perceber que os olhos alegres não estavam na Maudra Mera, mas nos pés de Naia. Ela olhou para baixo; ambas usavam sapatos delicados e sob medida, com contas e amarrados com couro tingido nos tornozelos magros.

Quando viram que foram notadas, as garotas disfarçaram as risadinhas e foram para outro lugar. Corada de constrangimento, Naia tirou rapidamente as sandálias e as escondeu na mochila.

— Eles chegaram!

As duas palavras se espalharam como chuva de primavera, primeiro aos pares e depois por toda a praça, em cochichos. Todos os Gelflings observavam com os olhos ansiosos e as orelhas para a frente, observando o portão na entrada do Matagal. A banda começou um processional cerimonial, e a Maudra Mera se levantou solenemente na extremidade da rua principal, as mãos cruzadas no topo do cajado. À esquerda e à direita dela estavam dois jovens, seus filhos, prontos para participar das boas-vindas aos lordes, assim como Naia participara das boas-vindas a Tavra de Ha'rar.

Naia prendeu a respiração quando dez guardas Spritons segurando tochas entraram em duas filas. No centro do corredor bem iluminado havia dois fegneses de montar, resplandecentes com a plumagem azul brilhante. O chão tremeu com os passos pesados dos pés com três dedos, cada um com unhas pretas do tamanho do braço de Naia. Os rostos finos estavam mascarados e presos por rédeas, conduzidos por um único Gelfling em cada, sentados onde os ombros das aves grandes se juntavam aos ombros pequenos. Os atendentes Gelflings usavam armadura leve, capas violeta e ermos adornados, pois eram guardas do Castelo do Cristal. Atrás, nas costas com selas dos fegneses, havia o que pareciam ser cabeças coroadas saindo de um monte extravagante de brocados luxuosos, veludos, peles e penas. Tinham bicos, cabeças carecas e olhos apertados de outro mundo: os Lordes Skeksis, dois dos Nove Duplos, guardiões do castelo e protetores do Cristal.

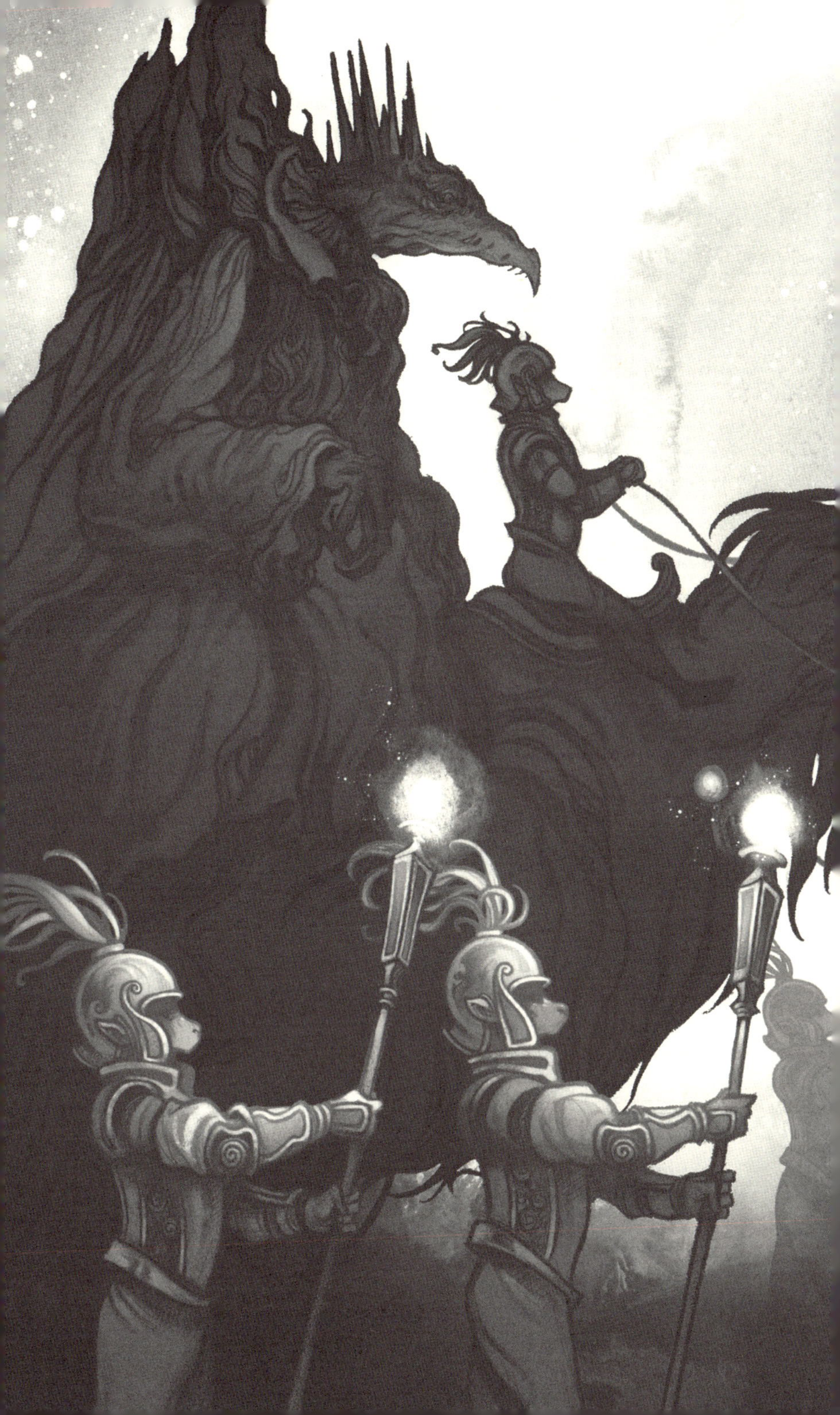

Os Spritons se adiantaram com saudações e elogios, e Naia perdeu os lordes e suas montarias de vista quando ficou para trás. Encontrou, então, um banco e subiu em cima, para ver de uma posição mais alta, embora de longe, quando a Maudra Mera fez sinal para os lordes irem para a praça.

— Guardião do Pergaminho Lorde skekOk! Tomador do censo Lorde skekLach! — gritou ela. — Venham, venham! Bem-vindos à nossa humilde Sami Matagal! Por favor, nós preparamos...

A maudra foi interrompida por uma risada áspera e ressonante que explodiu do corpo grosso como um barril de Lorde skekLach. Por mais forte que fosse, seu fegnese estava fazendo um esforço para carregar o peso dele, uma boa parte composta da armadura lindamente elaborada e dos adornos deslumbrantes que ele carregava no corpo de ombros largos. Ele passou uma perna por cima da sela e, depois de desmontar com um *bum* trovejante, a ave de montaria, aliviada, quase caiu na direção oposta. O segundo lorde, skekOk, o Guardião do Pergaminho, permaneceu sobre a montaria. Diferentemente do companheiro, Lorde skekOk era magro, o rosto fino e estreito, quase como o de Neech. Vestia um brocado magenta incrementado com uma touca de renda branca com babados. Metais elaborados, dobrados e soldados em espirais complicadas em volta de pedras maiores do que os olhos de Naia, cintilavam nas pulseiras acima dos punhos dos lordes.

Lorde skekLach jogou a capa para trás em uma nuvem de vermelho e preto que pareceu aumentar seu tamanho já grande. Ele era enorme, e o vilarejo ficou imóvel quando ele os observou, virando a cabeça devagar para olhar cada rosto Gelfling. Ele levantou o bico e inspirou fundo, sentindo o denso aroma do banquete preparado. Expirou e imediatamente inspirou de novo, virando a cabeça pelo ar e soltando um ronco profundo e faminto de satisfação.

— Tem alguma coisa com cheiro delicioso — disse ele.

— Venham — chamou a Maudra Mera, entrando em ação. — Os lordes jantarão à mesa principal? Por aqui, por aqui!

SkekLach deu um sorriso largo e bateu com os cotovelos na capa. Seu companheiro, com o dedo no aro dos óculos brilhantes na ponta do nariz, finalmente desmontou também, e os dois seguiram a Maudra Mera até a ponta da praça. Até aquele momento, todos os Skeksis eram iguais na imaginação de Naia, mas agora ela via que eles eram bem diferentes uns dos outros. Enquanto Lorde skekLach era largo e poderoso, lorde skekOk era estreito e mirrado; enquanto um tinha o bico grosso como uma rocha, o do outro era reto e carnudo. Juntos eles formavam um par e tanto, se aproximando da mesa principal, cercada de montes de oferendas Spritons. A Maudra Mera parecia ser só um inseto agitado, andando entre um e outro, quase sendo espremida.

Quando eles enfim chegaram à mesa, Lorde skekLach se jogou no banco largo preparado para ele, enquanto skekOk se sentou ao lado de forma mais calculada. Com grande cerimônia, a Maudra Mera fez sinal para os filhos, que estavam ali perto com um prato grande de abóboras. A pedido dela, eles se adiantaram e colocaram a oferenda na frente dos dois lordes.

— A doce abóbora cereja, milorde — disse a Maudra Mera, se inclinando ainda mais, por falta de outra posição para assumir. — Uma especialidade da tribo Spriton. Doce em agradecimento pela gentileza que os lordes têm conosco e amarga pela força de sua lealdade ao castelo!

Ambos os lordes se inclinaram para a frente para cheirar o prato. Apesar de skekOk soltar um estalo de desdém e virar a cabeça, skekLach achou os legumes assados mais apetitosos. Sem cerimônia, ele pegou um punhado de abóboras e enfiou no bico curvo.

Os Spritons ficaram em silêncio enquanto esperavam a crítica. A Maudra Mera ficou na frente deles, retorcendo as mãos, com todos os Gelflings da praça prendendo a respiração. O ar ficou quente e tenso de expectativa, e Naia sentiu um arrepio horrível subir pelas costas. Lorde skekLach pegou uma fatia final da carne do legume viscoso e a Maudra Mera tentou esconder um tremor enquanto os últimos sons úmidos do banquete de Lorde skekLach ecoavam pela praça silenciosa.

O silêncio foi interrompido quando skekLach soltou um rugido trovejante. O coração de Naia despencou de medo. Ele estava infeliz? O que resultaria desse fracasso? Como a Maudra Mera e os Gelflings de Sami Matagal poderiam pagar pelo desprazer de um Lorde Skeksis?

— UAHA-HA-HA-HA!

Naia engoliu em seco e percebeu que o som terrível era uma gargalhada. Seguindo um suspiro coletivo de alívio, a banda Spriton começou a tocar e a Maudra Mera se virou, secando a testa com a manga. A recepção acabou e começou o banquete.

CAPÍTULO 9

Naia estava sozinha em um dos muitos bancos da praça, comendo cuidadosamente com um garfo que um dos Podlings lhe oferecera. Ela comeu devagar, embora sua fome fosse tamanha que queria, por tudo no mundo, enfiar toda a comida na boca. Ninguém se juntou a ela e não havia problema nisso, ou foi o que ela disse para si mesma. Ela deu pedacinhos de comida para Neech, mas ele cuspiu e finalmente deslizou do ombro dela e partiu para a noite a fim de procurar presas mais a seu gosto. Para Naia, a comida dos Spritons era palatável, embora ela desejasse um pedaço de peixe ou um besouro de mosto. Para os outros, até para os Lordes Skeksis, parecia deliciosa. Depois de muito tempo, os dois lordes continuavam pedindo mais pratos de comida e taças de vinho. Ela os viu da extremidade da praça, determinada a permanecer afastada pela duração da estada deles em Sami Matagal. Aquilo era assunto da Maudra Mera. Se desse errado e Naia estivesse dentro do vilarejo, ela nunca terminaria de ouvir a bronca dos pais.

Depois do jantar, as crianças e os Podlings recolheram os pratos em um barril de água para serem lavados no rio. Naia tentou ajudar, pronta para levar um barril até a água, mas os olhares cautelosos com os quais foi recebida a fizeram entregar o prato com um agradecimento silencioso. Ao se virar para a praça, ela viu que uma fila comprida de Spritons se formara, levando até a cabeceira da mesa onde os dois lordes ainda estavam sentados. As travessas de comida tinham sido levadas e substituídas por um grande decantador de vinho. Lorde skekOk colocou uma pilha enorme de papel à frente, presa por um barbante fino entre duas capas de couro pesadas. Abriu o livro em uma página no meio e, quando um dos ajudantes do castelo ofereceu, pegou uma pena e um pote de tinta e colocou à direita. De longe, Naia viu cada Gelfling parar em frente a ele, um de cada vez, falando com o lorde enquanto ele movia a pena pelo papel, manchando-o com um fluxo longo de tinta preta. Naia pulou quando a mão de alguém pousou em seu ombro. A Maudra Mera tinha se juntado a ela.

— Os lordes estão contando todos que moram em Sami Matagal — disse ela. — Como você não mora aqui, meu bichinho molhado, não precisa entrar na fila.

— Por que ele conta? Os lordes nunca contaram em Sog.

Na verdade, Naia não sabia bem se os lordes já tinham *visitado* Sog e menos ainda feito contagem. A pergunta devia ser imprópria, uma invasão da privacidade dos Spritons, mas Naia a fez mesmo assim. A maudra sempre podia se recusar a responder. Ela tocou nos cachos de Naia distraidamente, como se nunca tivesse visto uma coisa assim antes.

— Só vale a pena contar o que é valioso — disse ela, e Naia engoliu a confusão de palavras que subiu por sua garganta. A maudra ajeitou o cabelo dela, arrumando as tranças pretas nos ombros. — Agora escute, querida. Botei um colchão para você no meu quarto, para você passar a noite. Está um pouco frio agora, mas Mimi vai acender o fogo em breve. Você pode ir se deitar a qualquer momento. Mas achei que gostaria de saber que Kylan sempre canta uma canção depois do jantar.

Na noite cada vez mais profunda, Naia viu o teto pontudo da residência que a Maudra Mera indicou. Embora não estivesse particularmente interessada em ouvir uma canção, ela também não era criança, enviada para a cama cedo pela mãe.

— Obrigada, Maudra — disse ela. — Só preciso encontrar Neech e depois vou para lá. Não quero que ele se perca.

— Aquela *enguia*? — perguntou a Maudra Mera. Quando Naia confirmou, a maudra suspirou, mas deu de ombros. — Sim, sim, claro... Esperamos você em breve para dormir. Boa noite, minha querida encharcada.

A Maudra Mera voltou para o lado de Lorde skekLach enquanto ele continuava as entrevistas com os Spritons. Quando a fila foi diminuindo, as crianças e os Podlings que estiveram lavando os pratos voltaram. Naia andou pelos arredores da praça, assobiando e chamando Neech baixinho enquanto os pequenos se reuniam nas pedras amplas perto da fogueira, onde o fogo tinha morrido e virado brasas vermelhas. Com a voz de sacudir o chão de Lorde skekLach e a metálica e aguda de Lorde skekOk de pano de fundo, as crianças sussurraram de empolgação, e Naia não pôde deixar de prestar atenção quando um garoto Gelfling magro, da idade dela, se aproximou. Era o garoto que estava olhando a noz partida quando ela chegou. Ele estava com um alaúde na mão e se sentou no banco para o qual a plateia estava virada.

Fazia sentido que uma pessoa tão estranha fosse contador de canções. A narração de canções não era popular entre os Drenchens. Criar histórias de fantasia era perda de tempo, de acordo com sua mãe, que preferia conversas diretas e ações. Histórias só eram boas como distração. Enquanto Naia espiava entre as casas e nos arbustos procurando Neech, Kylan o Contador de Canções ficou parado em frente à fogueira virado para os Lordes Skeksis, fez uma reverência profunda e bem treinada para depois se sentar e afinar o instrumento. Em pouco tempo, iniciou uma abertura melódica com as cordas finas e harmoniosas. Não era nada como os tambores Drenchens, mas era lindo e ele tocava bem.

Naia enfim encontrou Neech enrolado em uma pequena árvore em um vaso ao lado da porta de uma cabana, mastigando algum inseto noturno com movimentos alegres do maxilar. Ela deu um beijo nele e o deixou assumir seu lugar no braço dela, se preparando para ir passar a noite o mais rápido possível na casa da Maudra Mera, longe dos olhos dos lordes tomadores do censo e, também, o mais longe que pudesse dos olhos da maudra. Com os lordes para entreter e as pessoas *muito importantes* para serem contadas, a Maudra Mera tinha pouco tempo para Naia, e isso era ótimo. Ela aceitaria a hospitalidade e se despediria educadamente de manhã. Mas, enquanto isso, sentia-se mais solitária em Sami Matagal do que no campo selvagem que ficava depois das fronteiras.

Ora, era de se esperar, pensou ela. *Eles são Spritons, não Drenchens.* A maudra deles era muito diferente, então é claro que o clã também seria.

Da fogueira, junto à melodia do instrumento de corda, Kylan começou a cantar:

Vou contar sobre Jarra-Jen e sua história
Que voou por toda Thra em viagem notória
Encontrou um monstro de quatro braços com meio coração
Jarra Jen e o Caçador e seu Pulo na escuridão

Naia parou para ouvir. As palavras soavam peculiares em sua voz gentil. O evidente constrangimento presente em Kylan quando ela falara com ele antes havia sumido. Agora, quando ele falava, o tom era carregado de energia e confiança. Até os Lordes Skeksis viraram a cabeça, Lorde skekOk inclinando o bico até estar quase apontado para as Irmãs brilhantes no céu noturno.

Agora o Grande Sol desceu e o Rosado seguiu seu passo
O ninet de inverno de Thra vagando pelo espaço
As noites longas e frias, os dias curtos e discretos
Os Irmãos quase nunca vistos os três a céu aberto

Agora viajando a pé pela Floresta Sombria sozinho
Abrindo caminho pelo junco até Stonewood, seu ninho
Passos leves com firmeza no caminhar veloz pelo charco
Nascido do relâmpago, herói Gelfling, nosso Jarra-Jen bravo!

Agora Jarra-Jen pelos Skeksis era adorado
E naquela noite pelos Lordes foi presenteado
Por contar histórias de suas viagens pelo mundo azul
De Ha'rar ao norte e até Sog, no sul

Agora as Três Irmãs subindo, duas ousadas e uma delicada
O caminho do nosso herói até o Riacho Negro iluminado
Mas o vento frio parou e ele ouviu, distante
A respiração monstruosa pesada com dentes apavorantes!

Agora Jarra-Jen se virou e espiou pela escuridão
Viu sombras pretas nas cascas das árvores em agitação
E na noite pairavam dois olhos em ardor
Uma máscara horrível e chifruda era o disfarce do Caçador!

Agora o Caçador riu com sorriso de bico curvo
Palitando os dentes com um osso turvo
Ele chega mais e mais perto! Estrelas brilham assaz!
Jarra-Jen se prepara — agora o Caçador sai correndo atrás!

Agora pela Floresta Sombria Jarra-Jen sai em disparada
Não era plano dele ser comido com salada!
E a boca afiada do caçador se fechando em seu calcanhar
Tentando pegá-lo com as garras para ter seu jantar

Eles correm para as colinas altas da Floresta
Jarra-Jen, pensando rápido, sobe uma encosta
Agora os dedos na beirada de um penhasco firmando
Sem ver nada abaixo, olha para trás, ofegando

Agora o Caçador espera atrás dele
Jarra-Jen olha para a frente dele
Não sabendo o que há abaixo dele
Ele olha para as estrelas acima dele

Sem respirar, Jarra-Jen solta a bolsa no ar
E, lentamente, antes de o Caçador sombrio atacar
Os presentes de tesouros pelos Lordes oferecidos
Voam por cima dos ombros dele e acabam caindo

Agora sua bolsa está vazia e o Caçador quase chega
Jarra-Jen, apurando os ouvidos, reza por sua nobreza
Fecha os olhos, a boca sorri, "Entendi!", ele sussurra
E pula para a frente numa queda livre e escura

Splash!

No alto, acima dele, o Caçador grita "Não!"
Jarra-Jen comemora lá embaixo, na escuridão
Vai boiando do pouso seguro que tinha pedido
Onde ouviu os tesouros caindo nas ondas calmas do rio

Naia não tinha percebido que estava prendendo a respiração. Ela expirou devagar e inspirou de novo. A música tinha acabado e os Gelflings e Podlings levantaram as mãos e comemoraram o triunfo de Jarra-Jen. Até os Lordes Skeksis ouviram com interesse a contagem encerrada. Lorde skekLach estava com as mãos grandes e volumosas apoiadas na mesa à frente, trocando olhares com Lorde skekOk e, finalmente, dando uma risada grave e gutural.

Kylan se virou e fez outra reverência floreada para a cabeceira da mesa, onde a Maudra Mera estava com os lordes, e fez outra reverência para a plateia de crianças e Podlings. Ele entregou o alaúde para um dos menores tocarem até as crianças serem chamadas uma a uma pelos pais para irem para casa. Com os mesmos olhos e ouvidos atentos com que ouviram a história de Kylan, os lordes à mesa viram as crianças desaparecerem sozinhas e em duplas, prontas para serem colocadas na cama pelos pais, em suas cabanas quentes e aconchegantes. Quando a praça ficou quase vazia, só com as silhuetas escuras de Kylan e do cuidador da fogueira na frente do fogo noturno, o rapaz guardou o alaúde nas costas e se aproximou da mesa principal.

— Nós contamos este, hum? — perguntou Lorde skekOk para o colega, enquanto Kylan fazia outra reverência formal para eles.

— Obrigado pelos seus ouvidos. Estou honrado de... — disse Kylan. Parte da confiança dele tinha sumido, mas

Naia não podia culpá-lo. Até sua coragem murchava um pouco na presença dos Lordes Skeksis, e ela nem estava parada em frente a eles.

— Com a família-mãe, sim — disse Lorde skekLach, como se Kylan não tivesse falado. — Só dois, só dois na casa dele.

— Sim, meus lordes — falou Kylan. — Meus pais foram levados pelo Caçador quando eu era pequeno.

A Maudra Mera, perto da cabeceira da mesa, enrijeceu e segurou as mangas da capa, aproximando-se rapidamente para segurar os ombros de Kylan e começar a levá-lo para longe do olhar dos Lordes Skeksis.

— Desculpem-me, milordes, ele...

Lorde skekOk levantou a mão, os babados na barra da manga oscilando como penas. Ele se inclinou para a frente de forma que a ponta do nariz comprido quase tocou no de Kylan. Naia sentiu seu corpo todo se contrair ao se imaginar no lugar dele.

— Esse... Caçador. Da canção — disse o Guardião do Pergaminho. — Mito? Uma história criada por Gelflings?

— Não é mito — respondeu Kylan, mas a Maudra Mera riu nervosamente e apertou os ombros dele.

— É uma história, sim — acrescentou ela. — Para ensinar as crianças a não saírem de casa depois que os Três Irmãos foram para a cama. Eles escutam mais os contadores de canções do que os próprios pais!

— Canções de heróis corajosos, de vilões frustrados — disse skekOk, quase cantarolando as palavras. — Dão esperança a um Gelfling, não é? Fazem um Gelfling enfrentar a noite? Muito bem, muito bem.

Lorde skekLach enfiou as garras debaixo da capa do livro e, com um gesto nada cerimonioso, jogou-a para a frente. O livro se fechou com uma nuvem de poeira e um ruído ressonante. Ele se levantou e deixou a tinta, a pena e o livro para serem recolhidos pelos ajudantes.

— Alojamento! — gritou ele.

Levantando-se com o Tomador do Censo, Lorde skekOk olhou para o contador de canções inquieto à frente, estalando o bico e sugando os dentes. Quando a Maudra Mera riu, bem mais alto do que parecia necessário, Lorde skekLach a cutucou no ombro dando outra gargalhada alta de explodir os tímpanos.

— Alojamento, pequena mãe Gelfling! E mais vinho.

— Sim, milordes, sim... Kylan, vá para casa agora. Boa noite.

Com uma risadinha bajuladora, a maudra levou os dois lordes para longe, e essa seria a última vez que Naia os veria. Eles entraram no conselho da cidade ao lado da praça, o único lugar ainda iluminado por tochas e vivo com música e os sons de barris de vinho e copos batendo.

Kylan, que ficara parado junto à mesa, soltou o ar. Ele esticou a mão e olhou. Estava tremendo, os nervos ainda não acalmados do encontro com os lordes. Ele enfiou as duas mãos nos bolsos e, olhando ao redor, encontrou o olhar de Naia por um breve momento antes de sair da praça, supostamente para o lugar que ele chamava de casa. Em seguida, tudo ficou tranquilo e a praça foi mergulhada no silêncio. Então, Naia foi devagar para a casa da Maudra Mera.

Lá, no piso principal da generosa cabana de dois andares, ela encontrou uma pilha de cobertores e almofadas arrumados para ela perto da lareira e se encolheu na maciez plana. Desejou sua rede, os sons das irmãs sussurrando no quarto adjacente e os passos distantes e ecoantes dos Drenchens andando pela Grande Smerth.

O que seus pais estariam fazendo? Sua mãe, cuidando dos ferimentos do pai, sem dúvida. Seu pai, tentando rir da dor e do desconforto, contando piadas, flertando com Laesid enquanto ela mandava que ele parasse de se mexer para que os ferimentos não se abrissem. Pemma e Eliona, reclamando que era cedo demais para ir dormir. Tudo isso no calor do centro da Grande Smerth, tão distante que parecia um sonho ou uma canção que outra pessoa poderia contar.

Sua mente vagou inevitavelmente para Kylan e sua história. As aventuras de Jarra-Jen aconteceram por toda Thra, embora algumas canções citassem o lar dele como sendo Pedra-na-Floresta. Ela se perguntou se Jarra-Jen alguma vez teve saudade de casa ou se sentiu solitário durante suas viagens. Naia riu e rolou de lado, as costas doloridas entre os ombros independentemente de como ela se deitasse. Não importava; Jarra-Jen era um herói folclórico, não devia ser real. E mesmo que fosse real, e daí? As canções podiam ser divertidas de ouvir quando estavam sendo cantadas, mas depois que acabavam, o alaúde do contador de canções era guardado. Não a ajudavam agora. De certa forma, não passavam de palavras doces, contos que só serviam para distrair, para as crianças e para os curiosos Podlings.

Não, o real eram os bicos cintilantes e os olhos astutos dos Lordes Skeksis. Seus casacos e capas e túnicas e mantas todos empilhados uns sobre os outros em riqueza opulenta, em cores feitas de tintas que Naia nunca tinha visto, com certeza tirados de frutas e outras plantas de toda Thra. E seus ornamentos! Como fizeram formas tão intrincadas, com metais retorcidos? E aquele *livro* que contou todos os Gelflings em Sami Matagal e provavelmente em outros vilarejos. Quantos números havia dentro dele, e para que fim? Fosse para que fim fosse, a Maudra Mera passaria a noite e os dias seguintes atrás dele, isso era certo. Mas Naia tomaria o caminho oposto, seguindo sozinha para enfrentar o julgamento do irmão desaparecido perante a Maudra-Mor dos Gelflings.

Bem, se Gurjin não levaria honra a seu povo, ela faria isso. Em pouco tempo, ela disse para si mesma, os nomes dos Drenchens ficariam marcados nas páginas grossas do tomo de Lorde skekLach, e o número deles ficaria gravado na história. Com isso em mente, Naia olhou para as vigas de madeira do teto por muito tempo, vendo as sombras oscilarem até que sua dança lenta enfim a fez adormecer.

CAPÍTULO 10

Naia acordou cedo na manhã seguinte. Embora seu corpo estivesse cansado, ela estava ansiosa para ir embora de Sami Matagal. Na estrada para seu destino, só haveria plantas e animais para enfrentar. Ela fez a cama e dobrou as colchas, apesar de não ter bagunçado muito devido ao sono leve. Pelo silêncio calmo que se espalhara na praça lá fora, parecia que os lordes já tinham partido. Quando Naia espiou pela janela da frente, por uma cortina de tecido fino, ela não viu sinal deles, das montarias de penas nem dos ajudantes decorados. Inspirou fundo quando se deu conta de que não estava sozinha na sala. A Maudra Mera estava remendando pedaços de couro com uma agulha curta e grossa e um pedaço de fio, se balançando devagar em uma cadeira elegante. As pontas dos dedos brilhavam em azul com vliyaya, apesar de não ser a mesma magia de cura que Naia aprendera com a mãe. O poder da Maudra Mera se misturava ao fio com o qual ela costurava, prendendo-o com firmeza no tecido. A atenção da Maudra Mera estava nas mãos, mas sua voz foi para Naia quando ela falou:

— Ansiosa para partir, minha querida?

Naia ajeitou a túnica e limpou os joelhos.

— Obrigada pela hospitalidade, maudra, mas tenho compromissos importantes em Ha'rar e por isso preciso partir.

A Maudra Mera botou o trabalho de lado e levou Naia à porta. Sua bolsa já estava esperando, parecendo mais cheia do que quando ela chegou. Dentro, ela encontrou comida e um odre de água. Na lateral, pendurado pelos cadarços, estava um par de sapatos de couro de Nebrie.

— Ah! — exclamou Naia, quase emocionada demais para falar. — Obrigada...

A Maudra Mera apertou o fio no alto da bolsa e a ergueu para Naia, ajudando-a a colocá-la no ombro. Pela primeira vez, Naia achou que a maudra poderia revelar algum carinho secreto por ela... mas tudo que a mulher fez foi dar um tapinha no braço de Naia e dizer:

— Diga para sua mãe que acolhi você, certo? Conte como cuidamos bem de você.

Naia sufocou um suspiro e assentiu.

— Obrigada — disse ela. — Vou dizer.

Sami Matagal ainda estava adormecida na manhã, a rua principal vazia, exceto pelo cuidador da fogueira no centro da praça e dois guardas noturnos em fim de turno, voltando para casa. Ninguém deu atenção para Naia, nem mesmo olhou para ela, quando ela passou. Depois de atravessar o bosque que envolvia o vilarejo, ela parou para se sentar e tirou da bolsa as sandálias que tinha feito. Segurou-as nas mãos, cheia de orgulho ao compará-las com os mocassins feitos com capricho e experiência, presente dos Spritons. Ela não precisava da caridade deles... mas eram lindos, de certa forma, com contas delicadas e couro finamente curtido tingido de vermelho-escuro. A parte de dentro era forrada de lã de trevo, macia e aquecida.

Ela engoliu o orgulho e calçou os sapatos novos, puxando os cadarços para ajustá-los. Os dedos e os calcanhares eram abertos, e ela achava que poderia escalar com eles, um feito impossível com as sandálias duras que ela tinha criado. Com relutância e sem espaço na bolsa, ela deixou as antigas sandálias na beira da estrada que ficou para trás. Não fazia sentido manter dois pares se ela só precisava de um.

O caminho de terra atravessava o gramado, algo que ela não tinha conseguido ver na longa rota que pegou quando saiu de Sog. Havia pegadas na areia, mas aqui e ali havia também longos sulcos feitos de rodas de carroças e carrinhos. Novamente Naia ouviu as vozes dos Podlings falando na língua deles, trabalhando na grama e desenterrando tubérculos, jogando-os nos carrinhos, cantando e rindo. Ao que parecia, a pradaria era cuidada por eles. A grama era mais curta ali, menos selvagem, as flores crescendo em filas. Quando contornou o matagal, ela viu postes em volta de um campo largo, e ao longe do terreno, um bando de animais brancos com asas nas orelhas saltitando com pernas altas e finas como árvores jovens.

As orelhas de Naia se ergueram com o som de vozes Gelflings chamando umas às outras na manhã. À frente, ela viu uma segunda área aberta no campo em que a grama estava achatada. Vários postes com alvos tinham sido enfiados na terra ali, cada um pintado com listras de cores diferentes. Quatro Gelflings Spritons estavam no local, três segurando boleadeiras de cordas e pedras. O quarto estava afastado, mas acabou sendo levado para perto por um dos garotos.

Naia parou para ver uma das garotas segurar a boleadeira pelo peso do cabo, uma pedra do tamanho de um punho em uma ponta. Ela a girou acima da cabeça e os dois contrapesos, um no meio e um na ponta, giraram em um círculo rápido. Finalmente, ela deu um gritinho e a soltou. As pedras giraram pelo ar e se enrolaram em um alvo distante, os contrapesos amarrando a corda em nós no meio do poste.

A garota comemorou a vitória com pequenos pulos. Dois companheiros comemoraram com ela, mas o quarto não ficou tão entusiasmado. Naia apertou os olhos e reconheceu

Kylan, o contador de canções, como o último, rígido como um pedaço de grama quando uma boleadeira foi colocada em seus braços e ele foi empurrado até a linha da qual deveria arremessar. Os outros o censuraram e vaiaram, e pelo jeito como ele segurou a boleadeira, no lugar errado, com a mão errada, Naia percebeu que manusear a arma não era um de seus dons. Relutante, mas sendo zombado pelos companheiros, Kylan girou a boleadeira. Soltou-a no momento errado, antes de os contrapesos terem chegado ao pico e cedo demais; a boleadeira caiu na terra e jogou um pedaço de terra para o alto antes de parar a menos de dez passos. Seus companheiros caíram na gargalhada.

Naia balançou a cabeça e botou a bolsa no ombro, olhando para as montanhas à frente. Ela tinha um longo caminho a percorrer, não poderia perder tempo ensinando um jovem Spriton a manusear a boleadeira. Ela tivera uma na mão desde que era criança. Um de seus primeiros brinquedos, seu pai sempre dizia de gozação, fora uma boleadeira pequena feita de madeira e fios de plantas. Kylan, o contador de canções, tinha muita gente do próprio povo para lhe ensinar.

As vozes Gelflings atraíram a atenção dela de novo quando a estrada curva a levou para perto do campo com os alvos. Os três Spritons tinham se reunido em volta de Kylan, e apesar de Naia não conseguir entender todas as palavras, ela ouviu bem o tom de provocação e maldade. Kylan foi buscar a boleadeira, mas estava tão enfiada na terra que ele precisou usar as duas mãos para soltá-la. Mesmo então, quando se soltou, a força o jogou para trás e ele quase perdeu o equilíbrio, o que gerou mais gargalhadas dos companheiros. Naia ficou olhando mais um pouco até que o mais velho do grupo, um garoto com tranças longas amarradas com penas de smimi vermelhas e roxas, esticou a mão para empurrar o contador de canções humilhado.

— Ei! — gritou Naia, interrompendo o garoto antes que as mãos dele fizessem contato com Kylan. — Você não acha que já foi o suficiente?

— Cuida da sua vida, *Drenchen!* — gritou o garoto, mas se virou para encará-la. Enquanto ele estava de lado, Kylan pegou a bolsa e fez uma fuga silenciosa em direção à estrada. Quando o garoto de tranças finalmente percebeu, chiou e balançou a cabeça. Então, repetiu para Naia: — Cuida da sua vida e volta rastejando para o pântano de onde você saiu!

Isso gerou uma boa reação dos amigos dele, mas Naia não ficou impressionada. Ela esperou até Kylan ter se afastado bem para tirar da bolsa uma das próprias boleadeiras. Da estrada, ela estava com o dobro da distância dos postes em comparação aos Spritons. Girando com o braço treinado e a postura firme, ela conseguiu um círculo completo com apenas dois giros e soltou a arma na terceira. A corda com as pedras voou pelo ar com precisão perfeita e agarrou apertado a fita mais alta do poste central.

— É isso que nos ensinam no *pântano* — gritou Naia, segurando as orelhas com as mãos fechadas e mostrando a língua. Mudos, os Spritons só olharam para ela e para a boleadeira no alto do poste. Neech, que tinha pulado com ansiedade do ombro dela assim que a arma fora arremessada, se empoleirou no poste em pouco tempo, segurando o contrapeso com a boca para desenrolá-lo com habilidade. Do ponto alto onde estava, ele planou com facilidade até Naia com a boleadeira pendurada na boca como um pêndulo. Quando a colocou nas mãos abertas de Naia, ele estava gorjeando e soltando pequenos ofegos. Ela sorriu e o beijou quando ele pousou em seu ombro. Ele ainda não estava grande o suficiente para fazer seu trabalho incansável, mas o esforço compensou na frente dos Spritons, que olhavam boquiabertos como se tivessem visto dois sóis colidirem. Satisfeita, Naia ergueu o nariz e seguiu pela trilha, confiante de que não teria mais problema com aquele grupo.

À frente, onde o caminho dele pelo campo cruzava a estrada, Kylan estava encostado com as mãos nos joelhos. Quando ouviu os passos de Naia, ele se empertigou, jogou a trança por cima do ombro e respirou fundo, rígido.

— Obrigado pela ajuda — disse ele com formalidade ensaiada. Naia reparou que a bolsa trançada presa nas costas dele estava cheia, e não com boleadeiras nem qualquer outra coisa que um contador de canções pudesse carregar em um passeio diário normal. Ele também estava usando sapatos de viagem, do mesmo tipo dos dela, mas com menos contas e menos bordados. O olhar dele permaneceu no ombro de Naia. — Isso é um muski? Ouvi falar das enguias voadoras de Sog, mas nunca vi uma. Obrigado a você também, pequenino.

— Você poderia ter reagido — disse ela, deixando a vaidade satisfeita e repentina de Neech responder por ele. — Aquele tipo fala mais do que age. Se você reagir uma vez, eles deixam você em paz para sempre.

Kylan olhou com cautela pela estrada por onde eles tinham vindo. Ajeitou o colete e prestou mais atenção nele do que o necessário.

— Não sou bom em reagir — falou. — Eu sei que vou ter que aprender na minha viagem...

— Viagem? — Naia indicou a bolsa dele. — De onde eu venho, acho que chamaríamos isso de fuga.

— Eu não...! — exclamou ele, mas a reação foi carregada de culpa.

Naia riu.

— Boa sorte para você, Contador de Canções. Não deixe mais que os outros impliquem com você assim. Uma pedra só serve para uma de duas funções: jogar ou se esconder embaixo. Escolha o que você quer, mas quanto mais rápido decidir, melhor.

Ela acenou em despedida e seguiu pelo caminho, deixando o humilhado contador de canções para trás. O campo limpo era mais fácil de caminhar, plano e sem grama misturada com outras plantas. Ela se perguntou se seria assim até as montanhas... se ao menos ela tivesse essa sorte! O céu estava limpo, o tempo estava perfeito para uma viagem longa e... Ela ouviu passos atrás de si. Kylan, embora um pouco para trás, estava no mesmo caminho, indo na mesma direção, mais ou menos na mesma velocidade. Eles caminharam em distância constante por um tempo até que os olhos dele nos ombros dela se tornaram uma distração tão grande que Naia desacelerou o passo até que ele ficasse a seu lado. Ele sorriu, mas ela não sorriu de volta, sem saber se queria se apegar ao contador de canções em uma jornada como a que ela estava fazendo.

— Para onde você está indo, então? — perguntou Kylan.

— Ha'rar, na costa do Mar Prateado — respondeu ela. Torcendo para que ele encarasse como aviso, acrescentou: — É um longo caminho pelo mato.

— Ah! — disse Kylan. — *Na direção dos picos de neblina ao norte, pela Floresta Sombria ser forte, junto ao Rio Negro a sorte.* Se me lembro bem, Pedra-na-Floresta fica no caminho, não é? É para lá que eu vou.

Naia deu de ombros, concordando. Por causa do elo de sonhos com Tavra, ela sabia que Pedra-na-Floresta era o ponto intermediário entre Sog e Ha'rar.

— Você se importa se eu for junto?

A pergunta foi tão educada que Naia quase concordou de cara, mas imaginou vários perigos que eles poderiam encontrar no caminho. Em sua mente, cada cenário ficava mais perigoso quando ela se imaginava protegendo um contador de canções Spriton que não era capaz de jogar uma boleadeira para salvar a própria vida.

— Bem, não tenho certeza... — começou ela.

Sentiu palavras doces se formando na língua e, antes que o sabor conseguisse sufocá-la, parou e se virou para que eles pudessem se olhar. Não era justo com nenhum deles e ela sabia que não deveria adoçar o inevitável.

— Escute, Contador de Canções. Preciso chegar a Ha'rar o mais rápido possível com uma mensagem para a Maudra-Mor. Não sei quanto vou demorar, mas não tenho tempo a perder...

Ele levantou as mãos.

— Você não vai precisar cuidar de mim. Promento, eu...

— Você não sabe nem jogar uma boleadeira!

Mais uma vez, ele dobrou as orelhas e curvou os lábios para dentro. Um rubor de culpa surgiu nas bochechas de Naia, mas ela se manteve firme. Era a verdade.

— Talvez não, mas posso ser útil de outras formas — disse ele. — No mínimo, prometo que não vou atrapalhar. Posso não ser bom de caça, mas sou bom cozinheiro e sou bom com canções.

— Canções não vão ajudar na minha viagem — respondeu Naia. Apesar de ser verdade, sua barriga roncou um pouco, como se sussurrando em protesto.

Kylan percebeu a hesitação e insistiu.

— Posso registrar nossa viagem em troca de sua proteção contra ruffnaws e... fizzgigs!

Ao ouvir isso, Naia soltou uma gargalhada sem querer, fechando a boca rapidamente depois, mas era tarde demais; o sorriso já estava em seu rosto. Ela tentou fazê-lo sumir, mas ele ficou ali, assombrando seus lábios.

— Primeiro — disse ela —, eu não preciso de minha viagem gravada nem de canções no acampamento. Segundo, eu achava que não havia nenhum Gelfling vivo que precisasse de proteção contra fizzgigs!

— Mas em *Jarra-Jen e a Bocarra do Rei*, o rei Fizzgig come Jarra-Jen inteiro — disse Kylan. Ele estava determinado, e também tinha visto o sorriso. — *Fugir da bocarra enorme não foi moleza; Jarra-Jen, é, coçou a garganta do Rei com leveza…*

— Parece idiotice — interrompeu Naia, mas o sorriso estava voltando com a ideia de um fizzgig engolir alguém inteiro… que besteira! Jarra-Jen teria que ser um herói bem pequeno. Mas as palavras de Kylan eram fortes e botaram a imagem ridícula em sua cabeça: uma bola de pelo fofa vermelha e laranja grande o suficiente para um herói Gelfling ficar de pé dentro. Antes de perceber, ela estava quase gargalhando com a ideia. Tentando esconder o júbilo, Naia se virou e ouviu Kylan indo atrás.

— *E quando o Rei não quis arrotar, Jarra-Jen coça ao contrário e faz o Rei…*

Sem conseguir se controlar, Naia caiu na gargalhada. A história nem era *tão* engraçada, mas ela não ria desde que saíra de casa, e a sensação foi tão boa que ela não quis que passasse. Era como uma fogueira amiga crescendo. Ela limpou as lágrimas de riso dos cantos dos olhos, riu mais um pouco e continuou andando.

Dessa vez, Kylan não foi atrás, parecendo finalmente entender a mensagem. Ficou parado, silencioso e solene, segurando as alças da bolsa e olhando para Naia, abandonado.

Quando ele estava quase desaparecendo na trilha atrás dela, Naia parou e se virou, com um pequeno suspiro.

— E aí, Contador de Canções? — gritou ela. — Ainda estamos muito longe. Não temos tempo de ficar parados como estacas na lama!

Ele levantou a cabeça, as orelhas apontadas para ela, e Naia viu um sorriso surgir em seu rosto. Ele acelerou o passo de pernas longas para encontrá-la e, lado a lado, os dois seguiram para as colinas douradas.

CAPÍTULO 11

Kylan ficou em silêncio durante a viagem, segurando as alças da bolsa e olhando para a esquerda e para a direita, absorvendo constantemente o cenário com um foco ativo. Isso fez Naia se sentir mais à vontade com a própria curiosidade. Para ela, o ambiente era estranho, mas por orgulho ela tentou não parecer interessada *demais*. Juntos eles viram nuvens espiralarem no céu, as colinas cobertas de gramas e arbustos ambulantes, o vento vivo com a voz das criaturas da pradaria. Fiel à palavra até então, Kylan acompanhou o ritmo de Naia com as pernas finas, sem ficar ofegante, sem nunca reclamar pedindo descanso, mesmo após um longo dia de viagem. Só bem depois ele rompeu o silêncio e apenas com uma pergunta.

— Como as Drenchens voam?

A pergunta afastou o olhar de Naia das nuvens. Ela encarou seus olhos verdes curiosos.

— O que você quer dizer? Com asas, como todos os Gelflings.

Ele indicou a mochila dela, pendurada nas costas e nos ombros com duas tiras enfiadas nos braços. As bochechas de Naia ficaram quentes. Se ela *tivesse* asas, seria mesmo muito difícil usar uma bolsa masculina como a de seu pai. Ela ficou feliz pela própria pele escura ao imaginar como ficaria aquele rubor em uma pele mais parecida com a de Tavra.

— Essa bolsa é do meu pai. — Foi tudo que ela disse.

— Ah. — Ela esperava que ele insistisse no assunto, mas ele só perguntou: — Sua mãe é a Drenchen Maudra Laesid, a Curandeira da Pedra Azul?

Ansiosa para mudar de assunto, Naia assentiu. O fato de Kylan saber o nome de sua mãe a fez gostar mais dele, embora ela odiasse admitir.

— Sim. Sou a filha mais velha.

— Então, quando sua mãe se aposentar, você se tornaria a maudra.

— É — disse Naia, imaginando aonde ele queria chegar. — É assim que funciona.

— Não te dá medo?

Ela riu.

— Minha família é *maudren* desde que os Drenchens existem. Estou aprendendo vliyaya e confiam a mim uma lança e uma boleadeira. Mesmo vendada, conheço Sog acima e abaixo da água. O que há para temer?

Kylan deu de ombros.

— A Maudra Mera costuma lamentar o peso de ser matriarca. Ela costuma ter dificuldade para manter a ordem em Sami Matagal e nos vilarejos Spritons próximos. Acho que, se não é tão difícil em Sog, não deve ser um peso tão grande.

— Há muitas dificuldades. Eu não entendia quando era mais nova, mas estou aprendendo em meu treinamento. Ser maudra é uma responsabilidade e uma bênção. Eu sempre desejei poder explorar Thra, ver o Mar Prateado, as Cavernas de Grot, mas…

Naia parou de falar quando se deu conta do que estava dizendo. Kylan estava pensando a mesma coisa, com um sorriso nos lábios finos. Ela fez um ruído de deboche e descartou a ideia, mudando de assunto novamente. Dessa vez, ela fazia as perguntas.

— Você já viajou para além das terras Spritons antes, Kylan Contador de Canções?

Kylan balançou a cabeça e apontou. À frente, no horizonte entre eles e as montanhas, havia uma linha escura crescente que Naia interpretou como sendo uma floresta enorme.

— Só até onde começa a floresta — disse ele. — A trilha até lá é fácil, mas a Floresta Sombria...

O aviso de Tavra sobre a Floresta Sombria voltou à mente de Naia, e a declaração nervosa e inacabada de Kylan não ajudou em nada a acalmar suas preocupações. Mas não importava. Eles só precisavam contornar a floresta o máximo possível. Tavra teria lhe informado caso o caminho fosse perigoso demais.

— Não há um caminho até o Rio Negro sem passar pela floresta?

— Sim. Há uma trilha que passa por cima, pelas montanhas — disse Kylan. — E é só uma floresta, afinal... Mas eu sempre penso nas canções.

— Jarra-Jen e o Caçador? Não são só canções? Eu nunca tinha ouvido falar do Caçador antes de sair de Sog, mas todo mundo ouviu falar de Jarra-Jen.

— Canções carregam a verdade — respondeu ele. — Jarra-Jen foi um herói de verdade e o Caçador é um vilão de verdade.

Naia se lembrou do que Kylan dissera para os Lordes Skeksis sobre o Caçador e os pais dele.

— Então... você o viu? — perguntou ela baixinho. — O Caçador?

Ele moveu a cabeça e apertou as mãos.

— Vi — disse. — Ninguém acredita em mim. Todos pensam que é só uma história para assustar crianças. A Maudra Mera acha que meus pais foram levados por uma criatura faminta enquanto estavam na Floresta Sombria, ou que eles caíram no Rio Negro e foram carregados. Ela acha que eu imaginei a sombra de quatro braços e a máscara de osso, mas eu sei o que vi. Ela não acredita mesmo depois de termos feito um elo de sonho. Viu apenas escuridão em minhas lembranças.

— Sinto muito — sussurrou Naia. Ela se imaginou no lugar de Kylan, como seria solitário ter perdido seus entes queridos e ninguém acreditar. Era difícil pensar que um monstro tão terrível quanto o Caçador descrito na canção poderia existir de verdade, mas a Floresta Sombria não era um matagalzinho. Não dava para saber o que se esgueirava pelas profundezas misteriosas.

— Eu sonhei a canção de Jarra-Jen e o Caçador depois — disse Kylan. — A Maudra Mera me deixa contar porque entretém as crianças. Ela gosta da ideia do Caçador como história, mas nunca vai admitir que é real.

— Então você vai até Pedra-na-Floresta para prová-la? — perguntou Naia, fechando o círculo. — Você vai encontrá-lo e tentar vingar seus pais?

— Eu não acredito em vingança — respondeu Kylan. Ele olhou para cima. — Mas não quero que o que aconteceu com meus pais aconteça com mais ninguém. Não sei o que vou fazer quando chegar a Pedra-na-Floresta, mas um dia eu gostaria de encontrar o Caçador e o deter.

Naia deu um sorrisinho.

— Você vai ter que aprender a jogar uma boleadeira se quiser fazer isso — disse ela. — Ou encontrar uma pedra grande o suficiente debaixo da qual se esconder.

Kylan não respondeu à provocação bem-humorada, provavelmente pensando no Caçador e em seus pais. Naia o deixou em paz. Ela não tinha pensado muito no Caçador, ou mesmo se Tavra mencionara seu nome em

Sog, mas agora... será que acreditava em Kylan depois do que ele tinha lhe contado? Pensou em pedir que ele compartilhasse a lembrança com ela em um elo de sonho... mas não queria pedir que ele revivesse o momento em que perdeu os pais, mesmo que fosse para provar a existência do Caçador.

— Talvez, se você não encontrar o que procura em Pedra-na-Floresta, você possa voltar para Sog comigo — comentou Naia, na esperança de dar leveza ao ambiente. — Eu poderia lhe ensinar a jogar uma boleadeira lá, nos apenós onde ensinei minhas irmãs menores. Você poderia contar canções nos banquetes com tambores... Seria uma ocasião rara!

Naia sorriu de alívio quando o caminhar de Kylan recuperou o gingado.

— Vocês não têm um contador de canções no seu clã?

— Não. Nós temos canções de importância histórica, claro. Os primeiros passos de Mesabi-Nara em Sog, a fundação da Grande Smerth. Esse tipo de coisa. Mas não desperdiçamos tempo e fôlego com histórias fantasiosas todas as noites em volta do fogo.

— Entendi — disse Kylan. — Ah, Mesabi-Nara foi a Maudra das Profundezas, não é? *Gelfling da Pedra Azul, nascida no mar, com pulmões e brânquias para respirar?*

— Você já ouviu falar dela? — Uma parte do orgulho do clã voltou para a voz de Naia, quer ela gostasse disso ou não. Kylan assentiu e um sorriso largo aqueceu seu rosto agora que ele tinha arrancado um pouco de animação de sua companheira calada.

— Claro, a primeira Drenchen, a inventora da vliyaya de cura! Ah, você precisa me contar as canções que conhece. Eu adoraria ouvir. Vou cantá-las junto ao fogo... — Dessa vez, foi Kylan quem deixou a frase no ar. Ele olhou por cima do ombro, para trás no caminho, embora a cidade Spriton agora já estivesse bem para trás.

— Você ainda pode voltar, sabe? — disse Naia. — Ninguém vai reparar que você partiu se voltar agora.

Ela parou quando ele parou, imaginando se o companheirismo deles terminaria tão rápido. Se ele voltasse agora, talvez ela sentisse sua falta ... não, isso era besteira. Ela nem chegou a conhecê-lo direito; mas não importava, de qualquer modo. Kylan balançou a cabeça e se virou para o norte com um grunhido severo de decisão, andando para a frente. Naia foi atrás, e essa foi a última coisa que os dois disseram sobre o assunto.

As montanhas pareceram tão distantes como sempre, mesmo quando o céu escureceu. Naia se perguntou se eram apenas uma ilusão. Protegidos por uma rocha, eles acamparam, tirando das costas as bolsas pesadas. Kylan fez uma fogueira, rapidamente, até, e Naia pegou duas boleadeiras e a faca. Neech estava acordado, todas as penas em alerta, voando ali perto em movimentos curtos até descansar de novo no ombro de Naia, pronto para caçar seu jantar. As criaturas da noite se mexiam na grama alta em volta e, em pouco tempo, ela acertou uma com a boleadeira e mandou Neech encontrá-la. Ele fez exatamente isso. Era uma bolinha peluda com seis pernas articuladas. Naia o pegou pelas costas e o carregou até o acampamento. Kylan deu um gritinho e se encolheu quando ela empurrou em direção a ele o bicho, que ainda mexia as pernas devagar.

— Jantar! — declarou ela.

— Como você sabe que podemos comer? E se for venenoso?

Ela segurou a criatura perto do nariz e cheirou. Tinha cheiro de terra e um pouco de grama. Seu estômago roncou.

— Qualquer coisa que você cheira e ainda assim quer comer não pode ser venenosa — disse ela. — Lema Drenchen: confie no seu instinto. E você não estava dizendo que era bom cozinheiro? Um bom cozinheiro deveria identificar um bom jantar ao cheirá-lo.

Kylan assumiu uma expressão severa pela primeira vez desde que ela o conhecera, um tom mandão surgindo na voz dele ao ouvir o desafio.

— E se o cheiro bom for um truque? E se uma coisa tem cheiro bom para uma pessoa, mas horrível para outra? E se não for só venenoso para comer, mas venenoso ao toque?

— Bom, o que espera que eu faça? — perguntou ela. — Foi o melhor que consegui pegar. Você prefere ficar com fome? Não tem outro jeito de sabermos.

Ele levantou um dedo e o fogo cintilou em seus olhos.

— Tem outro jeito — afirmou ele.

Naia suspirou e levantou o besouro de arbusto que se debatia enquanto Kylan remexia na bolsa. Pelo volume, ela achou que estaria cheia de equipamentos de viagem ou de comida, mas agora ela viu que eram mais papéis e papiros, pergaminhos e o que ela achava que fossem *livros*, uma coisa da qual ela nunca tinha ouvido falar até ver o tomo de Lorde skekLach. Kylan pegou um dos fólios e virou as páginas de papel grosso com cautela, usando dois dedos.

— Ah! Aqui, diz que é um noggie cavador e que podemos comer se retirarmos o casco externo. Costuma ser preparado assado e temperado com ervas.

— Foi o que eu falei: a gente pode comer. Esse instinto não mente!

Kylan riu e pegou o noggie.

— Diz aqui que, se a gente não tirar o casco, vamos ficar de cama por uma semana e com cheiro de raiz nodosa pelo dobro disso. Seu instinto disse tudo isso?

Naia sorriu e se sentiu um pouco encabulada, mas gostou de ver uma certa assertividade do garoto Spriton. Ela sentou ao lado do fogo enquanto ele colocava o noggie em uma área plana de uma rocha próxima, matando-o com um golpe rápido de uma pedra menor. Quando ele botou a pedra de lado e fechou os olhos, Naia fez o mesmo, participando da oração solene e silenciosa que eles ofereciam em agradecimento ao noggie que deu a vida para o jantar deles.

Depois, Kylan removeu o casco como o livro instruía e o preparou para o fogo. Eles ficaram em silêncio enquanto o jantar cozinhava, a casca interna da criatura estalando de tempos em tempos com o calor. O cheiro de carne de noggie assada era amadeirado e saboroso. Kylan ficou sentado com o livro no colo, ajeitando as páginas para lê-las no fogo tremeluzente.

— Você sabe ler? — perguntou Naia, impressionada.

— Aprendi com a Maudra Mera, para poder ler todas as histórias de Jarra-Jen — disse ele. — Nossa tribo não tem gravador de sonhos, e como não sou bom em mais nada, ela achou que talvez eu pudesse assumir esse lugar... Imagino que os esforços dela tenham sido desperdiçados agora que fui embora.

— Você sabe escrever vliyaya? — perguntou Naia, surpresa. Ler era uma coisa, mas gravar sonhos... — Palavras que ficam?

Em resposta, Kylan abriu as mãos acima do livro onde a imagem do noggie já estava marcada no meio de filas e linhas de marcas rodopiadas e intrincadas. Naia chegou mais perto para olhar.

— A Maudra Mera é severa e muitas vezes mal-humorada, mas ela é gravadora de sonhos e me ensinou depois que meus pais morreram. Mesmo quando eu desafiei a paciência dela. Eu treino sempre que posso.

Ele esticou os dedos magros e os deixou acima do livro, se concentrando. Suas mãos se iluminaram com um fogo azul suave, e quando ele moveu as mãos em espirais, linhas e pontos delicados, o ar se iluminou nos caminhos que seus dedos assumiram. As formas que ele desenhou se fixaram nas páginas, fumegando em linhas profundas de preto carvão. As formas encantadas fluíram dos dedos dele como música do alaúde, todas entrelaçadas em longas linhas pela tabuleta. Era como um bordado intrincado de tapeçaria e tão misterioso que Naia conseguiu perceber que as formas não eram só bonitas, mas tinham significados.

Quando Kylan acabou, ele apontou para uma série de rodopios, linhas e pontos elaborados.

— Eu escrevi sobre o noggie, onde o encontramos e como o preparamos. Assim, se alguém ler depois, também poderá aprender com nossa experiência. E este é seu nome. *Naia*.

Ele apontou para uma forma especial em meio às outras. Naia tentou memorizá-la; a forma de seu nome, bem ali para qualquer um ver, bem depois que ela se fosse. Ela acompanhou com os olhos as palavras desenhadas, com medo de tocar nelas e as manchar.

— O que você escreveu sobre mim?

— Escrevi suas palavras — disse ele. — Sempre confie nos instintos de um Drenchen!

Ele piscou e Naia riu.

— Ninguém do meu povo dominou a vliyaya de gravação de sonhos — contou ela. — Nossos anciãos sim, muito tempo atrás. Eles deixaram algumas tabuletas e algumas coisas velhas escritas nos salões da Velha Smerth... mas nós só nos lembramos do significado.

— Os Drenchens são conhecidos por suas palavras e feitos de força — disse Kylan. Ele olhou para a gravação. — Acho que os Spritons são conhecidos pelas lanças e boleadeiras, mas... se eu pudesse escolher, gostaria de ser conhecido por isso.

— Tenho a sensação de que vai ser — afirmou Naia. Ela sorriu e, em troca, ganhou um sorriso do companheiro. Pelo aroma de dar água na boca, ela percebeu que o jantar estava pronto e tirou os espetos do fogo. Ela entregou um para Kylan e, quando ele sentiu o cheiro, seu estômago soltou um ronco alto que fez os dois rirem.

— Confiando nos meus instintos — disse ele e deu uma mordida.

Ela sorriu, pegou um graveto do chão e cutucou o fogo, que soltou um *pop* e uma explosão de fagulhas cintilantes. Satisfeitos, de barriga cheia, eles viram as fagulhas balançarem enquanto subiam pelo céu noturno.

Depois de um descanso bem mais reparador do que o da noite anterior na casa da Maudra Mera, Naia arrumou as bolsas enquanto Kylan dormia um pouco mais. Ela atiçou o fogo para secar o orvalho das bolsas e, quando tinha acabado de se preparar para apagar a fogueira, Kylan finalmente despertou. Ele se deitou de costas e se espreguiçou.

— Hora de ir? — perguntou ele.

— A menos que você queira viajar sozinho, dorminhoco — repreendeu Naia. Ela deu um chute nele de brincadeira e ele se sentou. Dobrou com cuidado a esteira. Ela esperava que ele reclamasse e perguntasse se eles precisariam seguir uma rotina assim todas as manhãs, mas ele só arrumou as coisas obedientemente e foi para o lado dela. Juntos, eles jogaram terra no fogo e voltaram para a trilha. A princípio, estava silenciosa, e Naia se esbaldou com isso, vendo o Sol Rosado se juntar ao Grande Sol no horizonte, acrescentando seu tom rosado à paleta do céu sem nuvens. O ar estava cheio de criaturas agitadas e cantos territoriais de voadores e rastejadores. Kylan saiu do caminho, ficando para trás e para a esquerda, para trás e para a direita, carregando um graveto na mão e cutucando a grama e um arbusto ou animal ocasional. Naia tomou a rota mais pragmática pela terra batida, não muito interessada em nenhuma das formas de vida selvagem que os cercavam até que fosse hora do jantar.

— Posso perguntar o que você vai fazer em Ha'rar?

A pergunta de Kylan, interrompendo o silêncio, foi bem inocente. Mesmo assim, Naia apertou os lábios, pensando. Não havia nada de errado em contar a Kylan sobre Tavra, havia? Afinal, Tavra que fora até a Grande Smerth procurando Gurjin. Naia não tinha nada a esconder. Ainda assim, ela não teve vontade de contar para Kylan que seu irmão tinha sido acusado de traição, fugindo e deixando-a para ser julgada em seu lugar.

— Estou procurando meu irmão Gurjin — disse ela. — Ele é guarda no Castelo do Cristal e desapareceu. A Maudra-Mor também o está procurando. — E havia também o Nebrie sombrio, as veias de cristal na lama... — Eu tenho uma mensagem para ela de um de seus soldados.

Kylan se empertigou à menção da Maudra-Mor, embora a terra dela estivesse mais distante até do que as montanhas à frente.

— Eu não sabia... — começou ele. Quando olhou para ela dessa vez, um novo respeito tinha aparecido nas feições dele, seguido por um franzido de preocupação na testa. — Alguma coisa está errada?

Dizer *não* seria mentira, mas Naia também não queria dizer *sim*. Afinal, ela não sabia exatamente o que estava acontecendo. Até Tavra ficara surpresa com o Nebrie, embora, pela urgência com que enviou Naia para Ha'rar, tenha parecido que a soldado da Maudra-Mor talvez tivesse algum palpite sobre o que aquilo significava.

— Não sei, mas sei que nem tudo está certo — disse ela, chutando uma pedra enquanto andava. Como seu companheiro não respondeu, ela olhou para ver o que ele estava pensando e parou com uma sensação horrível.

Kylan tinha sumido.

CAPÍTULO 12

— Kylan? Kylan!

Naia voltou alguns passos, olhando para a esquerda e para a direita. Deveria ser fácil encontrá-lo em campo aberto... mas não havia sinal dele. Nem a bolsa nem um sapato. Ela esperava que ele não tivesse tropeçado e caído na grama alta ou, pior, que não tivesse sido levado por algum animal.

— Aqui...

Ele pareceu ao mesmo tempo distante e próximo e, o mais importante, bem. Mas... onde? Naia soltou o ar que estava prendendo e seguiu a voz dele, saiu da trilha quando ele chamou de novo. As palavras estavam abafadas, difíceis de identificar... e, de repente, ela o ouviu com clareza.

— Cuidado!

Tarde demais. O ar sumiu dos pulmões dela quando seu pé tocou no ar. Em vez do monte de terra que ela esperava embaixo da grama densa e emaranhada, só havia um buraco. Ela perdeu o equilíbrio e caiu, e apesar de a distância ser curta até ela bater solidamente com o traseiro no chão, Naia sabia que aquela queda deixaria hematomas. Ela tossiu por causa da poeira que tinha subido com sua queda e ouviu Kylan fazendo o mesmo.

— Eu falei para você tomar cuidado — disse ele.

Naia balançou a mão para afastar o que restava de poeira no ar e se levantou. Tinha caído quase em cima de Kylan, em uma caverna cavada. Havia raízes nas paredes e o cheiro de terra e vegetação era denso no ar. No entanto, pelas prateleiras improvisadas e mobília de vime negligenciada, ficou claro que a toca fora o lar de alguém. Acima, o buraco pelo qual eles caíram permitia a passagem da luz do dia. Naia olhou para Kylan, que se levantava e massageava as costas. Ele parecia bem, embora a terra seca e vermelha que agora cobria sua túnica e seu cabelo lhe desse a aparência de um unamoth que acabara de sair do casulo. Ela esperava que antenas surgissem a qualquer momento.

— Quem morava aqui? — refletiu ela em voz alta, tocando na parede mais próxima e se agachando para inspecionar uma cadeirinha de balanço. O assento era pequeno demais para um Gelfling adulto, mas uma criança poderia usá-lo… ou talvez um dos pequenos Podlings. O vime, ressecado e rachado, estava coberto por uma planta bonita de cor turquesa. Pela cor e pelo formato das folhas, parecia que a mesma planta cobria quase todas as superfícies da salinha, das paredes ao teto. Era pequena, com delicadas florezinhas brancas e filetes pendurados como fita enrolada.

— Parece que Podlings — disse Kylan. — Sim, está vendo? Isto é uma pá de jardinagem deles. Mas está tão velha e enferrujada… para onde será que foram?

— E partiram deixando todas as coisas aqui — acrescentou Naia.

Ela andou pela sala, mexendo nas prateleiras cheias de pedras decorativas cobertas de poeira, de talismãs de madeira entalhada e potes de argila cujo conteúdo já secara e fora comido por insetos rastejantes. Uma porta parcialmente coberta por uma cortina trançada frágil ocupava parte da parede mais distante da sala. Naia puxou a cortina e espiou um corredor escuro, coberto do chão ao teto com folhas azuis e flores cintilantes e peroladas. Embora as flores emitissem um pouco de luz, o túnel estava tomado de sombras. Ela sorriu.

— Vamos ver onde vai dar!

Kylan não tinha se afastado do lugar onde caíra e ainda estava ocupado com a tarefa de tirar a terra do corpo e limpar as tranças. Ele seguiu o gesto dela com certa curiosidade, mas seus pés não se mexeram. Quando ele olhou para a escuridão do túnel, Naia percebeu que Kylan estava com medo. Antes de brincar com ele por causa disso, ela se lembrou do destino dos pais dele. Talvez o medo do escuro não fosse uma coisa tão boba, afinal.

— Fique aqui e encontre uma saída — disse ela. — Volto logo.

Ele não queria que ela fosse, mas não protestou. Só assentiu com nervosismo e falou:

— Tome cuidado.

Sem abertura para o mundo acima, o túnel começou escuro e foi ficando ainda mais escuro conforme Naia seguia por ele, para longe de Kylan na sala principal. O teto era baixo e arredondado em uma altura para criaturas de estatura menor, e Naia teve que andar com as pernas encolhidas para não bater com a cabeça no alto do corredor. Ela passou a mão pela parede coberta de plantas para se orientar, sentindo os caules macios e esponjosos e as folhas da forma de vida que se enraizara no interior abandonado da caverna. Quando ela passou, as folhas e os filetes de trepadeira tremeram e amontoaram-se em volta de seus dedos a fim de absorver seu aroma, beijando cada nó e cada ponta.

Ela inclinou a cabeça para observar a superfície da parede. Uma luz fraca vinha de trás da planta, e ela abriu o emaranhado de caules para olhar melhor. Era terra e pedra o que havia embaixo das raízes, mas havia *alguma coisa...* Ela enfiou os dedos e puxou terra seca e argila velha até um punhado se desfazer. O que viu embaixo gerou um arrepio frio por seu corpo: um mineral luminoso cintilava na escuridão da terra... uma coisa que estalava e bruxuleava. Escura. Violeta.

— Os veios de cristal... estão se espalhando...

— Naia! Socorro!

Ela afastou a lerdeza do medo e disparou pelo corredor até encontrar Kylan de frente para a parede, uma das mãos sobre a boca. De início ela não viu nada, mas então ouviu sons. Algo arranhava e cavava. As folhas da planta que cobriam a toca tremeram, e areia e pedrinhas caíram da parede. Naia sentiu um tremor crescente abaixo de seus pés. Havia algo percorrendo a terra e era uma coisa *grande*. A caverna foi se enchendo de uma sensação familiar e perturbadora, como se a Canção de Thra estivesse sendo sufocada por uma coisa mais sombria, mais caótica. Era o mesmo que ela sentira no pântano, quando estava na sombra do Nebrie encantado.

— É o Caçador — sussurrou Kylan, segurando o braço dela com pavor. — Ele está aqui. Pegou os Podlings e agora veio nos pegar!

Uma visão breve e imaginada da parede caindo em volta deles e revelando o monstro com máscara de osso da canção de Kylan gerou um choque de pânico pelo corpo de Naia; mesmo assim, ela procurou manter-se calma pelo companheiro.

— Vai ficar tudo bem — disse ela. — Mas só se conseguirmos sair daqui. Logo.

— Você pode nos levar para fora voando? Rápido!

Naia botou a bolsa no chão e se ajoelhou, procurando desesperadamente o pedaço de corda que tinha levado, mas que estava embaixo da comida e da boleadeira e... pronto! Porém estava emaranhada, e enquanto ela lutava para desfazer os nós, os sons ensurdecedores de algo se arrastando se espalharam em volta deles. Ela puxou pedaços de corda, mas antes que conseguisse esticar mais que o equivalente ao tamanho de seu braço, a parede rachou, inflou e desmoronou. A terra caiu em pedaços enormes e pedregosos, revelando um monstro preto peludo que tinha o dobro da altura dos dois e corpo muito mais volumoso. Embora fosse predador, pois as garras enormes deixavam isso claro, Naia sentiu o peso do pânico sumir do peito. Não era o Caçador.

— Um ruffnaw? — choramingou Kylan, dando nome ao animal que Naia nunca tinha visto. Eles ficaram paralisados quando o monstro parou, desorientado, no vão aberto da toca de Podling. Tinha pelos densos e oleosos cobertos de terra e lama, e o rosto sem olhos era envolto por centenas de longos bigodes. Na ponta do nariz comprido havia um amontoado vermelho de narinas com bordas que se dilataram quando sentiram o ar aberto, mostrando um carmim de alerta. A cor era sinal de perigo, assim como as garras enormes e curvas que formavam as patas da frente da criatura.

Atrás do ruffnaw, camadas do mineral violeta parecido com vidro brilhavam quentes na terra onde o solo caía em pedaços úmidos e escuros.

Naia esticou a mão e segurou a de Kylan, formando um elo de sonhos para evitar ruídos. Ele aceitou a ligação com uma onda de calor.

Está sombrio, sussurrou ela na mente dele, buscando afastar os outros pensamentos, medos e lembranças na cabeça do rapaz para se concentrar apenas na comunicação. *Ficou enfurecido por aquele cristal na terra... Não podemos esperar que se comporte de forma normal!*

Kylan engoliu em seco e sua mão tremeu na dela, mas o queixo se moveu em um pequeno aceno de coragem.

Se... se ficarmos quietos e não nos movermos, pode ser que nos deixe em paz. Os ruffnaws caçam sentindo movimento, não por visão...

Naia achava que o conselho dele, óbvio e tardio, provavelmente fora tirado de alguma canção, em vez de bom senso. Mesmo assim, ela não sabia se o bom senso importava agora. O ruffnaw se agachou na frente deles na entrada que tinha aberto, respirando pesadamente pelo focinho brilhoso com tentáculos tipo estrela. Gotinhas de cuspe voaram das narinas e as laterais do corpo oscilavam com seu ofegar, o pelo grudento em pé. Vê-lo naquele estado evocou um medo tão grande que Naia sentiu como se estivesse afundando, os dois pés presos, sem conseguir se mexer. O Nebrie não era a única criatura encantada e o veio de cristal, no fundo de Sog, não era a única ocorrência do mineral maldito. Onde quer que a doença tivesse começado, agora estava se espalhando.

O que aconteceria se aquilo se espalhasse até o Coração de Thra?

Kylan soltou a mão dela e recuou devagar, mas não havia para onde fugir. Naia segurou a corda com as duas mãos, calculando a força e o ângulo com que teria que jogar o contrapeso a fim de fazê-la passar pela abertura acima, longe o suficiente para que pudesse, com sorte, prender em alguma coisa. Só depois eles poderiam subir para um lugar seguro.

A breve oportunidade de imobilidade passou. Ao sentir o movimento deles, o ruffnaw atacou, abrindo as garras. Kylan gritou quando o animal peludo caiu em cima dele. Naia foi atrás, sem saber o que fazer além de tentar em vão mantê-lo longe de seu amigo. Ela sentiu os fios grossos do pelo do ruffnaw entre os dedos, mas acabou agarrando com força a cauda rosada e comprida. Embora não conseguisse segurar a criatura enorme pela força, seu gesto distraiu o ruffnaw o suficiente para fazê-lo se virar em direção a ela, soltando um chiado agudo e borrifando-a com saliva. Naia pensou em pegar a adaga de Gurjin no cinto e enfiar a lâmina no focinho vulnerável do ruffnaw, mas a lembrança do Nebrie no pântano a fez se controlar. Em desespero, ela procurou o ruffnaw com a mente. Primeiro, sentiu uma luz lancinante e ofuscante e logo viu uma silhueta escura e irregular flutuando em um túnel de fogo. Por fim, sentiu o grunhido de Thra em si, gemendo e resmungando de dor.

Um assobio penetrante reverberou pela pequena toca e o ruffnaw ficou imóvel do focinho à cauda. Naia sentiu os pelos dele se erguerem, ficarem em pé, e algo nele mudou. Sua mão ficou quente no local onde ela o tocava, onde estava formando um *elo de sonhos* com ele, e o pelo escorregou da mão dela quando o animal recuou. O assobio soou de novo e o ruffnaw não precisou de outro incentivo. Sumiu pelo túnel de onde viera.

Naia caiu de joelhos e levou as mãos até o seio, desejando poder acalmar o coração disparado só com a pressão das palmas. Ela apertou bem os olhos e teve vislumbres da visão... do sonho que o ruffnaw compartilhara com ela, intencionalmente ou não. A escuridão da terra e a luz elétrica e violeta, o mesmo que ela tinha visto com o Nebrie. Só que, dessa vez, para seu alívio, o encontro acabara e não houvera sangue derramado. Seus ouvidos estavam ecoando, mas em meio a isso ela ouviu alguém se ajoelhar a seu lado. Kylan tocou em seu ombro.

— Naia — disse ele. — Naia, você está bem? Nós temos que sair daqui.

Naia parecia entorpecida, mas Kylan estava certo. Ela tateou na terra e nos destroços até encontrar o pedaço de corda e se levantou. O ruffnaw podia voltar e quem sabia o que poderia acontecer nesse caso. Ela soltou um grunhido baixo e jogou o contrapeso da corda para cima, deixando que caísse antes de puxar. Quando sentiu que a corda estava segura, amarrou as tiras na bolsa e segurou-a para que Kylan pudesse subir primeiro. Enquanto ele subia, ela deu uma última olhada na toca abandonada... e se ergueu até a luz do dia.

Eles se sentaram na grama para recuperar o fôlego e se acalmarem. Naia enrolou a corda entre o cotovelo e o polegar para diminuir o tremor no corpo.

— O que aconteceu? Com aquele assobio... Foi você?

Kylan botou os dedinhos na boca, curvou os lábios e soprou em um assobio alto e ousado que se espalhou pela planície. Ele apoiou as mãos no colo e deu de ombros.

— O ruffnaw tem medo do grito do hollerbat — disse ele. — Ouvi em uma canção.

Naia suspirou. Se aquela informação veio ou não de uma canção, o que importava era que tinha dado certo. Ela não poderia negar isso. Concentrou-se em guardar a corda e verificou se estava faltando mais alguma coisa na bolsa. No fundo, escondida em um cobertor, ela viu uma cauda tremendo e a puxou. Neech veio na mão dela, as orelhas esticadas junto ao corpo, os olhos grandes e alertas. Ela fez carinho na cabeça e no queixo dele até ele relaxar.

— Está tudo bem. Acabou. Não graças a você, seu medroso — disse para ele e, então, perguntou para Kylan: — Você se machucou?

— Não. E você?

— Não sei... Não me machuquei no corpo. Mas... — Ela balançou a cabeça, tentando expressar em palavras o que tinha acontecido. Foi tudo tão rápido, tão poderoso, e sua cabeça ainda estava girando. Ela se sentou, sentindo-se fraca, e pressionou as mãos no rosto. — Acho que fiz um elo de sonhos com o ruffnaw. Vi dentro da mente dele e ele viu dentro da minha...

— Elo de sonhos? — Kylan ofegou. — Com o ruffnaw? Isso é possível?

Naia balançou a cabeça.

— Não sei. Só sei que minha cabeça está doendo.

Kylan se agachou ao lado dela, a mão em seu ombro, os lábios apertados e a testa franzida. Em seguida, se levantou.

— Acho que devemos parar por hoje — disse ele. — Venha. Você consegue chegar naquela árvore?

A árvore que Kylan escolheu não ficava longe e ele segurou a bolsa de Naia e ofereceu seu ombro para que ela pudesse se apoiar. Ela tentou manter a mente concentrada no caminho e nos campos, no movimento das árvores próximas e no céu em tom pastel acima, mas tudo estava se misturando. Até respirar o ar seco da campina a deixava exausta. Em seu estado enfraquecido, alguns sonhos passaram de um para o outro. Ela viu o medo que ele sentira ao olhar a cara do ruffnaw louco mas, junto, também viu a sombra da força. O que ela compartilhou com ele em troca foram visões embaçadas de olhar para a saída da toca, o peso da vergonha de não ter conseguido salvá-los com as asas que ainda não possuía. O resto ela manteve escondido, embora o esforço a deixasse ainda mais tonta.

Quando Kylan a colocou em um pedaço de grama macia na sombra da árvore, ela estava começando a se sentir melhor, embora ainda estivesse cansada. Ficou quieta por um tempo enquanto ele arrumava as bolsas e afastava a grama para fazer uma fogueira.

— Não consigo deixar de sentir que tem algo que você não está me contando — disse ele, mais para si mesmo, como se não esperasse resposta. — Você não parece surpresa com o comportamento do ruffnaw.

Naia ficou meio inclinada a deixar as palavras dele se perderem no vento fresco, mas talvez ele estivesse certo. Eles correram perigo, um perigo real e horrível, e, para Naia, não era a primeira vez depois de partir. Kylan não estava sob os cuidados dela, mas eles eram companheiros de viagem agora. Talvez até amigos. Talvez ela devesse isso a ele. Ela tomou uma decisão e esticou a mão em direção a Kylan. Reconhecendo o gesto, ele segurou a mão dela, e ela sentiu a ligação do elo de sonhos aquecer de novo. No começo, foi um filete, como gotas de água se reunindo em uma folha grande, mas logo as lembranças jorraram como chuva enchendo um rio.

Naia mostrou a Kylan sua casa em Sog, os apenós banhados de sol e a madeira exuberante e viva da Grande Smerth. Mostrou a manhã em que Tavra chegou, o banquete que aconteceu naquele dia e a audiência que fizeram na câmara da mãe dela. Sua partida e seu confronto com o Nebrie, os veios de cristal no fundo do pântano e a solidão e a fúria horríveis no coração da criatura. O ferimento de seu pai e a mensagem de Tavra. Ela guardou, no entanto, o segredo de Gurjin, não revelando que seu irmão era acusado de traição e que ela ia para Ha'rar no lugar dele.

Kylan mostrou seus pais criando-o em uma cabana em terra Spriton, perto da Floresta Sombria, cuidando de

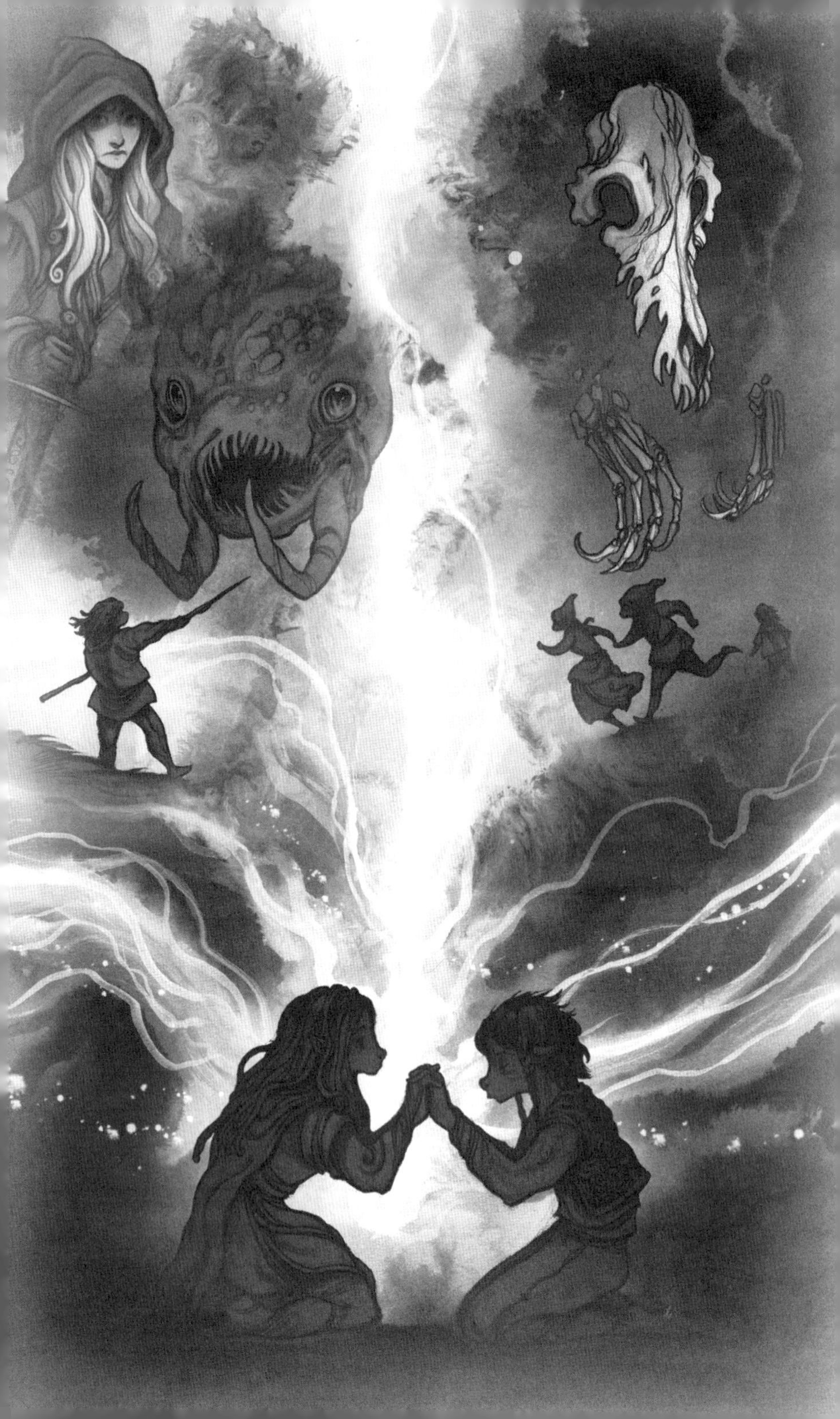

plantações que enchiam sua barriga e brincando nas colinas gramadas. Ela viu o pai de Kylan lhe ensinando a tocar alaúde, a mãe colhendo e tecendo grama alta e larga em um tear para fazer o telhado. Ela viu uma noite de inverno sem luas, tão fria que o pequeno Kylan estava com duas colchas enroladas no corpo. Ele pulou quando a janela se abriu e bateu na parede interna com um estalo assustador, o vento gelado soprando e carregando a escuridão da noite. Sua mãe foi fechar a janela, mas era tarde demais. O vento escuro extinguiu todas as velas em instantes e *ele* apareceu. O Caçador, com uma capa tão preta que se misturava com a noite, só com os odiosos olhos vermelhos à vista por trás da máscara de osso. As garras abafaram os gritos deles quando ele desapareceu, deixando Kylan sozinho na noite barulhenta.

O elo de sonhos terminou e Naia sentiu a mão de Kylan se afastar da dela. A lembrança do vento negro que levou os pais de Kylan se grudou na mente dela, o frio fantasma da noite de inverno agarrado à pele, embora uma brisa quente soprasse. Não era surpresa ele ter medo do túnel escuro na toca de Podlings.

— Os veios de cristal... são uma doença em Thra — disse Naia. — Escurecem o coração das criaturas. Tenho medo do que pode acontecer se a doença chegar ao Castelo do Cristal. É por isso que preciso chegar à Maudra-Mor, encontrando ou não meu irmão.

— Os Skeksis vão proteger o Cristal — garantiu Kylan. — Deuses antigos lhes deram o poder de protegê-lo quando o castelo foi confiado a eles.

Naia assentiu. Suspirando, ela voltou os olhos para os arredores do presente, acariciando a cabeça de Neech, apoiada em seu joelho. As grandes ondas de grama em volta deles pareciam pegar fogo em tom dourado, e eles pararam para olhar quando os insetos noturnos cintilantes brilharam no horizonte.

Embora fosse bonito ao redor, Naia não conseguia deixar de imaginar o que mais se escondia abaixo e à frente, aguardando nos braços sombrios das profundezas.

CAPÍTULO 13

Quando a neblina da manhã passou no dia seguinte, Naia levou a mão à testa e apertou os olhos. Na luz célere da manhã ela viu uma crista de terras altas e rochosas a um dia de distância, parecendo as costas de uma serpente entre eles e as montanhas ainda distantes. Estava invisível na pouca luz da noite anterior, mas inconfundível agora. Kylan seguiu sua linha de visão e soltou um som baixo de surpresa.

— O que é aquilo? — perguntou Naia.

— A Espinha do Rio Negro. Você não estava esperando? É onde vamos encontrar o rio que vai nos levar a Pedra-na-Floresta… — A voz de Kylan sumiu quando ele percebeu o que Naia só estava compreendendo agora. As bochechas dela ficaram vermelhas e ele disse em voz alta: — Você não achou que íamos viajar até aquelas montanhas grandes e roxas, achou? Aquelas são as montanhas enevoadas! Levaria *unum* para chegar lá se não pegássemos o rio!

Ela apertou os lábios e lhe deu um soco no braço.

— Eu nunca vim tão para o norte! Como poderia identificar a diferença entre uma crista de montanhas e outra?

Apesar de estar com a mão no braço dolorido, Kylan ria. Mas não era uma risada cruel. Ele só estava gostando de *não* ser quem fica constrangido. Ela o deixou aproveitar o momento. Mesmo se sentindo boba agora por achar que as montanhas eram a metade de seu destino, o alívio de saber que eles chegariam à crista em um dia valeu a pena. Talvez eles até chegassem ao lendário Rio Negro naquela noite. Naia ficou com água na boca ao pensar nos nadadores que eles poderiam assar para o jantar e no quanto Neech gostaria da saudosa umidade de água corrente.

— Nós podemos chegar ao rio até a noite, eu acho — disse Kylan, e Naia concordou, acelerando o passo em expectativa.

A grande planície Spriton começou a se transformar em uma região mais árida, ainda que aninhada na Espinha do Rio Negro, e Naia via uma linha densa de árvores exuberantes. O formato das nuvens era comprido por ali, com curvas brancas e vapor conforme a umidade da Floresta Sombria caía em pancadas de chuva e arcos-íris, sobrando pouco com os ventos que sopraram para o sul. Naia ficou muito agradecida pelos sapatos que a Maudra Mera lhe dera. Quando os gramados abriram caminho para o mato mais seco e os arbustos, a terra ficou salgada e dourada. Caminhar por lá descalça ou mesmo com as sandálias de tronco de árvore seria quase impossível. Até o pequeno povo Pod usava sapatos, refletiu ela. Parecia que Sog era o único lugar em Terra Skarith onde os sapatos eram mais um peso do que uma bênção. Por outro lado, Naia nunca tinha visto um Podling na vida antes da viagem. Talvez sapatos fossem comuns a todos, menos aos Drenchens.

— Há muitos Podlings nesta área? — perguntou ela, e Kylan se animou com a pergunta, ansioso para compartilhar todas as informações que guardava na mente.

— Havia dezenas por toda a área, mas os números estão diminuindo e muitas famílias acabam morando com comunidades Spritons quando suas colônias ficam pequenas demais. Alguns dizem que são as colheitas ruins.

Parecia estranho falar em colheitas ruins quando havia tanta abundância de natureza ao redor, tanto na pradaria quanto ali, nas terras mais altas. Embora Naia estivesse acostumada à caça no pântano, até ela sabia que havia muito para comer e para usar em construções e para amparar a vida nas planícies Spritons. Como estavam com dificuldades em uma terra de tantas riquezas? A resposta era o que Kylan não estava dizendo: os problemas que os Podlings enfrentavam poderiam não ter nada a ver com as colheitas.

— Acredito que o Caçador caça mais do que Gelflings — disse ele baixinho. — Se bem que a Maudra Mera não deixaria que eu falasse isso em voz alta.

Naia tremeu.

Eles almoçaram caminhando: frutas secas e as entranhas macias e doces da grossa grama vermelha. À medida que a noite caía, o chão começou a se inclinar e se transformar em rochas lisas em camadas das terras altas da crista. Ali, o caminho bifurcou: um lado descia para o vale da floresta e o outro subia para a crista. Eles subiram. Entre rochas e penhascos íngremes, o caminho se estreitou até que só cabia um de cada vez, serpenteando entre arcos de pedra entalhada e subindo degraus largos que os levaram mais e mais alto. No começo, Naia teve medo de Kylan escorregar e cair, mas ele caminhou bem. Em algumas ocasiões, foi mais ágil que ela. Apesar de não saber jogar uma boleadeira, o equilíbrio dele era bom, e os dois seguiram pelos vermelhos e laranjas quentes da crista, altos demais em lugares com gavinhas grossas e vegetação emaranhada. Conforme subiam, Naia ficou maravilhada com a floresta carregada de folhas e dos gritos e ruídos de voadores e zumbidores. Uma vez, quando apoiou a mão para recuperar o equilíbrio, um arbusto de tentáculos pulou em alarme e rolou rapidamente pela ladeira até desaparecer na floresta abaixo.

Quando o Grande Sol desceu, eles pararam para observar o trajeto vibrante. Nuvens pontilhavam o céu, carregado com uma chuva que refletia os tons das cores com iridescência a mais. Do ponto alto onde eles estavam, Naia via a enorme área que já tinham atravessado ao sul. As planícies eram tão grandes que Sog não chegava nem a ser um ponto preto no horizonte.

— Ali — observou Kylan, segurando o ombro dela e apontando. — Ali, está vendo?

À frente, a oeste, um brilho de luz do sol refletida surgiu no meio da floresta pesada. Naia se esforçou para acompanhá-lo, e quando a última luz do Grande Sol bateu no lugar certo, ela viu: uma linha sinuosa de água escura que abria caminho em meio às terras altas. Fluindo a partir da origem em uma fonte no alto da crista, o rio seguia para seu destino final, ao norte, que era também para onde ia Naia.

— O Rio Negro — disse ela. Um sorriso surgiu. — Estamos tão perto! Vamos construir uma jangada e descer até Ha'rar. Tem alguma queda de água?

— Rá! Como eu poderia saber? — perguntou Kylan. — Isso também é novidade para mim.

— Não tem nenhuma canção sobre Jarra-Jen e o Rio Negro? — Naia estava brincando, mas quando ele balançou a cabeça, ela sentiu uma certa decepção mesmo assim. Embora a jangada que ela sabia construir fosse firme, não aguentaria o suficiente para carregá-los por uma queda de água. Ela suspirou, sonhando com a facilidade que seria chegar em Ha'rar se eles pudessem apenas ir flutuando para lá na corrente tranquila do rio. Ela estaria perante a Maudra-Mor rapidamente.

— Não além da que já contei em Sami Matagal.

— Acho que vão contar canções sobre nós, então — brincou Naia. — Venha!

Com a energia renovada por ter visto o rio, os dois seguiram em frente, usando as numerosas raízes e galhos volumosos que se emaranhavam com a terra como apoios de mãos e de pés. A vegetação grande e espalhada era toda da mesma cor verde-amarronzada, de textura áspera e grossa, apesar de estar coberta em cima e em todos os cantos e recôncavos de outras plantas, flores e criaturas rastejantes e barulhentas, ocupando as terras altas e as pedras como se a própria floresta estivesse subindo pela crista. Lembrava a Naia um apenó, de certa forma, e ela cantarolou baixinho enquanto pulava raízes apoiando a mão e dando um salto.

O caminho terminou abruptamente em um ponto da crista. A terra alta caía em um penhasco íngreme e o lado oposto ficava bem mais distante do que seria possível atravessar com um salto. As gavinhas constantes e grossas que envolviam cada canto da falésia também terminavam ali. Mas um galho grande, largo o suficiente para dois Gelflings andarem lado a lado, se projetava acima da ravina alguns passos antes de terminar em lascas irregulares e quebradas. Do lado oposto da ravina ficava a outra ponta do galho, quebrado da mesma forma, e o comprimento restante estava pendurado no ponto de quebra por umas fibras restantes de madeira.

— Era uma ponte — disse Kylan enquanto eles olhavam. — Mas... não é mais.

Naia chegou mais perto do penhasco, do lado que eles ocupavam do caminho de galho quebrado. O vale que se encontrava abaixo, bem abaixo, entre eles e o outro lado, era coberto de floresta densa, tão cheia de plantas que ela só conseguia ver as copas das árvores. Os gritos de voadores e outras criaturas selvagens ecoavam pela ravina de rochas vermelhas, carregados pela face do penhasco com o vento regular e forte.

— Nós temos que atravessar para chegar ao rio — disse ela. — Não acredito! Estamos tão perto que praticamente consigo sentir a água do rio nos dedos dos pés. Eu queria chegar lá até a noite.

Kylan curvou os lábios em silêncio. De qualquer modo, não havia nada que pudesse ser dito. Naia chutou uma pedra pela lateral do penhasco e puxou os cachos. Se ao menos tivesse asas! Mas não havia nada em suas costas além de dor e uma bolsa de viagem pesada que provavelmente pesaria demais para que ela fizesse a travessia, mesmo que conseguisse voar. E o que seria de Kylan, nesse caso? Ela afastou a frustração e se virou de costas para a ponte quebrada. Voltou pela direção por onde eles tinham vindo, para procurar um jeito de descer o penhasco.

Retornar os levou de volta à bifurcação por onde tinham passado bem antes, e Naia engoliu as palavras sobre o tempo desperdiçado. Ela parou quando os passos de Kylan se interromperam atrás dela. Virando-se, ela o viu parado com as mãos esticadas, em frente a uma pedra com face plana. Antes que ela pudesse perguntar o que ele estava fazendo, Kylan demonstrou. A vliyaya azul de gravação de sonhos se iluminou em seus dedos, queimando palavras que ficaram na face da pedra. Quando acabou, ele deu um passo para trás para inspecionar seu trabalho antes de correr até Naia.

— Estou avisando outros viajantes sobre o passo — disse ele.

Naia segurou a língua, embora quisesse lembrar a ele que era improvável que mais alguém passasse por ali tão cedo e, mesmo que passasse, a maioria dos Gelflings não sabia ler. Mas se deu conta de que não havia mal nenhum e que ela apenas estava frustrada com o desvio inesperado. A ponte não era culpa de Kylan, nem de ninguém, na verdade, e assim ela deixou sua frustração nos penhascos das terras altas e eles começaram a descida.

Quando chegaram em terreno mais baixo, as gavinhas foram ficando mais densas e mais altas, subindo pelas árvores em mais e mais lugares. Na noite que escurecia, a floresta estava viva com os piados e gritos de criaturas noturnas que ressoavam com a canção noturna. Neech se enrolou no braço de Naia com expectativa quando eles pararam onde as árvores formavam uma linha sinuosa, separando a falésia da floresta. Apesar de seus olhos já terem se ajustado à noite, Naia se inclinou e remexeu na bolsa para pegar uma bolsinha de musgo reluzente. Entregou um pouco para Neech, que comeu ávido. Depois de alguns momentos, o verde cintilante do musgo saturou sua pele oleosa e a luz brilhou de seu corpo com força suficiente para iluminar o caminho. Kylan assistiu com prazer; ela tinha certeza de que ele registraria isso nos pergaminhos depois.

O aviso de Tavra sobre a Floresta Negra e seus perigos voltou à mente de Naia, mas ela afastou as palavras. Não podia perder mais tempo depois do dia cheio de desvios.

— Pronto? — perguntou ela. Kylan a encarou, e ela viu lembranças em seus olhos. Lembranças dos pais, do Caçador, de todas as canções sobre a Floresta Negra. Mas, apesar do medo, ela também viu coragem.

— Vai ficar tudo bem — garantiu ela.

— Eu só fico pensando se não seria melhor ir durante o dia. Você sabe, quando os Irmãos estiverem no céu e não estiver tão... escuro.

Naia olhou para a floresta, as palavras do amigo mudando a forma como a via. Estava mesmo escuro. A Floresta Sombria certamente merecia o nome. Apesar de não ter medo do escuro, ela sabia que o lugar seria perigoso se eles entrassem com descuido... mesmo assim, a natureza não era estranha para ela e eles tinham desperdiçado tempo demais.

— Só pense no que Jarra-Jen faria — sugeriu ela.

— Não sei se você estava ouvindo, mas foi na Floresta Negra, durante a noite, que Jarra-Jen encontrou o Caçador e foi perseguido até ter que pular de um penhasco no Rio Negro — retorquiu Kylan. A fúria passou das palavras para a postura e ele apoiou as mãos nos quadris. Naia sorriu. Era daquela atitude que ele precisava. Às vezes, um pouco de confiança era o que bastava para afastar a incerteza.

— Mas ele não estava sozinho? Esse não é o caso para nós.

Kylan olhou a floresta por muito tempo. Naia esperou, vendo as orelhas dele subirem de um achatamento de cautela para uma forma mais determinada, apontada para a frente. Ela sorriu. Apesar da ansiedade em categorizá-lo, no começo, como um contador de canções de palavras doces, ela estava feliz de ter abandonado esse pensamento. Ele tinha uma fagulha de coragem dentro de si e ela estava feliz de vê-la.

— Acho que, se eu nunca o encontrar, nunca vou poder enfrentá-lo — disse ele com um aceno determinado. — Vamos.

E assim, juntos, usando as duas Irmãs que subiam no céu como guias, eles entraram na Floresta Sombria.

Como uma Drenchen e um Spriton e, claro, como Gelflings, nem Naia nem o amigo desconheciam florestas. Ainda assim, a densidade das árvores era diferente de tudo que Naia já tinha visto. Os pilares fortes de troncos de ébano e folhas turquesa-escuras eram interrompidos apenas por arbustos densos, pedras espinhosas e corais terrestres com flores brancas noturnas enormes. A terra estava coberta de camadas e camadas de folhas e musgo, ondulando sobre as raízes sempre presentes que às vezes se curvavam da terra em formas que criavam arcos e aros debaixo dos quais eles passavam. Embora o corpo de Neech, reluzente do jantar, iluminasse o caminho, havia outras flores noturnas que, com fontes próprias de luz, interrompiam a escuridão em pontos etéreos em azul, branco e verde. Apesar de ser lindo, Naia lembrou a si mesma que também era perigoso, com mistérios infinitos. Um galho estalou ali perto e Naia olhou, mas só havia sombras e silêncio.

— Você sabe o nome dessas raízes grandes de trepadeira? — perguntou ela baixinho, conforme eles percorriam a vegetação. Kylan passou a mão por um dos troncos grandes e volumosos e balançou a cabeça.

— Será que você não pode perguntar? — sugeriu ele, quase sussurrando, como se houvesse alguém ouvindo… e, na floresta selvagem, provavelmente havia mesmo. — Você sempre conseguiu formar elos de sonhos com outras criaturas que não são Gelflings?

— Não sei. Nunca aconteceu até… Até o Nebrie em Sog. Se bem que, às vezes, tenho dificuldade de controlar o elo de sonhos. O que gera uns encontros constrangedores com soldados da Maudra-Mor, isso eu posso dizer.

— Tenho inveja. Adoraria poder compartilhar sonhos com as árvores, com os animais peludos e com os de escamas. Ver o que eles viram… compartilhar o que eu vi! Mas acho que vou ter que me contentar com aprender o máximo de idiomas que puder.

— Isso não é ruim — respondeu Naia. — Pelo menos você não vai tocar mentes sem querer.

— Ah, muitas coisas são ditas nas línguas por acidente…

Naia ia rir e dizer que ele tinha razão, mas um gemido sinistro e baixo a interrompeu, como se a terra abaixo dos pés deles tivesse emitido um suspiro profundo e sofrido. Os chilreios e cricrilares das criaturas da noite cessaram com o som do grito. Tudo na floresta fez silêncio, e a única coisa que Naia podia ouvir era o vento estalando nos ouvidos... mas o gemido soou de novo, reverberando pela madeira da grande raiz em que ela se apoiava para guiar seus passos.

— O que é isso? — sussurrou Kylan.

As flores reluzentes estavam se fechando uma a uma, a luz virando escuridão, a beleza etérea substituída por um breu profundo. Naia pegou Neech no ar e escondeu o corpo luminoso nas dobras da frente da túnica. No silêncio pesado que seguiu o som assustador, ela sentiu um arrepio na nuca, como se estivesse sendo observada. Mas, para onde quer que olhasse, ela só via sombras... sombras que podiam estar escondendo qualquer coisa, ela pensou, engolindo em seco, o coração batendo mais rápido. Sua pele se arrepiou com outro ruído seco de um galho, dessa vez bem mais próximo que antes. Kylan chegou perto dela, os olhos arregalados e as orelhas girando para a frente e para trás.

— Será que pode ser...?

— Não diga — interrompeu ela, pedindo para ele parar de falar. — Não... diga.

Algo *se moveu* à sua esquerda, uma coisa longa e pesada, deslizando pelo chão e agitando galhos. Naia botou a mão na faca de Gurjin, mas não a puxou. Torceu para não precisar usá-la, mas se agachou por preocupação. O corpo sinuoso da criatura contornou pedras e arbustos pela terra, os envolvendo em um arco amplo. Kylan recuou até Naia e eles ficaram juntos, respirando em sincronia. Quando os dedos de Kylan envolveram o pulso de Naia, ela tentou se soltar dele.

— Não se segure em mim. Preciso poder me mexer.

Kylan deu um pulo e se afastou dela, mas o aperto firme no pulso só aumentou. Com a voz carregada de surpresa, ele disse:

— Eu não estou...

Naia olhou para o braço na mesma hora em que foi puxada para o lado. Em vez de uma mão a segurando, ela viu um amontoado volumoso de filetes envolvendo seu braço, arrastando-a pela vegetação, e de repente ela estava no ar, jogada para cima, a voz de Kylan gritando cada vez mais longe. Quando ela começou a cair, atendendo ao chamado da gravidade, uma vida vegetal trêmula e agitada explodiu da copa das árvores enormes, outro emaranhado de gavinhas se esticando para segurá-la, só para jogá-la para o lado e soltá-la de novo, jogando e pegando e a arremessando pelo labirinto da floresta. Ela ouvia a voz de Kylan, às vezes mais distante, às vezes bem próxima, em gritos de consternação que ecoavam os dela.

O trajeto se encerrou tão abruptamente quanto começou. As gavinhas se afrouxaram e jogaram Naia na terra. Assim que recuperou o equilíbrio, ela ouviu algo correndo em sua direção. Ela correu. Raízes e galhos tentavam segurá-la, arranhando seus braços e pernas em sua tentativa de prendê-la de novo. Suas orelhas queimaram quando um bando de hollerbats explodiu de dentro de um tronco velho e nodoso de árvore, guinchando e batendo as asas com garras ao voar em desespero, mas Naia não podia parar para xingá-los. Se parasse, ela seria pega, devorada pela Floresta Sombria. Tavra estava certa; fora tolice ir à noite e, agora, ela estava pagando o preço.

As gavinhas desapareceram de repente, se encolheram nas copas e na vegetação, embora ela ainda conseguisse senti-las em volta. Ela foi mais devagar, com dificuldade de respirar e torcendo para, quem sabe, a floresta ter se cansado de caçá-la. Kylan não estava em lugar nenhum, e ela não conseguiu encontrar Neech, por mais que olhasse nos bolsos da bolsa e da roupa. Só podia torcer para ele estar com Kylan, para que em breve seu sentido apurado de olfato o levasse de volta até ela.

— Olá? — chamou ela baixinho na noite. — Kylan? Tem alguém aí?

Havia alguém lá, claro: centenas de árvores e voadores e zumbidores e rastejadores, mas ninguém respondeu. Onde quer que Kylan estivesse, não era perto o suficiente para que ele pudesse ouvi-la e, assim, ela se empertigou e tentou entender onde estava. A Floresta Sombria parecia infinitamente mais escura agora que ela estava sozinha, e Naia se perguntou por que tinham sido tão tolos e impacientes de tentar a viagem até o Rio Negro à noite. Cada movimento chamava sua atenção e provocava um momento de alarme enquanto ela se reorientava usando os vislumbres das luas para enxergar entre as árvores. Se pudesse chegar ao rio, talvez, com sorte, encontrasse Kylan lá.

Seus passos fizeram barulho sozinhos conforme ela andava. A noite caiu com tudo. Ela esperava que Neech estivesse com Kylan. Quando as sombras ficaram mais escuras, ela sentiu outra coisa esperando nas entranhas da Floresta Sombria. Tinha presença, claro, todas as coisas de Thra tinham; mas aquilo era diferente. A melodia não entrava em harmonia perfeita com o resto da Canção de Thra, embora Naia ainda não conseguisse expressar em palavras. Sozinha, sem Kylan com que se preocupar, quase vendada pela noite, Naia sentiu seus olhos interiores se abrindo, vendo, sentindo. Sim, a Floresta Sombria cantava a Canção de Thra, mas as notas estavam desafinadas, como se tivesse esquecido algumas partes ou estivesse distraída demais, perturbada demais para voltar à melodia. Enquanto ouvia a canção, um aroma familiar surgiu em sua mente; um odor sombrio e primitivo que acelerou seu coração e seu passo, mandando-a silenciosamente encontrar Kylan e chegar ao Rio Negro o mais rápido possível.

— Naia?

A voz a paralisou, um filete de ar gelado descendo pela parte de trás de seus braços. Ela se virou em direção ao som, cautelosa e sem acreditar, mas incapaz de negar o que seus sentidos lhe diziam. Um garoto Gelfling da idade exata dela saiu da cobertura das árvores, com pele da cor de argila marcada com pintas e manchas Drenchens. Seus cachos caíam até os ombros e ele usava um uniforme preto e violeta, lindamente bordado. A respiração de Naia ficou entalada na garganta, o coração aos pulos.

Era Gurjin.

CAPÍTULO 14

— Gurjin, o que está fazendo aqui? — perguntou Naia, correndo para abraçar o irmão. Ela franziu a testa quando sentiu os braços dele em seus ombros. O abraço estava frio ao toque, quase como pedra, mesmo através do tecido do uniforme. Ela apertou a mão nos braços dele, mas o frio não se dissipou. — O que houve com você?

— Estou perdido na floresta há dias — disse ele. — Estou tentando encontrar o caminho de volta para o castelo.

— Mas você é soldado. Não deveria saber...

Naia parou de falar e deu um passo para trás. Algo tinha brilhado nos olhos de Gurjin, bem lá no fundo, invisível exceto aos olhos do coração. Ela sentiu que havia algo de errado. Ele não reagiu ao recuo dela. Ficou parado onde estava, os braços dos lados do corpo. O vento agitou as árvores acima e o luar penetrou, iluminando partes do uniforme e do rosto dele. Naquele breve momento, ela viu que a pele dele estava pálida, os olhos fundos e vazios, e o uniforme, que há pouco resplandecia com decorações e bordados delicados, estava em farrapos.

— Você olhou os veios de cristal — sussurrou ela. — Ah, Gurjin...

— Naia, tem uma coisa que preciso contar — disse ele. — Eu tenho que voltar ao castelo.

A voz dele soou tão fria quanto o toque, vazia e murcha. Ele falou as palavras com um olhar cego, e Naia afastou o rosto, sem querer olhar fundo a ponto de ver os lampejos de luz escura.

— O castelo — repetiu ele. — Você sabe o caminho?

Naia soube o que precisava fazer. Ela segurou o braço do irmão e o sacudiu.

— Gurjin, você tem que vir comigo. Precisamos encontrar meu amigo e sair da Floresta Sombria. Nós podemos ajudar... não sei como, mas podemos. Está bem?

Ele ficou para trás e ela o puxou pela mão fria, retomando o caminho para o Rio Negro. Ela só podia torcer para seu senso de direção ser apurado o suficiente para levá-los até lá. Com os pés pesados como pedra e gingado desinteressado dele, ela não poderia contar com o irmão, embora ele devesse estar mais do que familiarizado com aquele território. Ainda que Pedra-na-Floresta estivesse no centro da Floresta Negra, o Castelo do Cristal ficava no lado oeste da floresta ampla. Não era possível que os soldados que protegiam os salões não conhecessem a floresta que ficava em volta!

Mas ela o tinha encontrado... e eles poderiam se apresentar perante a Maudra-Mor e limpar o nome dele, assim como o nome do clã. Todos saberiam a verdade.

— Todos vão ficar tão felizes porque encontrei você — disse ela, sorrindo de repente. — Podemos mostrar para todo mundo que você não é traidor dos Skeksis...

— Ele é traidor.

Naia tropeçou quando a mão de Gurjin escorregou da dela. Quando se virou, ela gritou de surpresa. Gurjin tinha sumido e, no lugar dele, estava Tavra de Ha'rar, embora a veste branca e prateada estivesse no mesmo estado de destruição do uniforme do irmão. Sua asa quebrada, inútil, estava pendurada nas costas, e sua expressão era destituída de qualquer vida, exceto por um olhar sombrio de raiva.

— Não é — disse Naia, recuando. — Onde está Gurjin... quem é você?

Tavra não tentou diminuir a distância quando Naia deu outro passo para trás, mas sua voz continuou na mesma altura quando ela repetiu as três palavras terríveis.

— *Ele é traidor.*

— Não — disse Naia, se recusando a ser intimidada pela Vapra. — Foi outra pessoa ou...

— Você tem tanta certeza assim?

Gurjin agora estava atrás dela, ou talvez fosse alguma criatura fantasmagórica que tinha assumido a aparência dele, e ela girou antes de colidir com ele em seu recuo. O uniforme dele estava completo de novo, não mais em farrapos, mas as pedras que cobriam a gola e o peitoral estavam rachadas, cintilando na luz fraca com lampejos violeta.

— Tenho, sim — disse ela. — Quem você é? O que você quer?

— Eu sou o traidor — falou Gurjin.

O ar sumiu do peito de Naia quando ele a segurou pelos ombros e a manteve firme no lugar, os dedos apertando seu corpo como gavinhas. Ele fixou os olhos negros nela e ela sentiu o cheiro de terra em seu hálito, de solo e cristal e fogo das profundezas de Thra. Quando ele falou, foi como se puxasse as palavras dos cantos do coração dela, dos espaços escuros onde ela escondera seus medos secretos.

— Eu sou o traidor — repetiu ele. — Traidor do castelo. Traidor do Cristal. Traidor de toda Thra.

— Não — suplicou Naia. Tentou fechar os olhos para se libertar do olhar dele, mas ele encarava fixamente, e ela podia ver, lá dentro, o Cristal. A canção era um chamado hipnotizante que a puxava em direção a ele, sussurrando ecos das dúvidas que estavam dentro dela, deixando seus dedos dormentes quando ela tentou tirar a adaga do cinto.

— Você não vai poder me salvar — sussurrou Gurjin. — Vai se encontrar com a Maudra-Mor de mãos vazias, vai estar só quando se apresentar a ela. Seremos membros de um clã traidor e será só questão de tempo até que os Skeksis partam em busca de retribuição...

— *Não!*

Os dedos de Naia se firmaram no cabo da adaga e ela a arremessou... mas a lâmina só penetrou em uma raiz erguida. Gurjin tinha sumido e do lugar onde a lâmina abriu a casca da raiz saía uma luz roxa ofuscante. Naia soltou a faca e se virou para Tavra, os dedos do pé afundando na terra do chão da floresta.

— Você não é forte o suficiente para salvar seu irmão — disse Tavra com uma expressão de desdém. — Agora, fuja. Como ele fez.

Embora a implicação a enchesse de medo, todos os nervos no corpo de Naia estavam dizendo para ela aproveitar a oportunidade e fugir daquele lugar horrível, cheio de aparições de pesadelo. Ela correu, agindo por instinto, movendo as pernas o mais rápido que conseguiu para longe da soldado Vapra fantasmagórica. Gavinhas e raízes tentaram pegá-la, arranhando e se esticando em sua direção, mas Naia se soltou, recusando-se a ser capturada de novo. As lágrimas surgiram quando ela ouviu o eco das palavras de Gurjin na mente, mas a brisa que batia em suas bochechas enquanto ela corria secava a água salgada. Ela tentou, com todas as forças, deixar tudo para trás, na floresta.

— Por quê? — gritou, empurrando outro galho que se esticou para segurá-la. — Por que isso está acontecendo? O que você quer?

Na floresta, à direita e à esquerda, ela viu figuras, sombras tomando forma e assumindo rostos de pessoas que ela conhecia. Sua mãe, seu pai. Suas irmãs. A Maudra Mera, Kylan... e então ouviu vozes, gritos, choro, ecoando pelas profundezas da floresta enquanto ela corria para fugir de lá. Algumas ela reconheceu. Outras eram estranhas...

Você não pode me salvar...

Não vou aceitar...

Na barulheira, ela ouviu a voz de Gurjin. Era inconfundível e as palavras que dizia a acertavam como pedras:

Vou contar para todo mundo que os Skeksis são vilões. Vou virar todos contra vocês, contra o castelo. Até a Maudra-Mor.

— Não — gritou ela, mas sua voz estava ficando rouca. — Não...

A voz de seu irmão não parou.

Só espere e veja.

Entre todos os outros rostos, ela viu uma criatura que não reconheceu. Era uma coisa alta parecida com uma aranha, acima dos outros fantasmas Gelfling, com quatro braços monstruosos e dedos longos com pontas quadradas. Em todas as superfícies do corpo cresciam mudas de árvores, se entrelaçando na pele e se abrindo em galhos e folhas violeta em forma de diamante. O ser a encarou com olhos penetrantes de outro mundo e, quando inclinou o pescoço comprido para trás e abriu a boca, soltou um gemido sonoro e infeliz que sacudiu todas as árvores da floresta.

Preciso voltar ao Coração de Thra.

Apavorada pela visão, Naia deu um passo em falso e soltou um gritinho de surpresa quando a terra abriu espaço para um vale repentino. Seu pé só acertou ar e ela caiu em uma bola de braços e pernas e cachos e acabou parando, com um gemido, em uma superfície dura e ondulada. Sem saber se estava quebrada ou talvez morta, ela ficou imóvel, esperando que sua cabeça parasse de girar. Queria chorar, mas não tinha tempo. Precisava encontrar Kylan e Neech e sair da floresta antes que sua jornada acabasse cedo demais. Os fantasmas… Eram reais? Alguma criatura encantada assumindo as formas de Tavra e de seu irmão? Ou as figuras de sombras eram uma ilusão provocada por sua mente, seus medos, assumindo forma perante o poder dos veios de cristal que empesteavam a terra?

— Naia?

Naia deu um pulo, segurando a adaga na frente do corpo com uma energia que ela não sabia que ainda tinha. Quase perto o suficiente para tocar nela, Kylan estava agachado, as mãos erguidas para se proteger. Eles se encararam, ambos sem fôlego, ambos preparados para lutar ou fugir.

— Fique longe de mim — avisou ele. — Quem é você? O que você quer?

— Kylan, sou eu! — disse ela. — Naia…

— Como vou saber que você não é outra sombra?

— Como vou saber que *você* não é?

Ele se afastou dela. Ela sentiu os músculos rígidos do corpo relaxarem ao reconhecer a expressão de pesar e assombro no rosto dele. Era emotiva… viva. Ele também tinha visto os fantasmas da floresta. Com cuidado, ela baixou a adaga. Um chilreio soou na manga dele e Neech saiu voando, ainda reluzindo de leve, deslizando pelo ar até o ombro de Naia. Aliviado e exausto, Kylan baixou a guarda. Ela esticou a mão e apertou o ombro dele para provar que era real, para os dois. Quando fez isso, sentiu que ele estava quente ao toque. Naia só podia imaginar quais pesadelos a floresta poderia ter oferecido a Kylan. Nem queria pensar nos que havia conjurado para ela. As vozes. O monstro de quatro braços. Ela afastou tudo da mente, torcendo para apurar os sentidos o suficiente para conseguir tirá-los da floresta em segurança.

— Parece que você viu o que eu vi, ou algo similar — respondeu ela baixinho. — Você está bem?

Ele soltou o ar e curvou os lábios.

— Acho que sim. Onde estamos? O que é isso?

A clareira era toda composta de raízes grossas, amontoadas umas nas outras em uma bacia espiralada enorme, sufocando toda a vida vegetal. No fundo da bacia crescia uma árvore torta e angulosa. Suas folhas combinavam com as mudas que Naia tinha visto nas terras altas e por toda a floresta, embora a árvore em si fosse diferente. Era volumosa na base, nos caroços e nas protuberâncias que pareciam membros ou rostos malformados. Quatro galhos nodosos saíam dela, dois de cada lado, abertos como se a árvore estivesse se esticando para o céu com quatro braços e mãos cheias de folhas diamante. Na escuridão da noite, iluminada só pelas luas e estrelas no céu, parecia estar se movendo, se esticando lentamente em direção a eles.

Foi inevitável pensar no monstro que ela tinha visto na floresta. Esperava que tivesse sido apenas uma visão. Ela tremeu ao pensar que era uma coisa real que estava por aí, olhando-os com olhos penetrantes.

Voltar ao Coração de Thra, dissera a criatura. O que isso significava?

— O que é aquilo? — perguntou Kylan, se afastando da árvore de quatro membros. Naia queria fazer o mesmo, mas estava relutante em parecer com medo na frente do amigo.

— Não sei — disse ela. — Uma pergunta melhor é: por que as árvores nos trouxeram aqui para ver aquilo?

A clareira ficou quieta por um momento e, então, o som baixo de raízes e gavinhas rastejando surgiu de novo.

Naia sentiu as raízes se movendo debaixo dos pés quando a clareira toda se apertou, como um nó de corda cuja ponta é puxada. O gemido ecoante que eles ouviram antes de terem sido levados soou mais uma vez, embora agora estivesse tão perto que Naia pôde sentir o som vibrando o peito, fazendo com que todo seu corpo tremesse. Mas, por mais que temesse, havia outra coisa nela que não era medo.

— Está sofrendo — disse ela, a mente se abrindo com a percepção. — A árvore, a floresta ou alguma coisa está pedindo ajuda. Eu vi aquelas sombras, os fantasmas… mas também vi dentro da raiz da árvore e era igual ao cristal que vi em Sog e na toca Podling… Olhe.

Naia se ajoelhou e cortou uma das raízes aos pés deles, puxando a casca grossa para que Kylan pudesse espiar dentro. Como ela esperava, o interior da raiz tinha veios com traços do mineral violeta. Parecia que filamentos de gelo roxo tinham congelado ali dentro, se espalhando em teias quase como o bordado que Naia vira na capa da sombra de Gurjin.

— O veio de cristal — disse Kylan, ofegante. — Está aqui na floresta. Contaminou essa árvore… essa árvore que forma toda a Floresta Sombria?

Naia pensou em correr, em fugir. Em sair da floresta com ambos vivos. Mas também pensou no Nebrie e nos gritos de sofrimento antes de morrer. No quanto era solitário em sua fúria pouco antes de falecer por algo que não era sua culpa. Com medo, mas decidida, Naia tirou a bolsa do ombro e se sentou de pernas cruzadas ao lado da raiz, colocando as duas mãos nela.

— Vou fazer um elo de sonhos com ela. Depois, vou tentar curá-la.

— Você não acha perigoso? — disse Kylan, mas balançou a cabeça, pensando melhor na pergunta. — Posso fazer algo para ajudar? As coisas não deram muito certo na última vez que você fez isso.

Naia indicou a bolsa.

— Se houver perigo, pegue uma boleadeira e faça o melhor que puder.

Embora isso o deixasse nervoso, seu amigo pegou a arma de pedras e corda com determinação séria. Ficou junto a Naia com a boleadeira na mão, olhando de um lado para o outro na floresta que os cercava. Se algo os atacasse ali, ela esperava que ele visse e arremessasse a boleadeira de forma heroica, mas, na verdade, só esperava que pudesse sentir a ameaça, de dentro do elo de sonhos, rápido o suficiente para salvar os dois. Ainda assim, a determinação de Kylan de fazer sua parte era cativante... e talvez um pouco encantadora.

Deixando que Kylan os protegesse, Naia voltou a atenção para a raiz de casca lisa à frente. A planta estava tremendo, como se tentasse bocejar, mas sem conseguir encontrar a boca, vibrando com os gritos mudos de dor que percorriam os quilômetros e quilômetros do corpo espalhado da planta. Por mais preparada que pensasse estar, com as mãos encostadas na superfície da raiz, as lembranças recentes dos fantasmas que ela tinha manifestado a deixaram relutante de fazer contato. No entanto, ela não deixaria a relutância e o medo atrapalharem; tinha falhado com o Nebrie e o ruffnaw e não faria o mesmo com a Floresta Sombria. Se pudesse acalmar o caos no coração dela, eles conseguiriam terminar a viagem em paz... e talvez, ela esperava, chegar um passo mais perto de entender o que estava acontecendo em seu mundo.

Preparando-se, Naia fechou os olhos e abriu o coração e a mente para a árvore. A planta sentiu seu contato e, com uma onda de energia faminta e enlouquecida, deu um pulo para engoli-la inteira.

CAPÍTULO 15

Em uma onda de lembranças, emoções, sentimentos e experiências diferentes de tudo que poderia ser sentido por um Gelfling, Naia caiu na consciência da árvore como se andasse de bote pela lateral de uma cachoeira. A textura da terra. A brisa fluida. O calor e o frescor dos dias e das noites. O toque das criaturas e as cócegas da respiração delas enquanto viviam e morriam na floresta, os predadores e as presas, voadores, zumbidores, cavadores, até andadores, com seus passos leves como de Gelflings pelo solo esponjoso. A queda acabou repentinamente, mergulhando-a no fundo do poço da clareira, suspendendo-a no tempo enquanto ela afundava mais e mais no coração da árvore. Ninets pareceram transcorrer como segundos enquanto Thra orbitava em seus três sóis, alguns trines mais frescos e outros mais quentes dependendo da mudança de configuração dos sóis como centro do sistema.

Quando Naia percebeu onde estava, ela ainda flutuava. Sentia a floresta ao redor; a árvore *era* a floresta, percebeu ela, com raízes que cobriam cada centímetro da área densa e galhos que se estendiam entre e acima das árvores mais altas. Fora a primeira muda a nascer ali, na antiga Thra. Seu nome era Olyeka-Staba. A Árvore-Berço.

Ela parecia calma no momento, vagando na corrente fraca das lembranças da grande árvore; não tinha a aura perigosa que puxava e que tinha conjurado os fantasmas que ela viu. Estar dentro das recordações gentis lembrou a Naia os cochilos que ela às vezes tirava nas poças de Sog, dormindo submersa nas águas rasas e frias. Ela sentia quase como se pudesse adormecer... mas esse pensamento despertou sua cautela. A Árvore-Berço podia ter sido a fundação da Floresta Sombria, mas a estava chamando, enviando pesadelos para ela em seu tormento. Espalhando a loucura despertada dentro de si pelas sombras do cristal. Tinha tentado enganá-la antes e quase conseguira. Esse consolo provavelmente era outra tentativa.

Árvore-Berço, chamou ela. *Mostre sua dor. Quero ajudar.*

Ela não via nada, só sentia. Essa era a percepção da árvore, ela percebeu, que não tinha orelhas nem boca Gelfling. Ela fechou os olhos e procurou a corrente do sonho da árvore, sentindo como uma árvore sentiria... ouvindo. Ao fazer isso, sentiu a pulsação da força vital da árvore, irregular e selvagem, ficando mais alta e mais angustiada. Era como o Nebrie e o ruffnaw, era como o vazio que ela tinha visto ao olhar para os veios de cristal antes de saber que eram a causa da escuridão vazia.

Preciso voltar ao Coração de Thra...

Apesar de a voz de Olyeka-Staba ser assombrosa, Naia sentiu uma onda de esperança.

Deixe-me ajudar, pediu ela. *Como posso lhe trazer paz?*

Preciso voltar...

Naia gritou quando uma explosão de lembranças caiu sobre ela. As raízes da Árvore-Berço, indo fundo como tinham que ir e cultivando o solo pela área verdejante da floresta, se misturavam ao branco, veios puros de cristal que irradiavam do Castelo do Cristal. Os veios na lembrança pareciam fitas de luz do sol e aqueciam a Árvore-Berço com a harmônica canção da vida de Thra.

De repente, sem aviso, Thra gritou, e sua canção, por um momento, se calou com o choque. Os veios brancos do cristal sangraram e derreteram na ametista escura que fazia

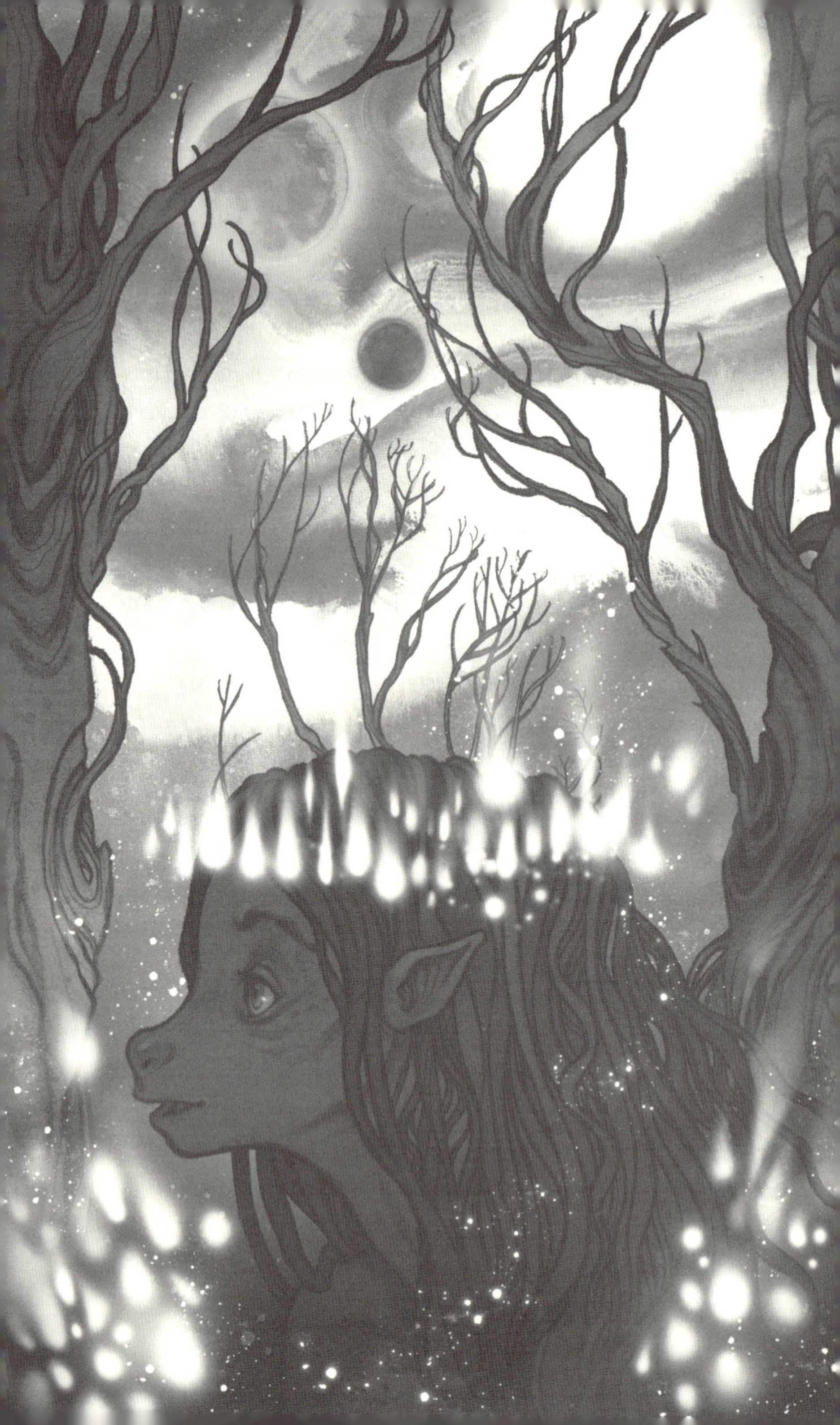

Naia tremer. O solo ficou preto. No local onde as raízes da Árvore-Berço tocava nos veios, pequenas mudas de escuridão surgiram. A Canção de Thra voltou, mas estava ferida, confusa. Partida. Havia defeitos em algum lugar vindos de um ferimento profundo que sangrava vazio em seu eterno refrão.

Não foi forte o suficiente, gritou Olyeka-Staba em sua voz silenciosa.

E assim, a árvore se enfureceu, envenenada um trine atrás do outro pelos veios escuros, até que quase todos os centímetros dela estavam pretos de arrependimento e remorso. Naia se lembrou das palavras que as sombras de Gurjin e Tavra falaram para ela. Eram apenas ecos da culpa da árvore? Ecos, talvez, embora tivessem ressoado nas paredes das dúvidas e medos de Naia. Mas ela não podia deixar isso atrapalhar agora, não enquanto ainda estivesse ligada com a árvore pelo elo de sonho. As lembranças estavam ficando caóticas agora, confusões de pânico e raiva e solidão, culpa e desesperança, compostos pela discordante Canção de Thra.

Não é sua culpa, disse ela, temendo perder a ligação e todo o resto junto. Seria aquilo a fonte dos veios sombrios? Algum ferimento profundo na Floresta Sombria? O que acontecera em suas profundezas escuras? Fosse o que fosse, era questão de tempo até que a doença chegasse ao Coração de Thra, onde ela residia, tão perto do Castelo do Cristal. Quando isso acontecesse, não dava para saber qual seria o resultado.

Naia apurou os ouvidos o máximo que podia e procurou a Canção de Thra. Estava lá, ao redor, embora distante. Mantendo-a em mente, ela carregou a canção pelo corpo e a ofereceu à Árvore-Berço. Por um momento, a raiva diminuiu. Por um piscar de olhos, a sombra de desesperança que a consumia vacilou. Aproveitando a oportunidade, Naia carregou a música até as pontas dos dedos, que brilharam em azul com vliyaya de cura. Ela viu tanto dentro quanto fora do elo de sonhos. As mãos de seu corpo físico canalizaram a magia de cura para a madeira dura das raízes da árvore enquanto o corpo do elo de sonhos se tornou luz e iluminou a escuridão do coração da Árvore-Berço.

Ela caiu do elo de sonhos com um ofego, o corpo e a mente doendo pelo esforço. Kylan a segurou quando ela quase tropeçou, mas Naia não tinha tempo para descansar. Em volta deles, a floresta estava reagindo, se movendo, deslizando. Dessa vez, não era em fúria sombria, mas com vigor, como se acordasse de um pesadelo horrível. A Árvore-Berço soltou um longo grito... mas, agora, na angústia do alívio. Com um tremor monumental, a Floresta Sombria deu um suspiro exausto. Um ronronar profundo ressoou da terra e, em resposta, as criaturas da noite responderam o chamado e encheram o ar com a canção da vida.

— O que você fez? — perguntou Kylan.

— Tentei curá-la — disse Naia. — Acho que deu certo...

O som de madeira rachando chamou a atenção deles acima da canção crescente da floresta despertando. No fundo da clareira, a árvore retorcida de quatro membros estava rachando. Primeiro, Naia achou que talvez fosse se abrir em vegetação, seguindo o renascimento da Árvore-Berço, mas quando viu os membros se sacudindo, ela percebeu que alguma outra coisa estava se soltando. Farpas e pedaços irregulares de tronco e madeira se racharam e caíram, e a respiração de Naia entalou na garganta quando uma mão gigantesca saiu de um dos quatro membros. E outra, e outra, e outra.

Com um ribombar profundo, um monstro de outro mundo saiu dos restos do envoltório de madeira cinzenta. Tinha um pescoço longo e peludo, encolhido entre quatro ombros tortos, que terminava em uma cabeça oblonga quase do tamanho de Naia. Nas pontas dos quatro braços de aranha havia mãos enormes com dedos grandes e curtos protegidos por unhas amareladas e quadradas. A criatura sacudiu o corpo todo, soltando um grito baixo e sonoro, e Naia viu que era o monstro de quatro braços de sua visão durante o voo pela floresta.

A criatura soltou-se dos restos de lascas de árvore que a aprisionavam até só restar um pedaço na testa, escondendo o rosto como uma máscara de osso.

CAPÍTULO 16

A mão de Naia foi até a boleadeira assim que o monstro surgiu. Ela, no entanto, a segurou sem fazer nenhum outro movimento. A criatura, grunhindo em desorientação e soltando as últimas lascas de madeira da veste cinzenta, se libertou quando o feitiço da Árvore-Berço foi anulado. Por que curar a Floresta Sombria levaria à libertação de um monstro tão perigoso?

— Kylan — sussurrou ela, sem querer dizer, mas precisando saber —, esse é…

O monstro tremeu e moveu um braço. O movimento gerou uma reação instintiva no corpo de Naia. Ela deu um passo e arremessou a boleadeira, que saiu voando em direção aos olhos muito juntos do monstro… mas, mais rápido do que ela era capaz de ver, a mão da coisa se moveu e pegou a pedra central da boleadeira, antes que atingisse o alvo. Os contrapesos balançaram inutilmente, girando no ar, sem acertar em nada. Tentando não perder a determinação, Naia ergueu a adaga e se agachou em postura defensiva.

Um contra-ataque não aconteceu. A grande criatura debaixo do esqueleto de árvore quebrada largou a boleadeira com um movimento casual da mão. Fez um som de tosse, seco e áspero, e Naia percebeu que estava rindo. Então, ela terminou o movimento que fora interrompido pelo ataque de Naia, erguendo a mão quadrada para retirar do rosto o último pedaço de tronco. Não partiu para cima deles, e bateu no peito com o punho até a tosse passar. No luar que iluminava a clareira, Naia via cortes na pele texturizada e estriada da criatura, causados quando se soltou da casca da árvore.

— A gente deveria fugir? — sussurrou ela.

Kylan observou a infeliz verdade quando respondeu:

— Para onde?

Ela tinha outra boleadeira e uma faca, se precisasse. Se eles estivessem em perigo, talvez a Árvore-Berço os ajudasse. Mesmo agora Naia sentia o vigor da árvore revivendo, renovado no coração curado. Ela esperava que isso fosse durar, que não houvesse mais fantasmas cantadores de medos. Já tinha visto o bastante disso por toda a noite.

O monstro inclinou a cabeça oblonga ao ouvir a voz dela, a juba longa e irregular balançando no vento da noite.

— Parece respiração de Gelfling — murmurou com uma voz que parecia ter muitos tons ao mesmo tempo, falando o idioma Gelfling com um sotaque não familiar. — Aquele Gelfling que urVa vê ali? Dois? Ah! A que curou Olyeka-Staba.

— UrVa — repetiu Naia. — É seu nome? O que você estava fazendo preso naquela árvore?

— Hummm... — UrVa olhou por cima de um dos ombros para os restos da árvore prisão. — Vim ajudar Olyeka-Staba, eu vim. E fracassei. Parece que a Árvore-Berço só podia ser curada por mão Gelfling, de mais ninguém.

Embora a história pudesse ser verdadeira, quando a criatura se virou para eles, Naia não conseguia esquecer como ele era parecido com sua imagem mental do Caçador. A capa era mais de lama e mais marrom do que preta e feita de sombras, mesmo assim ela imaginava que um verdadeiro caçador de sombras sempre poderia usar magia para assumir uma forma diferente. UrVa, se é que esse era seu nome, se inclinou para tirar um galho restante da vegetação a seus pés, segurando-o com as duas mãos de cima e se apoiando nele como um cajado.

— Tendo pensamentos? — perguntou ele. — Pensamentos... de que vou comer vocês? — Ele riu.

— Bom, você parece capaz disso — declarou Kylan. — O que está fazendo aqui? Por que ficou preso na árvore?

UrVa mexeu nos pedaços de madeira a seus pés grandes. A luz do luar fazia-o parecer um fantasma. Talvez fosse um espírito como os fantasmas, preso pela Árvore-Berço por algum bom motivo. Mas Naia afastou o pensamento. Não adiantava permitir que sua mente seguisse caminhos assustadores sem prova.

— A floresta é um lugar perigoso — disse urVa. Ele inclinou a cabeça e sorriu, os dentes cintilando ao luar. — Venham com urVa, pequenos Gelflings. Venham com urVa jantar. Muito tempo dentro da árvore... Faminto.

Dizendo apenas isso, urVa se virou e saiu da bacia, usando o cajado para subir pela parede estriada. Em pouco tempo eles o perderiam de vista, quando ele entrasse na Floresta Sombria. Naia trocou olhares com Kylan.

— O que acha? — perguntou ela. — Jantar seria uma boa ideia, mas não se nós formos para a panela. Você acha que ele é... você sabe... o Caçador?

Kylan achatou as orelhas, embora ela nem conseguisse acreditar que ele ainda não tivesse pensado naquilo. Mas expressar o pensamento em palavras e dizê-las em voz alta era bem diferente.

— Desde quando você acredita nas canções? — perguntou ele. Naia sentiu as bochechas ficarem quentes, mas Kylan prosseguiu. — O Caçador é implacável. Ele não é traiçoeiro. Se urVa fosse o Caçador que levou meus pais, ele não nos daria um nome falso... Não teria falado conosco.

Deixando as reservas de lado, urVa estava quase fora do campo de visão, e o estômago de Naia estava roncando. Ela estava exausta por causa do elo de sonhos com a Árvore-Berço e, embora quisesse chegar ao rio antes do fim da noite, o objetivo não parecia realista. O convite de urVa para comer e descansar era mais atraente do que ela queria admitir. Se desse para confiar nele, talvez eles pudessem passar a noite em algum lugar seguro. Mas, se não pudessem... Naia não queria pensar em coisas mais difíceis do que eles já tinham enfrentado.

— Talvez... nós devêssemos ver aonde ele está indo. Só para saber.

Kylan abraçou o próprio corpo e tremeu.

— Nós temos opção?

— Temos. Nossa opção é dormir aqui na floresta e ver quais outros monstros ainda sairão dela.

Kylan olhou para trás, para a floresta. Mesmo que o coração da Árvore-Berço estivesse mais calmo e levando a floresta para um novo estado de vida e natureza, isso não queria dizer que não haveria predadores à espreita. O ciclo da vida não era uma forma do mal, afinal, mas algo que provava que a floresta estava saudável.

— Tudo bem — disse Kylan. — Mas temos que tomar cuidado.

Eles correram atrás de urVa, subindo a lateral da clareira da Árvore-Berço onde novos brotos cresciam aos montes para substituir o que até aquele momento estava tão sombrio e estéril.

UrVa viajava em um ritmo regular, e Naia e Kylan conseguiram alcançá-lo sem muito esforço. Eles andaram pela Floresta Sombria por um tempo, um de cada lado da cauda comprida e pesada, e quando urVa finalmente puxou uma cortina de trepadeiras leves, Naia estava tonta de exaustão. Em um pequeno vale estreito havia um casebre de terra, coberto de todas as plantas em que Naia conseguia pensar. As árvores que cercavam a modesta clareira tinham linhas e linhas de sinos amarradas, feitas de madeira, metal, ossos e conchas que soltavam uma canção baixa, sons ocos entre os outros grunhidos da natureza.

O casebre em si era pouco mais que algumas pedras antigas sustentando um monte de terra. As pedras sujas que formavam a entrada tinham gravações de sonhos e lembravam as portas da Grande Smerth. UrVa entrou sem falar nada, deixando os dois Gelflings para entrarem por vontade própria. O coração de Naia disparou de inquietação e ela sentiu um formigar nos dedos das mãos e dos pés, mas sufocou o impulso. Depois de acenar para Kylan e receber um aceno de volta, ela reuniu coragem e entrou no estranho casebre.

Lá dentro eles encontraram uma sala mal iluminada. O piso de areia batida era tão coberto de plantas sem manutenção quanto a parte externa. Havia uma cadeira de madeira rachada perto de um baú trancado coberto de poeira e musgo e de uma pequena lareira suja com uma panela de barro. Um cajado de madeira com um pedaço comprido de corda amarrado no alto estava encostado ao lado de uma bolsa cheia de lanças finas com penas nas pontas, todas mais altas que Naia. A única coisa na sala, além disso e de uma prateleira solitária com alguns frascos de vidro, eram as linhas e linhas de escrita que ocupavam todos os espaços nas paredes.

— Humm... Estou vendo que deixei a porta aberta por tempo demais e o tempo entrou. Haha. — Ele balançou a mão e limpou um pouco, o que fez uma nuvem de poeira se erguer. — Peço desculpas, pequenos Gelflings, pelo tempo aqui dentro. Se fosse para eu ser encontrado, estaria mais preparado.

UrVa, iluminado por um fogo fraco, estava começando a trabalhar na lareira simples. Naia entrou, atraída pela forma grande e circular que cobria a maior parte da parede mais distante. Mostrava dez globos em alinhamento vertical, conectados por arcos de caminhos entrelaçados que se curvavam em aros e círculos trançados. Corpos extraorbitais ficavam posicionados fora do centro, e entre três em particular havia linhas retas, ligando-os em um triângulo equilátero que ela já vira inscrito em mapas e relógios de sol.

UrVa se ocupou em colocar uma chaleira para esquentar, após tê-la enchido com a água que tirou de um poço grande de pedra do lado de fora do casebre. Ele foi de frasco em frasco na prateleira e viu que alguns foram virados e esvaziados por animais desde a última vez que ele estivera em casa. Acrescentou à panela os que encontrou, mexendo de vez em quando. Naia e Kylan encontraram lugares no chão para se sentar e ficaram olhando a criatura grande se mover de forma quase graciosa dentro do espaço apertado.

— Você é Drenchen, não é? — disse urVa de repente. — Eu me lembro de Sog... sim, ah! E aquela mudinha de árvore, como era o nome? Smerth. Acho que já deve ter crescido o suficiente para se subir nela, não? Os jovens se penduram nos galhos como frutas alfen?

O pensamento era quase cômico.

— Não exatamente — respondeu Naia.

— Smerth-Staba e Olyeka-Staba — disse urVa, olhando para a panela como se estivesse encantando os nomes das duas grandes árvores em uma poção. — Pilares do mundo. Protetoras de Thra. Acho que era inevitável que as sombras de cristal chegassem longe suficiente para cair sobre a Árvore-Berço... mas preciso ficar de fora dessas coisas. Fiquei por muito tempo, ainda vou ficar por bem mais... Sopa.

UrVa esticou duas mãos e pegou delicadamente tigelas entalhadas em uma pilha. Em uma terceira, segurou a concha e a levou da panela às tigelas, e quando terminou, virou-se com três tigelas nas mãos e ofereceu uma a Naia e uma ao amigo dela. Ela ainda via os cortes e arranhões que ele sofrera ao fugir da prisão da Árvore-Berço, nas costas das mãos e nos dedos. Um corte bem fundo e dois sobrepostos em um X ainda sangravam um pouco, mas urVa não parecia sentir uma dor muito forte. Ele só gesticulou para os hóspedes Gelflings com as tigelas.

— Agora comam, pequenos Gelflings. Gelflings gostam de comer. Sim.

Naia não sabia sobre todos os Gelflings, mas reconhecia um ensopado quando sentia o cheiro. Seu estômago também. Neech botou a cabeça para fora da bolsa e piou duas vezes; suas penas estavam no lugar, calmas, os olhos brilhantes curiosos com o anfitrião misterioso, que esperava com a mão esticada.

Se Neech não está preocupado, também não vou ficar, pensou ela, e pegou a tigela com as duas mãos. Um vapor de aroma saboroso subiu do caldo vermelho e verde e seu estômago doeu de expectativa. A fome superou a apreensão e o ensopado estava delicioso. Quanto mais tempo eles ficavam, menos ansiosa Naia se sentia. Quando a tigela ficou vazia, ela estava quase confortável na sala iluminada pelo fogo, pronta para adormecer a qualquer momento. UrVa se reclinou no banco e pegou um cachimbo comprido, botou fogo na ponta mais distante e baforou no bocal com um ocasional anel de fumaça azul-acinzentada.

— Você mora aqui sozinho? — perguntou Naia. — Na Floresta?

— Não, não. Tem muitas árvores e pedras.

Naia não sabia dizer se urVa estava sendo intencionalmente obtuso e decidiu esclarecer:

— O que quero saber é se há outros como você...

UrVa inclinou a cabeça e massageou o queixo com a mão grande.

— Sim. Mas seguimos caminhos diferentes... depois da separação. Nós nos dividimos e nos dividimos de novo.

Ele fumou cachimbo e não disse mais nada sobre o assunto. Era menos do que Naia queria saber, mas pelo menos ela não precisava ter medo de ser surpreendida tão cedo por outro monstro enorme de quatro braços. Ela se concentrou na tigela de sopa. Kylan, que estava hipnotizado pelas marcas na parede, foi quem rompeu o silêncio em seguida:

— O que é aquele sinal escrito na sua parede? Não reconheço a palavra.

UrVa esticou o pescoço para olhar o emblema triangular para o qual Kylan apontava, o mesmo que Naia tinha visto antes. Ele olhou para o triângulo e para os três círculos concêntricos dentro e esfregou o pescoço com uma das mãos, como se não tivesse certeza do que significava, embora parecesse claro que fora ele quem o colocara lá.

— É um horário, talvez? — perguntou ele, como se Naia ou Kylan pudessem responder. — Ou uma porta? Um horário ou uma porta, ou um despertar, sim. Algo assim.

— Essas coisas não são parecidas — murmurou Kylan. — Talvez ele não seja o Caçador, mas ele pode ser maluco.

— Mas faz uma boa panela de ensopado, mesmo assim — respondeu Naia com um bocejo. Ela estava prestes a sugerir que eles tentassem dormir, porém Kylan estava hipnotizado pela escrita. Ele se levantou e se aproximou de um amontoado de formas, passando a mão nos símbolos. Naia sentiu uma pontada de admiração quando ele leu os trechos em voz alta.

— Vire o olho para a frente no tempo agora... É o dia do Sol Rosado. — Aqui, Kylan se virou, ainda com a mão na escrita. — Mas esse dia já passou. O Sol Rosado está minguando.

UrVa moveu a cabeça de um lado para outro, fazendo um som de *hummmmm* longo e baixo e continuando a coçar o queixo com os dedos curvados, um de cada vez, em sequência.

— Sim, mas isso foi escrito quando o que é agora nosso passado era então nosso futuro.

Fazia sentido quando ela pensava, mas Naia se perguntou se era necessário dizer de forma tão confusa. Ela ficou calada, considerando se poderia servir mais comida na tigela enquanto Kylan continuava a ler, os lábios se movendo e uma palavra ocasional escapando da boca. Ela tentou imaginar que tipo de palavras a parede exibia. Canções. Mensagens. Talvez um registro histórico ou uma profecia para o futuro. Os círculos e espirais pareciam mapas de estrelas mas, até onde ela sabia, poderiam ser algo totalmente diferente.

— A Grande Conjunção — disse Kylan e parou. Naia não sabia a que ele estava se referindo nem o que as palavras significavam, mas tremeu. — Quando brilham unicamente os sóis triplos.

— Hum — concordou urVa, mas, apesar da expressão queixosa de Kylan, não acrescentou nada. Ele acenou para o garoto Spriton se afastar da parede e ir para o canto da sala, onde havia uma pilha de vestes dobradas sobre um monte de feno velho. Apesar do cheiro úmido e velho, era macio e estava seco, e Naia se sentiu adormecendo quase na mesma hora que se acomodou. Kylan bocejou e enrolou a capa no corpo enquanto se acomodava ao lado dela.

— Quando brilham unicamente os sóis triplos — sussurrou ele, tão baixo que só podia ser para si mesmo. E ela não ouviu mais nada além da respiração quando ele adormeceu. Ela fez o mesmo logo depois.

CAPÍTULO 17

Mesmo com o chão duro abaixo de si, Naia dormiu profundamente pela primeira noite desde que saíra do pântano. Ela sonhou que estava voando pelos galhos que despertavam da Árvore-Berço e, quando acordou, suas costas e seus ombros precisavam se alongar. UrVa não estava por perto, mas uma chaleira de água estava esquentando na lareira. Naia sentiu cheiro de ervas e especiarias saindo da panela de ferro. Kylan já acordara e estava sentado na frente da parede de escrita de urVa, observando-a com tanta intensidade que ela achou que novas palavras surgiriam em gravação de sonhos do olhar dele.

Ela se levantou, espreguiçou o resto do corpo e olhou de novo para os entalhes e as escritas de urVa, agora que a manhã tinha chegado. Uma luz dourada do sol iluminava todos os cantos da sala aconchegante e esparsa. Ela se perguntou se ele vivia sozinho na floresta ou se havia outros como ele por perto. Pelos poucos pertences que tinha, era fácil acreditar que ele era completamente solitário. A vida em Sog era muito diferente, com cada família guardando estoque próprio de carne e conservas, equipamento de exploração e trajes cerimoniais, lanças e boleadeiras, bugigangas e tesouros familiares. Os Spritons também viviam em comunhão uns com os outros, cada casa do vilarejo cheia de evidências materiais de vida e família e do vilarejo como um todo. Até a toca Podling que eles encontraram tinha o mesmo tipo de provas... mas, se urVa um dia falecesse ou se mudasse para outro lugar, a única coisa que restaria dele seriam as paredes com os escritos que Naia não sabia ler. E, mesmo então, não demoraria para que a natureza e os elementos também consumissem isso, e aí não haveria registro da existência dele.

— Tome um pouco de *ta*.

Naia quase pulou ao ouvir a voz de urVa. Apesar do tamanho e da cauda que arrastava, ele era surpreendentemente sorrateiro e já estava na metade do espaço pequeno da sala, indo em direção à chaleira. Enquanto ele andava, sua coluna serpenteava em um movimento líquido da cabeça à cauda, dando ao corpo todo um movimento ágil que contradizia seu volume. Ele ergueu a chaleira de ferro quente com a mão e serviu a água fervente em três xícaras de pedra arrumadas em triângulo no parapeito da janela. Quando a água bateu nas ervas que estavam dentro, o vapor mudou de branco para vermelho e Naia ficou com água na boca por causa do aroma das especiarias, ao mesmo tempo amargo e doce. Ela aceitou a xícara que urVa lhe deu e segurou a pedra quente com as mãos geladas.

— Dormiram bem? — Quando ela assentiu, ele acrescentou: — Acordo para ver os Irmãos nascerem. Os três estavam no céu esta manhã. Só por pouco tempo... que vai ficar mais longo, humm.

— É estranho os três estarem no céu?

— Estranho? — repetiu urVa, inclinando a cabeça grande. — Não, muito natural. Pode parecer estranho a curto prazo, mas a longo prazo não é mais estranho do que o dia e a noite.

— A longo prazo... Por quê? Com que frequência acontece?

UrVa apontou para a forma que Kylan tinha chamado de Grande Conjunção e tomou um gole do *ta*. Não disse mais nada. Naia não compreendeu se ele não sabia, se não entendera a pergunta ou se simplesmente não queria responder. Ela tentou tomar um gole da bebida quente e foi recompensada com um sabor intenso, parecido com o da fruta alfen. Apesar de saber, no fundo da mente, que o tempo (e o julgamento de Gurjin) não esperariam que ela apreciasse cada chance de parar, Naia afastou o pensamento para ter um momento de descanso.

— Nós estamos indo para o Rio Negro — disse ela. — Você sabe se estamos longe? Pode nos ensinar o caminho?

UrVa olhou pela janela.

— Sim... — falou ele. Naia esperou para ouvir as instruções que gostaria de seguir, mas, em vez de palavras, urVa pegou o cajado e a bolsa de lanças e se levantou do banco. — Vamos agora?

Naia pegou a bolsa e sacudiu Kylan pelo ombro quando urVa saiu sem nem dizer "venham comigo". Correndo para pegar seus pertences e afastar o calor sonolento da manhã, eles saíram pela porta atrás do anfitrião de quatro braços.

UrVa não se movia rápido, mas também não era lento. Mais do que tudo, era consistente. Parecia nunca se cansar, apesar de eles terem atravessado uma distância enorme dentro da Floresta Sombria. Na luz do dia, agora que a Árvore-Berço estava se recuperando, a floresta parecia um ser completamente diferente, cheio de vida e da cantoria alegre de todas as criaturas que viviam nela. O coração de Naia cantou, leve e sintonizado com a floresta que ela ajudara a curar.

Kylan enfim perguntou se eles podiam parar para almoçar, pois não tinham tomado café da manhã. Apesar de o estômago de Naia estar roncando baixo havia vários quilômetros, ela não queria ser a primeira a falar, não com um dos companheiros sendo um Spriton contador de canções e o outro um eremita incansável. UrVa concordou na mesma hora e, ao encontrar um lugar perto de um laguinho de água fresca, botou o cajado e as lanças de lado. Naia observou com atenção quando ele esticou a corda entre as pontas do cajado, curvando a madeira flexível de forma mais pronunciada.

— O que é isso? — perguntou Naia. — Um jeito de pegar o almoço?

— O nome é *arco* — disse urVa. — Isto aqui são flechas. Quer ver?

Naia já estava de pé.

— Kylan, você se importa?

Kylan tinha tirado os sapatos e estava massageando os dedos doloridos e sujos de terra.

— Não, mas você tem que trazer algo para comer — disse ele, fazendo sinal para eles irem.

Naia seguiu urVa para a floresta, com Neech voando ao lado, até eles chegarem a um ressalto rochoso com vista para uma colina íngreme de pedras cobertas de musgo. Havia árvores entre as pedras pretas e de algum lugar no meio delas um riacho serpenteava até a parte de baixo da floresta. Naia chutou uma pedrinha e a viu quicar entre os ressaltos e fendas. Uma brisa leve surgiu, com um aroma forte de verde e de pedras. UrVa estava perto da beirada e segurou o arco com as duas mãos esquerdas, pegando uma das flechas da aljava na qual as guardava, semelhante a um barril. Naia viu urVa apoiar a parte mais grossa da flecha na corda esticada do arco. As penas da flecha fariam o graveto voar melhor, Naia percebeu.

— Arco, duas pontas ligadas por um único fio. Flecha, cabeça e cauda ligadas por um único eixo.

— Para caçar? Parecem lanças.

— Arco e flecha não caçam; o caçador caça. Eu não sou caçador.

Ele puxou a parte de trás e inclinou a ponta de pedra para cima. Quando soltou, a flecha desapareceu tão rapidamente na natureza abaixo que Naia mal teve tempo de acompanhar com os olhos.

— É tão simples — disse ela. UrVa lhe entregou o arco. Embora fosse quase do tamanho dela, era leve. Naia, no entanto, teve dificuldade em puxar o fio, mesmo sem flecha. Ao refletir, percebeu que urVa tinha o dobro de braços que ela, sem mencionar o tamanho e o peso.

— É mesmo, não é? — respondeu urVa, quase com um toque de surpresa. Ele prendeu outra flecha no arco, essa com ponta de osso e corda em volta, e segurou o arco para Naia, sinalizando para ela tentar puxar. Com as duas mãos e a ajuda de urVa para firmar a flecha, Naia usou o corpo todo para puxar o fio. Quando a tensão ficou grande demais, a corda escorregou das mãos dela e a flecha voou com um *twang* trêmulo, oscilando de forma irregular e audível. Bateu em uma pedra e ricocheteou para longe.

Neech, reagindo ao instinto e ao treinamento, se inflou e esperou a ordem de Naia para ir buscar a flecha, embora ela não tivesse certeza se a enguia voadora conseguira acompanhar o ponto do pouso final da arma. Ela o acalmou com um movimento da mão e ele se acomodou em uma rocha próxima, agitado, fazendo ruídos. UrVa riu.

— Nós precisamos de um arco do tamanho de Gelfling.

Naia soltou mais algumas flechas com a ajuda de urVa, ficando cada vez melhor em segurar o fio a cada tentativa. Ele a deixou segurar o arco sozinha e ela memorizou a forma como o fio era amarrado em nós nas duas pontas do arco, o grau de curva e a flexibilidade que o pedaço de madeira exigia.

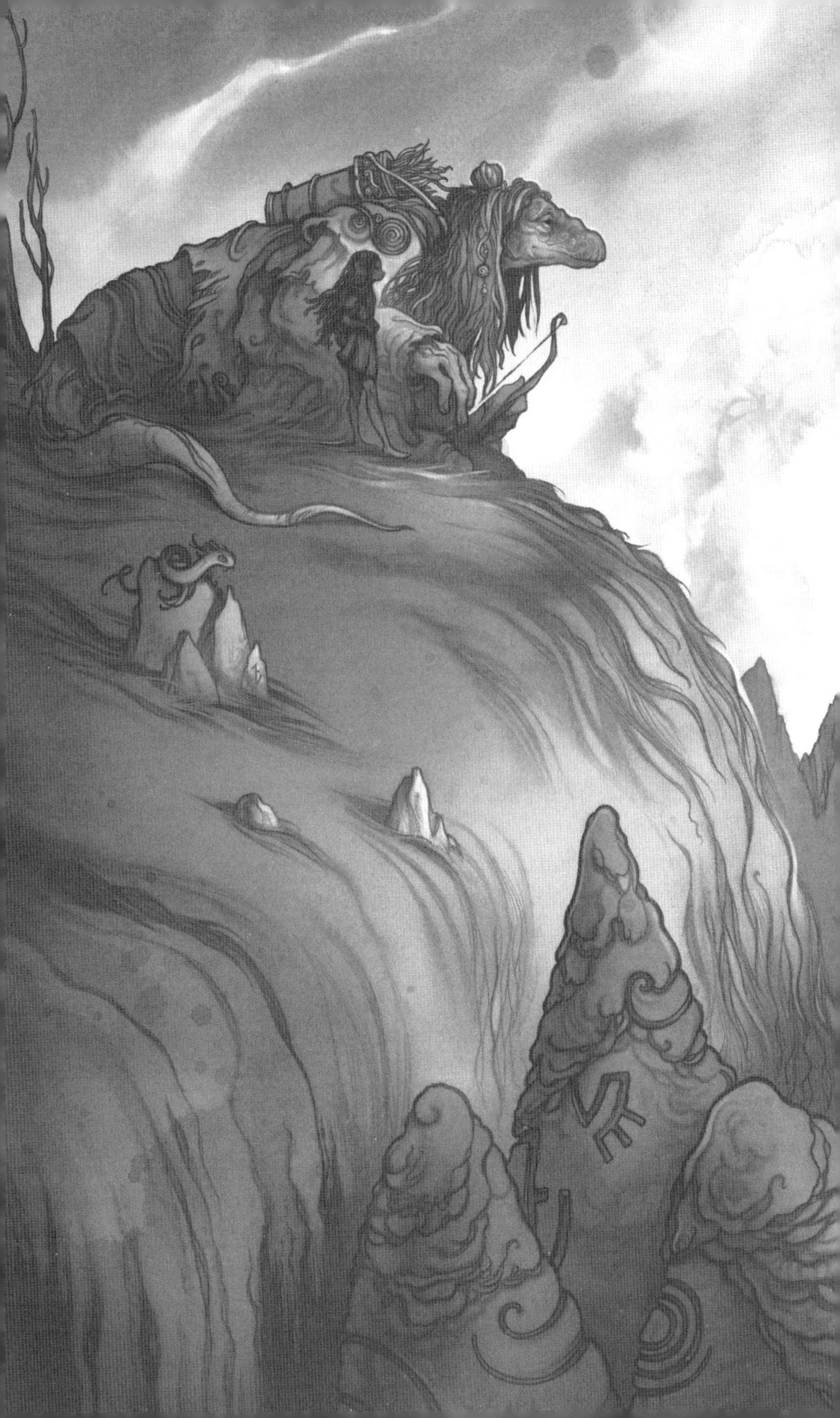

Ela botou o arco de lado e se sentou de pernas cruzadas para observar o restante das flechas da aljava de urVa. Cada uma era única, com um entalhe ou adorno colorido diferente. Algumas tinham escamas cintilantes verde-mar nas laterais. Algumas tinham penas ou folhas laranja farpadas. A ponta das flechas era de uma variedade de materiais duros, desde pedras e garras a osso e madeira antiga. Uma até parecia feita de dente. Cada flecha era diferente, feita com cuidado e extremamente detalhada.

— Quer que eu pegue as outras, que disparamos antes? — perguntou ela. Apesar de terem caído longe e para baixo, ela não tinha medo de altura, e com a ajuda de Neech ela esperava que eles encontrassem as flechas sem muita dificuldade.

UrVa balançou uma das mãos.

— Eu faço mais.

Naia olhou para as flechas na aljava, sabendo que era possível que ele tivesse levado dias só para enfiar as penas nos cabos. Ornamentos daquele tipo eram exibidos com amor e orgulho em Sog, e até as boleadeiras eram recuperadas com a ajuda das enguias de caça. Pensar que as flechas ficariam perdidas para sempre na Floresta Sombria fez Naia sentir uma pontada de culpa. Ela se preparou para descer pelas rochas mesmo após a negativa de urVa, mas antes que ela pudesse fazê-lo, ele botou a mão em seu ombro e a puxou para trás com delicadeza.

— Ah, Gelfling, pequena Gelfling — disse ele. — Deixe. Foram feitas de Thra e voltaram para Thra. Agora que minha aljava está quase vazia, tenho espaço para novas flechas.

Naia pensou em esperar até urVa não estar olhando e ir até o vale rochoso mesmo assim, mas ele fixou um olhar plácido nela, e ela percebeu que ele realmente não estava interessado em recuperá-las. Na verdade, urVa já estava recolhendo punhados de folhas de uma planta roxa e verde. Havia frutinhas peludas penduradas nas pontas das folhas ainda úmidas de orvalho. Aquele era o almoço, não algum animal caçado. UrVa bateu no ombro dela com a quarta mão, como se estivesse tentando despertá-la da fixação, e disse:

— Uma pedra em cada mão não deixa espaço para uma quinta... Humm, ou no caso de um Gelfling, uma terceira. Se agarrar às coisas com intensidade demais vai impedi-la de seguir em frente.

Não parecia certo e Naia falou isso, mas também se inclinou para ajudar a colher o que seria seu almoço.

— Se eu deixar as coisas de que gosto para trás, qual é o sentido de ir em frente? Entendo as pedras na mão, mas há coisas mais importantes que pedras.

— Pedras pequenas, pedrinhas — disse urVa. — Pedras grandes, rochedos. Ainda maior, a própria Thra. Pedras existem em todas as formas e tamanhos. Todas as coisas são interligadas. O que entregamos podemos receber. O que perdemos podemos encontrar de novo. Para tudo há outro.

— Bom, estou tentando descobrir a verdade sobre meu irmão. Isso não é uma pedra que vou jogar na natureza.

UrVa não discutiu, só balançou a cabeça de um lado para o outro. Embora não esperasse fazê-lo mudar de ideia, Naia sentiu uma leve frustração quando ele não respondeu, mas guardou o sentimento para si. Não havia problema em discordar, afinal, desde que nenhum dos dois tratasse o sentimento com descaso. Quando eles estavam voltando para onde Kylan estava, Naia se sentiu sem espaço na própria mente. Afastara tantos pensamentos para seguir para o norte. Era a melhor coisa que podia fazer, ela tinha dito para si mesma. Ao menos era melhor que ficar pensando em todos os seus medos. Mas agora, enquanto não conseguia afastar da mente a parábola de urVa, as preocupações estavam voltando. As mesmas que foram projetadas nos mundos dos fantasmas criados pela culpa da Árvore-Berço.

Você não é forte o suficiente.

— UrVa — disse ela, fazendo uma pausa. Queria fazer sua pergunta enquanto eles ainda estivessem sozinhos. UrVa andou mais devagar e virou a cabeçorra para olhar para ela. Naia empurrou os dedos dos pés na terra e apertou as mechas de cabelo. — Eu ouvi vozes. Ontem à noite. Dizendo coisas horríveis. Mas… eram só parte da magia da Árvore-Berço, não eram? Ecos dos meus medos tentando me assustar para que ficasse sozinha, assim como os veios de cristal fizeram com a árvore.

— Humm — murmurou urVa. — Sim e não.

— Sim e não são opostos — disse Naia, embora lhe doesse declarar o óbvio.

— Algumas coisas são… Escute. A magia de Olyeka-Staba só pode nos mostrar o que já existe. O que já *existia*. Se você ouviu, alguém falou. Se você viu, alguma coisa fez. Mas lembre-se. As palavras podem assumir muitas formas.

Naia inclinou a cabeça, no limite entre querer entender as charadas dele e querer desistir delas.

— Então está dizendo que o que eu ouvi era verdade? Ou está dizendo que estava apenas na minha mente?

UrVa sorriu e assentiu, e ela se perguntou se ele tinha problema de audição.

— As palavras podem assumir muitas formas. — Isso foi tudo que ele disse antes de olhar para a frente e continuar a caminhada.

Quando eles voltaram, Kylan estava sentado de pernas cruzadas em uma pedra, a tabuleta e um livro na mão, gravando sonhos. Pela concentração e a quantidade de palavras que ele estava encantando, Naia achou que ele estava escrevendo sobre o que tinha visto na casa de urVa, fazendo uma cópia das palavras que conseguisse levar com ele a fim de não as esquecer.

— Esperto, esse aí — disse urVa com uma risada. Ele colocou o arco e a aljava quase vazia apoiados na pedra e começou a cortar as folhas grossas em pedaços comestíveis.

— Para que servem as palavras, sabe? Passar uma mensagem de um lugar para o outro, mesmo quando o sonhador original faleceu, temos o antes.

Kylan guardou a escrita e se ergueu para ajudar na preparação do almoço.

— Você aprendeu a usar aquela coisa? — perguntou ele.

— Ajudou, hã… ajudou a pegar esse arbusto selvagem e agitado?

Naia riu.

— Não. UrVa não usa flechas para caçar.

— Para quê, então? Limpar os dentes? Ele não tem ossos para isso?

Ela não respondeu e encheu a boca de folhas, e Kylan entendeu que deveria deixá-la em paz. Ela não queria falar sobre as flechas que não eram usadas para nada além de serem disparadas na floresta. Não queria falar sobre opostos serem iguais, nem sobre palavras precisarem ou não ser ditas em voz alta para serem verdade. As folhas e frutas não tinham muito gosto, mas matavam a fome, e até Neech comeu um pouco. Não demorou para que a fome estivesse saciada e eles pegassem suas coisas e seguissem caminho.

Naia imaginava que a Floresta Sombria não teria sido completamente impenetrável sem a ajuda de urVa, mas reconhecia que, se ela e Kylan tentassem fazer a viagem sozinhos, com certeza teriam demorado muito mais. UrVa conhecia todas as árvores, todos os musgos, todos os fungos arredondados crescendo em cada lesma de costas escorregadias. Ele era passivo, se misturava com a floresta, às vezes tanto que Naia temia perdê-lo de vista. Voadores pousavam nele aos pares, bicavam suas vestes uma ou duas vezes e iam embora. Apesar de ele não usar o arco para caçar, Naia lembrava a velocidade com que ele segurara sua boleadeira na bacia da Árvore-Berço. Se urVa algum dia precisasse usar o arco para caçar, ela tinha certeza de que ele seria um caçador furtivo e mortal.

UrVa desacelerou em algum momento da tarde e esperou até que Naia e Kylan o alcançassem para comentar:

— Tem uma pessoa procurando vocês.

Naia enrijeceu, virou as orelhas em todas as direções, mas só ouviu a cacofonia da floresta. Kylan fez o mesmo e aparentemente conseguiu obter o mesmo resultado, pois disse:

— Como você sabe?

UrVa apontou e Naia olhou. Com um ofego, reconheceu o penhasco acima, o pedaço da ponte quebrada pendurado como uma árvore invertida. Ela via agora que a ponte era só um galho da Árvore-Berço, quebrado e caído em algum momento quando ela estava possuída pelos veios escuros de cristal.

Agora, eles estavam no vale entre os dois penhascos, perto do lado oposto. O coração de Naia deu um pulo. Se eles estavam ali, o Rio Negro não podia estar muito distante.

Talvez a viagem para Ha'rar pudesse enfim continuar, com desvio e tudo.

— O que estamos vendo? — perguntou Kylan, lembrando a Naia por que ela tinha virado o rosto para os penhascos acima. UrVa esticou um braço para cima, mostrando melhor o que queria dizer, e quando Naia seguiu a direção que ele apontou, ela viu a silhueta de uma figura viajando pela crista. Ao lado, havia uma figura maior, andando em passadas de pernas compridas. Por mais que apertasse os olhos, o brilho do céu e a distância tornavam impossível reconhecer qualquer coisa.

— Pode ser só um viajante — disse Naia. — Como você sabe que estão nos procurando?

UrVa deu de ombros e voltou a andar.

— Um arqueiro conhece o caminho de uma flecha de qualquer uma das pontas.

Outra forma de dizer que um caçador sabe quando está sendo caçado, pensou Naia. Pelo menos algumas das charadas dele faziam sentido. Ela deu uma última olhada no penhasco, onde a figura tinha desaparecido, e acelerou o passo. *Mesmo ele dizendo que não é caçador...*

— Então, vamos — disse ela. — Se forem habilidosos, vamos nos encontrar mais cedo ou mais tarde. Não há motivo para diminuir nosso ritmo e esperar.

UrVa os levou pelo vale, passando por riachos que ficavam mais robustos quanto mais longe eles iam. Eles não viram mais seu seguidor na crista, e Naia não ficou pensando no assunto. Se eles estivessem sendo perseguidos, as coisas acabariam se resolvendo de uma forma ou de outra, e ela não tinha tempo para se preocupar com o que aconteceria. Sua mente voltou inevitavelmente para os sustos da noite anterior. No entanto, quando tentou depreender algum significado, só conseguiu concluir que não tinha compreensão da verdade. E esse, ela lembrou a si mesma, era o motivo de ela estar naquela jornada.

Quando eles chegaram ao outro lado do desfiladeiro, urVa parou ao lado de um dos riachos e colocou as duas mãos no arco-cajado.

— Se vocês seguirem esse riacho, vão chegar ao rio — disse ele. — Tem uma cascata na floresta profunda, mas Gelflings devem conseguir escalar a pé. Depois da cascata, o rio passa por Pedra-na-Floresta Gelfling, depois segue para o norte.

Naia guardou as instruções na memória, juntou as mãos e se curvou.

— Obrigada, urVa. E por nos mostrar o caminho até o rio.

— Que possamos nos encontrar novamente — respondeu urVa. — Mesmo que seja com outra forma.

Naia e Kylan acenaram em despedida e urVa se virou, sumindo na floresta por onde eles tinham vindo. A floresta o envolveu de forma tão completa que parecia que ele nunca estivera lá, que fora só mais uma projeção fantasmagórica da Floresta Sombria.

— O que você acha que aquilo quis dizer? — perguntou Kylan.

— Não sei. Ele parece muito sábio, mas de que adianta sabedoria se não dá para entendê-la? Eu não entendi metade do que ele nos disse nesse tempo todo.

— Talvez faça sentido mais tarde — sugeriu Kylan. — Às vezes, pode demorar muito para as coisas fazerem sentido, mas, quando fazem, não dá para não entender.

— Estava mais do que na hora de você dizer algo assim, Contador de Canções — brincou Naia. — Agora, vamos.

A maior parte das palavras de urVa era em forma de charada, mas a instrução de como chegar ao Rio Negro não foi. Se nos apressarmos, podemos chegar antes de os sóis se porem.

CAPÍTULO 18

Eles andaram por mais um quarto do dia até que uma chuva leve começou. Apesar de ser tão suave que era quase impossível senti-la, ela não parou, e foi só um aviso do tipo de tempestade que viria. Em vez de se abrigarem, Naia e Kylan tentaram ficar perto dos penhascos, fugindo da força da chuva e de sopros fortes de vento. Não havia sinal da figura que eles tinham visto na crista e Naia esperava que continuasse assim.

— Ei, Naia?

Ela parou e olhou para onde Kylan estava, atrás de uma rocha. Ela esperou, embora desejasse que não fosse nada ou quase nada, como já tinha acontecido. Ele soltou um suspiro e desceu alguns passos, se aproximando para falar sem erguer a voz. Quando as palavras saíram, foram sérias e carregadas do peso do respeito.

— Quando fizemos o elo de sonhos, depois que vimos o ruffnaw na toca dos Podlings... percebi que você se segurou. Mas, na floresta, eu ouvi... coisas.

Naia tremeu e olhou para ele, observando seu rosto em uma tentativa de saber exatamente que tipo de coisas ele ouvira. As mesmas que ela? Ela não sabia o que faria se os ecos, preservados para sempre no tempo pela Árvore-Berço, tivessem chegado aos ouvidos dele. Kylan se aproximou e manteve a voz gentil.

— Sei que deve ter sido minha imaginação e coisas inventadas pela árvore quando estava sombria, mas... mas eu queria saber se você não me contaria. Se o que ouvi era ou não verdade... que seu irmão traiu os Lordes Skeksis.

Então ele tinha ouvido. O coração de Naia se contraiu de medo, mas ela não podia fugir da situação nem de Kylan. Não era a coisa honrada a fazer e, o que quer que Gurjin tivesse feito, suas ações pertenciam a ele, assim como as de Naia pertenciam a ela. Ao perceber a lealdade no rosto de Kylan, ela soube que podia confiar nele. Principalmente depois da viagem que eles tinham feito até ali.

— Não sei — disse ela por fim. — A verdade é que a Maudra-Mor enviou uma soldado até meu clã para procurar por meu irmão, porque ele foi acusado de traição pelos Skeksis. Depois que o acusaram, ele sumiu de repente, o que só piorou as coisas. Agora, não sei se ele é mesmo traidor ou se algo ruim aconteceu a ele. É por isso que estou indo para Ha'rar... para representar meu clã perante a Maudra-Mor e também, espero, para descobrir a verdade.

Ao ouvir a confissão dela, Kylan só assentiu.

— Então a voz que ouvi na floresta... a que parecia um soldado dizendo...

— Dizendo aquelas coisas horríveis sobre os Skeksis? — concluiu Naia, erguendo as mãos com frustração. — Não sei! Perguntei a urVa, mas ele só falou mais charadas. Isso e aquilo sobre a Árvore-Berço só ecoar as palavras que foram ditas de fato... mas depois ele falou que as palavras não precisam ser ditas para serem verdade. Eu só queria saber se Gurjin disse aquelas palavras ou se foi acusado falsamente... só quero saber se ele é mesmo traidor ou não.

— Palavras não precisam ser ditas... talvez ele estivesse falando de palavras do coração — disse Kylan. — Mas palavras de quem? Os medos do seu coração?

— Ou palavras faladas da boca de Gurjin, ditas em algum lugar da floresta? O Castelo do Cristal fica na Floresta Sombria, assim como Pedra-na-Floresta. Deve ter havido dias ou noites em que Gurjin falou perto de um galho da Árvore-Berço. Eu não sei e não consigo suportar.

Naia grunhiu e chutou uma pedra, que foi quicando pelo caminho à frente até o riacho. O som foi duro, duro, duro... e *suave*. Eles estavam quase no pé das terras altas. Uma grama esponjosa se projetava entre as pedras cobertas de musgo e trepadeiras, entremeadas aqui e ali com flores vermelhas em forma de tubo cheias de pistilos com pontas de açúcar que cintilavam na luz do dia. Ela deixou o assunto para trás e Kylan fez o mesmo. Não adiantava ficar repassando. Quanto mais Naia pensava no dilema, na verdade sobre Gurjin, mais ela sabia que só havia um jeito de descobrir. Esse jeito era encontrando-o.

Não demorou para que Naia ouvisse o som da água que se movia devagar mas era funda, e sentisse o aroma fresco de terra da margem do rio. Além dos ruídos próximos das gotas de chuva caindo no rio, havia um ruído branco distante, chegando cada vez mais perto, a cascata que urVa mencionara. Naia acelerou o passo com animação e afastou as frondes arredondadas das plantas verdejantes da beira do rio. Quando as folhas abriram caminho e os troncos em escamas das árvores foram ficando mais distantes, a vista ficou clara. Um rio cintilante em tom de obsidiana corria para oeste, onde caía do final das terras altas em um lago espumoso abaixo.

Ao vê-lo, Naia soltou um grito de alegria, e apesar das palavras tensas de antes, passou os braços em volta de Kylan e o abraçou com tanta força que ele riu. Eles tinham chegado ao Rio Negro.

Eles guardaram os sapatos nas bolsas e dobraram as calças para entrar na correnteza fresca e forte. Ao longo da margem, o rio era entalhado com bolsões de água rasa e pedras lisas, cheias de manchas verdes e nadadores azuis. Cada um nadava contra a correnteza, em um formato preguiçoso de S, parecendo perfeitamente imóveis apesar de estarem em constante movimento a fim de evitar serem levados pelo rio, cascata abaixo. Neech saiu da bolsa de Naia, mergulhou na água e emergiu espirrando gotas para todos os lados, com um nadador se debatendo na boca. Pousou em uma rocha próxima e engoliu o nadador em duas mordidas enquanto se sacudia para tirar gotas do pelo e fazia ruídos de alegria.

— É lindo — exclamou Kylan enquanto Naia enchia as mãos em concha e tomava goles de água fresca. Embora o rio parecesse preto visto de longe, de perto ela viu que era o cascalho duro e as pedras do leito que lhe davam aquela cor. Quando o sol batia no fundo do rio, ela via milhares de facetas em formato de diamante cintilando em azul-escuro e roxo. Até a areia lodosa nas partes rasas era preta. Um punhado dessa substância parecia o céu da noite, cintilando com pontinhos prateados quando a luz batia do jeito certo. Naia encheu com essa areia um odre de água que estava vazio, na esperança de dar de presente para os pais quando enfim voltasse para casa.

Seu encontro com o rio acrescentou uma leveza necessária. Por alguns instantes Naia pôde esquecer o que tinha à frente para apreciar o quanto havia progredido. Eles secaram os pés e calçaram os sapatos antes de descerem com cautela pelas pedras que formavam a frente da cascata. As pedras estavam úmidas da chuva e do borrifo da cascata, cobertas por uma camada fina de algas escorregadias que tornavam difícil encontrar um apoio para as mãos. Ainda assim, a cascata não era muito alta, e em pouco tempo eles chegaram à bacia, todos os sons sufocados pelo trovejar da queda de água. O ar estava carregado de neblina e das formas escuras e agitadas de morcegos saindo e entrando nos esconderijos na face do penhasco. Naia deu uma última olhada nas terras altas e, juntos, ela e Kylan entraram na floresta densa.

— Vamos seguir o rio um pouco. Teremos que fazer uma jangada… e depois podemos descansar.

— Jarra-Jen fez um barco com meio casco de um skorpus gigante — contou Kylan. Quando Naia o olhou de lado, ele sorriu e, por um momento, sustentou o olhar dela só com um sorriso. Mas então, parou de olhar e disse: — Mas acho que podemos fazer com troncos.

Antes que Naia pudesse pensar em uma resposta que o provocasse, eles ouviram alguém se aproximar vindo das profundezas da floresta, rápido e alto, quase chegando. Antes que pudessem se esconder, um animal alto e branco surgiu na clareira. Empinou antes que os pisoteasse e girou com o apito de um trompete enquanto Kylan gritava e caía para trás. Naia ergueu o braço na frente do rosto, entrando entre o animal de pernas altas e Kylan, mas não havia necessidade. Uma voz familiar ergueu-se sobre o grito barulhento do animal:

— *Doye, doye…* finalmente a encontrei!

Ao ouvir o chamado, a criatura se virou, plantou os quatro cascos no chão e resfolegou com um gorgolejo agitado. Naia baixou o braço e observou as orelhas grandes e cinzentas da criatura e o rosto enrugado de nariz achatado pontuado por um probóscide longo e vermelho. Era mesmo um Pernalta, uma criatura da qual ela só tinha ouvido falar e vislumbrado nas amplas planícies Spriton. Sobre os ombros peludos cinzentos, com o braço em uma tipoia e o cabelo prateado cascateando entre as asas dobradas, estava Tavra de Ha'rar em pessoa.

CAPÍTULO 19

— D*oye* — gritou Tavra de novo, mas foi mais para acalmar o Pernalta do que qualquer outra coisa. Com um carinho no ombro, ela conseguiu que o animal sossegasse. Ele grunhiu e o rosado das orelhas sumiu.

Com um salto ágil, ela desmontou, as asas esticadas o suficiente para suavizar a queda.

— Naia — disse Tavra. — Graças a Aughra você está segura.

Embora Tavra parecesse aliviada de ver Naia, sua boca permaneceu uma linha apertada e pálida. Seus olhos e orelhas estavam em alerta. A asa quebrada estava cicatrizando, firmada por uma tala leve. O Pernalta, equipado com um arreio e uma sela Spriton com bolsas de viagem amarradas, se afastou para beber água do rio. Então era ela que os estava seguindo! Naia não sabia se deveria ficar aliviada.

Tavra indicou Kylan com um movimento de queixo.

— Esse é o gravador de sonhos? Vi as palavras dele na pedra perto da ponte e soube que vocês tinham vindo por aqui.

— Sim — disse Naia. — Ele está me acompanhando até Floresta-na-Pedra. Viemos juntos de Sami Matagal... Muita coisa aconteceu desde que a vi pela última vez. Meu pai está bem?

— Está. Ainda estava de cama quando o deixei, mas sua mãe é imbatível no uso de vliyaya de cura. — Tavra olhou para os dois lados, para cima e para baixo, e se inclinou, baixando a voz. — Nós temos que conversar, e rápido. Primeiro, você está mesmo ilesa? Estava na floresta à noite? Encontrou alguém ou algo... ouviu alguma coisa?

As perguntas foram rápidas, cautelosas, e em vez de tirar respostas da garganta de Naia, só a fizeram segurá-las com mais força. Com que Tavra se preocupava? Talvez só estivesse zelando pelo bem-estar de Naia, mas talvez tivesse a ver com os ecos da voz de Gurjin na floresta. Naia sentiu todos os músculos enrijecerem quando um pensamento surgiu na mente. De acordo com Tavra, os Skeksis só tinham acusado Gurjin de espalhar mentiras traidoras, mas eles não tinham declarado exatamente quais mentiras foram. Tavra sabia a verdade? Sabia de algo que não estava revelando?

— Sim — disse Naia, escolhendo responder só as duas primeiras perguntas. — Nós viajamos pela floresta à noite, mas sobrevivemos em segurança.

Tavra apertou os olhos.

— Quando eu estava rastreando você na floresta, vi pegadas de outro ser. Você estava com alguém?

— Nós seguimos as pegadas, na esperança de que nos levassem ao rio — disse Naia. Mais uma vez, aquela informação era, em partes, verdadeira. Se contasse à soldado sobre urVa, ela tinha medo de colocar em perigo o velho místico falante de charadas. Por que Tavra queria tanto saber se eles estavam sozinhos? A Prateada se inclinou para trás devagar, todas as feições do rosto contraídas de desconfiança.

— Eu mandei você tomar cuidado com as criaturas da Floresta Sombria — disse ela baixinho. — Até as que parecem boas estão conectadas às que não são tão boas. Conectadas de formas que não entendemos.

— Para tudo há outro — respondeu Naia. Por menos sentido que fizesse para ela, as palavras tiveram impacto sobre Tavra, que suspirou.

— Escute. Nós recebemos uma mensagem por meio de um swoothu em Sog. Gurjin está vivo, mas foi capturado.

— Capturado? — repetiu Naia, só para ter certeza de que tinha ouvido a notícia direito. Vivo era bom, capturado não era. — Capturado por quem? Onde?

Tavra balançou a cabeça.

— Isso não é da sua conta. Tenho ordens de seus pais para enviá-la de volta para casa, em Sog. Eles me pediram especificamente para não contar mais do que contei.

— Porque, se eu souber onde ele está, você sabe que irei atrás dele — bufou Naia. — Ele é meu irmão, Tavra! Eu não sou criança. Deixe-me ir com você para salvá-lo!

Os olhos de Tavra faiscaram e ela contraiu o maxilar.

— Você vai voltar para Sog — repetiu ela. — E esse é o fim da discussão.

— Mas eu vim até aqui! Não vou dar meia-volta e seguir para casa, não sabendo que meu irmão é prisioneiro em algum lugar. Não preciso de você nem de meus pais me protegendo!

— Naia...

— Saiba que eu salvei esta floresta — disse Naia. — Estava sob uma maldição, tinha olhado a escuridão dos veios de cristal nas profundezas da terra. Mas eu a curei com um elo de sonhos, sem sua ajuda e sem a proteção de meus pais. Tem algo terrivelmente doente em Thra, algo que se iniciou em algum lugar da Floresta Sombria. Isso tudo está relacionado a Gurjin. Não sei como, nem por quê, mas sinto nas minhas entranhas. E... — Naia baixou a voz para que Tavra entendesse que ela estava falando sério — eu sei o que Gurjin andou dizendo. Sei o que ele falou sobre os Skeksis.

As palavras de Naia não tiveram efeito na soldado Vapra. Tavra se inclinou para a frente, a expressão severa como se ela realmente fosse feita de prata.

— Se você sabe o que ele disse, então entende que isso é muito mais perigoso do que uma Gelfling pode resolver sozinha.

Naquele momento, Naia soube que o que tinha ouvido nos ecos da Árvore-Berço era verdade. Em algum lugar da Floresta Sombria, Gurjin fizera declarações que eram uma alta traição contra os Skeksis.

— Você tem ordens de seus pais e minhas de voltar para Sog — acrescentou Tavra. — Uma ordem de uma soldado é uma ordem da Maudra-Mor. Espero que a leve a sério.

Naia precisou fazer um esforço para baixar a cabeça em um aceno leve.

— Eu entendo — sussurrou, sabendo que discutir com a Vapra não levaria a nada.

Tavra inspirou fundo e soltou o ar devagar. Depois, virou o mesmo olhar severo para Kylan.

— Isso serve para você também, Spriton — disse ela. — Vocês vão pegar meu Pernalta, vocês dois, e sair deste lugar o mais rápido que ele puder ir.

— E você? — Kylan perguntou a Tavra. Ele ficara em silêncio durante toda a conversa, embora Naia tivesse certeza de que tinha registrado cada palavra. A raiva fervilhava no estômago da Drenchen, apesar de ela estar tentando esconder os sentimentos. Desde quando ela sabia da traição de Gurjin? Tavra agira como se não soubesse nada quando chegou a Sog.

— Já viajei muitos caminhos a pé — respondeu Tavra. Ela levou o Pernalta até Naia e colocou as rédeas nas mãos dela. Naia pegou as cordas pesadas, imobilizada por frustração e traição, mas segurou a língua, pois sabia que a soldado não mudaria de ideia. Como se pedindo desculpas, Tavra botou as mãos nos ombros de Naia.

— Vou encontrar seu irmão — disse ela. — E vou fazer a coisa certa.

Naia só conseguiu se controlar para dizer duas palavras, e as falou da forma mais calma e firme possível:

— Eu também.

Tavra encarou Naia por um momento, como se tentasse fazer um elo de sonhos sem de fato fazê-lo. Em seguida, com um aceno sério e compreensivo, entrou rapidamente na floresta.

Naia esperou até o som dos passos de Tavra ter sumido para botar a bolsa no chão com um ruído amargo e começar a tirar só o essencial: corda, boleadeira, comida, água. Depois de verificar que a faca de Gurjin ainda estava presa no cinto, ela se inclinou para amarrar os cadarços dos sapatos. Doloridos, seus ombros e suas costas apreciaram o alongamento.

— O que está fazendo? — perguntou Kylan. — Você não pode voltar para Sog sem sua bolsa; tem suas pedras de acender fogueira e todo o resto dentro.

— Eu vou para o Castelo do Cristal — disse Naia.

— Mas você prometeu a Tavra…

— Que faria a coisa certa. E vou. Você não vê? O castelo não pode estar a mais de um dia de viagem daqui, então é claro que ela consegue ir a pé. Ela não negou o que ouvimos das palavras de Gurjin. Só tem um lugar para onde ela pode estar indo.

— O castelo… — Kylan esticou a mão e segurou a manga dela. — Espere, Naia. Você não pode ter certeza disso. Além do quê, ela está tentando nos manter em segurança, não está? Você não acha que, se ela está preocupada, você também deveria estar? O que você acha que pode fazer que Tavra não pode? E ela disse que seus pais querem que você volte para casa…

Naia se soltou da mão dele.

— Você ouviu as mesmas palavras que eu na floresta! Elas eram verdadeiras ou falsas? Ninguém tem as respostas, ninguém quer me contar! Mesmo quando achei que as tinha ouvido de Gurjin, não tenho como ter certeza. Agora, o único jeito de descobrir a verdade é por mim mesma.

— Mesmo assim, nós não deveríamos invadir o Castelo do Cristal...

— Você quer que eu desista?

— Não, mas o que está planejando é imprudente e perigoso. Tem que haver outro jeito!

Ele agora estava gritando e ela gritou de volta para ele, apertando as mãos em punhos.

— *Não* tem. Eu tenho que ir para o castelo ou voltar correndo para casa, e não vou abandonar meu irmão com tanta facilidade!

Kylan soltou um gemido alto e irritado.

— Você é tão teimosa que fico surpreso que consiga largar uma boleadeira rápido o suficiente para arremessá-la! — gritou ele.

— E quem diz isso é quem não conseguiria acertar um alvo nem que fosse para salvar a própria vida — respondeu Naia. — Eu deixei de lado o que acho de vocês, *Spritons*, em Sami Matagal, sabe... para você poder viajar comigo. E veja como isso está indo, hein!

Kylan tremeu como se ela tivesse batido nele. Ele olhou para baixo e ela soube que tinha vencido a discussão. Ele desistiu.

— Não tem outro jeito — disse ela novamente. — Então este é o *meu* jeito.

Naia passou por ele e entrou na densa vegetação atrás de Tavra, indo para longe do Rio Negro que a teria levado até Ha'rar. A viagem não teria sentido se ela tivesse que aparecer perante a Maudra-Mor e representar um irmão que ela talvez nem conhecesse de verdade. A voz de Kylan já estava sumindo atrás dela, abafada pelas folhas densas e pelo som precoce de trovão.

— Mas os heróis sempre encontram outro jeito — disse ele.

A resposta dela foi um murmúrio que ela duvidava que ele pudesse ouvir.

— Talvez nas histórias, mas isso não é uma canção a ser contada.

A qualquer momento ela esperava ouvir os suspiros consternados de Kylan pegando seus pertences e entrando na floresta atrás dela. Porém, mesmo depois que seus pulmões começaram a se contrair por falta de ar, Naia não ouviu nada. Ela soltou o ar devagar e se virou parcialmente para ver se ele estava atrás... mas ele não estava. Não havia nada além de folhas verdes e roxas, galhos vermelhos e marrons, luz mortiça e chuva mais grossa.

Ela estava sozinha.

CAPÍTULO 20

Naia andou pelas árvores de folhas escuras com troncos enormes do tamanho de barris e pedras cobertas de musgo roxo que se contorcia, pontilhado de pólipos peludos. Coisas escamosas de asas pretas voavam nas copas das árvores acima. As pedras roxas acabaram abrindo caminho para outras mais volumosas que resmungavam e se moviam conforme ela passava, afastando-se dela e se enfiando no solo esponjoso coberto de folhas da floresta. Os passos de Naia eram barulhentos e fortes quando ela andava pela vegetação, embora ela não se importasse com quem a ouviria. Ao menos isso assustava os rastejadores e as formigas-de-armadura de cem pernas e ela não precisava ter medo de pisar neles. Apesar de seu senso de direção ser bom, estava ficando escuro e as nuvens de tempestade estavam se aproximando, escondendo o pouco que restava da luz dos Irmãos no céu. Ainda assim, ela precisava seguir, e agora não tinha o claro Rio Negro para guiá-la em segurança até seu destino. Ela quebrou um galho de uma árvore pela qual passou e foi partindo-o em pedaços menores e menores, até virarem pedacinhos, e os jogou longe com repulsa.

Um trovão estourou no céu, como um ovo se abrindo e derramando gotas enormes e intermináveis de chuva fria. Naia procurou abrigo por perto, mas não encontrou nenhum, e só pôde acelerar o passo e seguir em frente. Ela pensou em Kylan por um breve momento, mas afastou o pensamento da mente. Ele havia escolhido não ir com ela. De qualquer modo, agora já devia estar na metade do caminho até a cascata. Talvez até chegasse logo em urVa;

seria bom para ele, ficar em segurança e protegido junto à lareira com uma xícara de *ta* quente. Mas Naia ficaria presa na floresta lamacenta, fria, escura e sinistra por fazer a coisa certa.

A chuva caiu com mais força e gerou uma enxurrada caudalosa terreno abaixo, carregando folhas e gravetos como se fossem barquinhos em um rio furioso. Quando a ladeira ficou mais íngreme, indo de um declive suave a uma colina inclinada, Naia precisou se segurar em galhos para não escorregar. No entanto, isso acabou acontecendo; um galho folhoso de árvore estava tão escorregadio que fugiu de sua mão assim que ela botou o peso nele. Ela caiu, rolou colina abaixo, esbarrando, batendo nas plantas baixas com caules e folhas finas e leves.

No final, ela caiu estatelada em uma poça rasa de lama. Suja da cabeça aos pés, ela virou a cabeça e cuspiu terra e folhas. Apesar de ainda estar com dor e um pouco tonta, ela achava que teve sorte de não colidir com uma das muitas rochas ou árvores espinhentas. Naia procurou Neech, mas não conseguiu encontrá-lo. Um chilreio e um gritinho soaram do alto quando ele apareceu, ileso; devem ter se separado quando ela tropeçou. Ela o pegou no ar e o abraçou apertado, mais por si mesma do que por ele.

— *Yesmit!* — xingou ela, mas nem isso ofereceu muito alívio. Sozinha na lama, cercada de árvores negras enormes, as costas e os ombros doendo, ela soltou um grito de frustração. Quando o grito ecoou de volta até ela, Naia escondeu o rosto nas mãos e chorou, sem nem ao menos saber direito por quê. Talvez não fosse por nada específico, mas, mesmo assim, as lágrimas saíram mais rápido e com mais intensidade do que a chuva no céu. Naia não sabia por que chegara a isso nem por que tinha que ser assim. Se Gurjin fosse mesmo traidor, toda a viagem que ela fizera até ali fora um desperdício! Se o tivessem capturado, claro que o obrigariam a enfrentar o próprio julgamento... Então o que ela estava fazendo ali, no frio, molhada, sozinha e infeliz?

Vou descobrir a verdade no Castelo do Cristal, disse para si mesma. Ela imaginou o calor dentro das paredes firmes do castelo... e comida, devia haver comida quente e talvez *ta* como o que urVa servira. *De uma forma ou de outra.*

Ela pulou quando uma coisa fria e borrachuda cutucou seu cotovelo. Da lama apareceu um rosto largo de olhos bulbosos, seguido de um corpo em forma de larva. A lama fez um ruído de sugar quando o Nebrie surgiu na superfície, a chuva fresca lavando a sujeira da cabeça e das costas oleosas. Diferentemente do Nebrie de Sog, aquele era jovem, talvez até bebê; com um comprimento de no máximo o dobro da altura de Naia e com a circunferência do tamanho de um tambor. Cutucou o braço de Naia de novo, gorgolejando e chiando, e Naia encontrou um leve sorriso nos próprios lábios quando esticou a mão para fazer carinho na testa arredondada e projetada da criatura.

— Essa lama e essa chuva são ótimas para você, não são? — perguntou ela. — Sua mãe deixou você aqui e foi buscar comida? Você não deveria sair da lama por qualquer pessoa. Pode ser perigoso.

O Nebrie abriu a boca em um sorriso banguela. Ele rolou da esquerda para a direita, afundando o rosto na lama e soltando bolhas. Apesar de tudo, Naia riu, e o aperto que sentia no peito relaxou. Ela espirrou e limpou o nariz com as costas da mão, como se isso fosse fazer alguma diferença na chuva.

— Estou perdida — disse para o Nebrie enquanto fazia carinho na pele grossa como couro. — Pensei que soubesse o caminho, mas parece que estou correndo em círculos.

Todo o corpo de Naia balançou quando o Nebrie enfiou o rosto embaixo do braço dela, borbulhando. Ela abriu a mente só um pouco e um elo de sonhos gentil se formou. Ela viu a mãe do Nebrie, uma criatura grande e roxa, puxando o mato da margem do lago, mastigando-o para cuspir a polpa para os filhotes. Embora a refeição não fosse do tipo que Naia gostaria de experimentar, aquela visão foi tocante. Em troca, ela tentou projetar um sonho, pensando em seu Dia do Nome, compartilhado-o com Gurjin. Suas irmãs amarraram fitas coloridas e sinos nos cachos dela. O Grande Sol estava quente naquele dia e Gurjin ainda não tinha partido para assumir seu posto no castelo. Eles ficaram juntos na frente das pessoas do clã, ansiosos para assumir as responsabilidades da idade adulta que chegava.

O Nebrie deu um gritinho de alegria e Naia deixou a lembrança sumir. Tomando o cuidado de não enviar o pensamento no elo de sonhos, ela se lembrou do Nebrie de Sog, com a boca espumando e as presas letais. Era *assim* que um Nebrie deveria ser: feliz, satisfeito em brincar e chafurdar na lama o dia todo. Não inchado de fúria, destemperado em um estado vazio de ira; não como o ruffnaw na toca, não como a atormentada Árvore-Berço, cujos galhos ainda a cercavam. Thra estava sofrendo, estava triste, e a origem estava em seu Coração: no Castelo do Cristal. Apesar de o castelo não ser seu destino original, não parecia ser coincidência que, depois de tudo o que aconteceu, seria ali que ela procuraria a verdade sobre Gurjin.

Ela suspirou, se levantou e olhou para as roupas sujas de lama. Se tivesse levado a bolsa, ela tinha certeza de que o conteúdo teria se espalhado pela colina íngreme, mas agora ainda estava com tudo que carregava quando saiu rolando, seus pertences presos com segurança nas costas e no cinto. Ela tinha o que precisava. Poderia sobreviver. Se ninguém iluminasse o labirinto de perguntas, nem mesmo a soldado da Maudra-Mor, ela teria que encontrar o caminho sozinha.

Ainda assim, quando a chuva diminuiu e o Nebrie se recolheu para dormir na lama, algo naquele silêncio pareceu incompleto. Naia olhou colina acima e não viu ninguém, então se virou para a frente. Ainda estava sozinha e não havia nada a ser feito sobre isso.

Ela se despediu do Nebrie, fazendo-o voltar a dormir antes de tirar os pedaços de grama cobertos de lama que estavam grudados na túnica e seguir em frente. Embora rastrear Tavra na luz do dia em ambiente seco talvez fosse possível, a escuridão e a chuva tornaram o rastro invisível. Ela entrou em pânico por alguns instantes quando percebeu que realmente estava perdida. Mesmo se quisesse voltar, encontrar o caminho para o sul e ir para casa, ela não sabia se conseguiria na chuva. Seus passos se aceleraram de preocupação até ela quase tropeçar em uma raiz erguida, saindo do estado de atordoamento com uma fagulha de esperança. Ela não estava sozinha no bosque; de jeito nenhum! Ela se ajoelhou com um suspiro de alívio, botou as mãos na raiz e projetou um elo de sonhos.

— Está me ouvindo, Olyeka-Staba?

Ela fechou os olhos e botou certa pressão no toque, concentrando-se em conectar-se com ela, em sentir sua presença, as raízes no fundo da terra e as copas nas nuvens. Parecia que a árvore se lembrava dela, pois seu elo de sonhos foi caloroso e gentil.

Estou procurando o Castelo do Cristal, disse Naia. *Você pode me mostrar o caminho?*

Como se tivesse sido erguida pelo vento, sustentada pelos galhos da Árvore-Berço, Naia viu o que a árvore via. A Floresta Negra era um corpo amplo de preto e verde, ocupando o vale formado por duas áreas de terras altas: as Montanhas da Garra no noroeste e as Cavernas de Grot no sudeste. Em uma clareira ampla no oeste, a um dia de viagem de uma curva do Rio Negro, estava o Castelo do Cristal. O formato brilhante e preto se projetava da madeira como uma mão com garras tentando agarrar as nuvens.

A voz da árvore falou na linguagem das folhas ao vento, das raízes no chão.

Lá reside o Coração de Thra...

Quando o elo de sonhos terminou, a escuridão da noite pareceu deixá-la cega em comparação. Naia fechou os olhos e se lembrou do caminho, torcendo para a visão ficar firme em sua memória enquanto ela precisasse, como forma de guiá-la.

— Obrigada — disse para a Árvore-Berço. Mais uma vez, se a árvore respondeu, ela não conseguiu ouvir, exceto pelo estalo leve de galhos no vento da noite.

Naia se virou quando um galho estalou e ela ouviu o que pareciam passos pesados e familiares. Na escuridão, no entanto, ela pouco conseguia ver, e o som não se repetiu. Ela permaneceu imóvel, a mão na raiz da Árvore-Berço, prendendo o ar e apurando olhos e ouvidos. Muitas coisas faziam ruídos à noite na floresta, claro, e era igual em Sog. Mas algo parecia diferente agora, mais perto, familiar...

— UrVa?

O nome surgiu misteriosamente, mas, depois que ela o disse, sentiu que encaixava. Ou não? Alguma coisa estava certa nele, mas alguma outra coisa parecia errada. A presença sumiu da percepção dela e voltou para as sombras. Um trovão soou ao sul e a presença sumiu. Naia esperou o suficiente para que um relâmpago brilhasse no céu e seguiu em frente, torcendo para conseguir chegar ao castelo antes que a segunda tempestade despejasse a ira sobre a Floresta Sombria.

CAPÍTULO 21

Raios iluminaram o caminho e um deles até acertou o topo de uma árvore, que explodiu em fagulhas e chamas, logo apagadas pela chuva que agora caía lateralmente das nuvens. A chuvarada veio com vingança, embora boa parte fosse interceptada pelas árvores enormes que aumentavam em número e frequência conforme Naia se aproximava do castelo. Apesar de ainda não conseguir ver seu destino, ela o sentia onipresente, como milhares de olhos a observando de cima.

Naia interrompeu a corrida quando ouviu algo; um rosnado, talvez, ou só um relâmpago. A lembrança do som ecoava, embora seus ouvidos não escutassem mais nada por mais que se virassem para todos os lados. Ela desejava os olhos maiores de uma ave noturna, ou talvez o nariz com bordas de um ruffnaw. Qualquer coisa que pudesse ajudar seus sentidos a perfurar o ar denso da noite na floresta impenetrável.

Uma brisa quente roçou a pele das bochechas dela e sumiu… e veio de novo, e seu estômago deu um nó: era *respiração*, vinda da escuridão, de alguma criatura tão quente e próxima que sua expiração caía nos ombros de Naia em ondas silenciosas e pesadas. O odor era um tanto familiar, mas *errado*; só que ela não tinha tempo para refletir.

Prendendo o ar e se movendo com a maior sutileza possível, Naia espiou a escuridão. Precisava desesperadamente ver e, ao mesmo tempo, temia visualizar o que estava lá. A letra da canção de Kylan surgiu de forma espontânea em sua mente, botando fogo em seus medos e em sua imaginação.

Mas o vento frio parou e ele ouviu, distante
A respiração monstruosa pesada com dentes apavorantes...

Naia apertou as mãos e afastou a ideia. Era só uma canção criada por um contador ou sonhador que não tinha nada melhor a fazer, recitada em fogueiras de acampamento para assustar os jovenzinhos. O que quer que estivesse ali a observá-la, devia ser só um predador faminto na esperança de um banquete de Gelfling. Era assim que o mundo funcionava: em um grande círculo no qual os caçadores se tornavam presas e assim por diante.

Agora o Caçador espera atrás dele...

Algo se moveu nas sombras e todos os nervos de Naia entraram em ação, fazendo-a correr em disparada para longe do movimento e da respiração. Em meio ao trovão e ao estalo do relâmpago, dos sons de galhos e vegetação estalando debaixo de seus pés apressados, ela pensou ouvir a respiração irregular de um monstro, mas se recusou a olhar para trás, por medo de ser capturada pelo que a estava seguindo. Ela correu e correu, pulando e desviando, cada pulo a levando para mais perto do castelo onde, ela esperava, as tochas ardentes e a poderosa ponte levadiça fossem chamá-la para a segurança de dentro. Tavra estaria lá, e os Lordes Skeksis, e Gurjin...

Os sons do perseguidor diminuíram e evaporaram completamente, e Naia reduziu o ritmo para uma caminhada cautelosa e silenciosa, na esperança de recuperar o fôlego. Teria conseguido fugir? A criatura teria desistido? Ou estaria ela apenas esperando para pegá-la desprevenida? Não, ainda estava lá, só que fora do campo de visão. Ela a sentia circulando, e nos brilhos de relâmpago azul intensos, Naia identificou formas; não coisas sólidas, mas texturas. Era escuro, como um pano ou pele amontoado, mas brilhoso em alguns pontos, como se tivesse escamas em uma cauda longa e afiada como chicote que movimentava atrás de si. Movia-se pela floresta como se fosse parte das sombras, preto e perigoso, selvagem e faminto. Naia tremeu de medo quando, em voz baixa e sussurrante, a criatura falou.

— *Gelfling... sim... mais perto...*

A pulsação de Naia se acelerou ainda mais. O que quer que fosse, era inteligente o suficiente para falar em idioma Gelfling e para reconhecê-la, apesar de todas as outras presas que havia na floresta. Quando a criatura soltou uma risadinha longa e rouca, Naia sentiu seu bafo de novo.

— *Mais perto... chegue mais perto... tão cheia de vida... tão intensa... chegue mais perto...*

Na escuridão apareceu uma garra com formato de mão, chamando-a. Paralisada de medo, com as costas em uma das árvores enormes, Naia viu a forma dar um passo para mais perto, como a materializar-se da escuridão sombria. Era enorme, com costas longas coberta de penas e espinhos, e no rosto havia uma máscara da cor de osso, curvada embaixo e com dois buracos pretos. Foi chegando mais perto, e só quando Naia viu os olhos vidrados e ardentes atrás da máscara e voltou a sentir o hálito, ela percebeu, com uma onda de vertigem, que sabia o que era o aroma familiar. Era *Gelfling* que se misturava às palavras guturais e úmidas de baba do monstro; o odor de Gelflings, do povo dela, saturava o ser todo do caçador mascarado, da pele grossa e das costas espinhentas à mão com garras que estava esticada, pronta para a segurar pelo pescoço.

Uma mancha de pelos e espinhos explodiu do ombro de Naia em direção às garras do monstro e se agarrou nele em uma nuvem de espinhos e dentes. O Caçador gritou de surpresa, se virou para trás e se debateu, tentando soltar o pequenino muski que grudara nele com dentes afiados e venenosos. Despertada do transe pelo ataque de Neech, Naia tirou uma boleadeira do cinto e a girou, segurando o contrapeso e batendo com a outra ponta na cabeça do monstro. Acertou-o com um estalo na máscara grotesca de osso, e os gritos da coisa aumentaram até virarem berros enlouquecidos. Conseguiu desprender Neech da garra, segurou a placa facial rachada e soltou ofegos enfurecidos e pesados. Fixou um olhar tão temível em Naia que ela precisou de toda a força do mundo para ficar de pé... Mas, sem dizer mais nada, o caçador recuou e voltou a ser envolvido pela noite de onde saíra.

Naia ficou parada na chuva, tremendo, segurando Neech junto ao peito e fazendo o possível para permanecer de pé. A chuva caía pesada agora e a cobertura da copa das árvores era irregular. Uma tosse subiu pela garganta e Naia percebeu que estava prendendo a respiração nos pulmões; outra tosse e um tremor pesado saíram quando ela foi lembrando lentamente como respirar. O Caçador tinha ido embora, ao menos por enquanto.

Neech gritou e se debateu, mordiscando os dedos dela e a trazendo de volta a si. Ele choramingou e ela assentiu, começando a se mover. Eles precisavam chegar ao castelo, à segurança. Daquele jeito, ela tinha medo de desabar pelo frio que estava penetrando por sua pele até o osso. Ela ordenou às pernas que se movessem e seguiu em frente, torcendo para que fosse a direção que a Árvore-Berço lhe mostrara. Depois de ser perseguida até ali, sem tempo para se preocupar com a direção para a qual estava correndo, ela só podia torcer para que fosse a certa. Por outro lado, tudo era igual na escuridão, e ela quase esperava estar de volta no lugar onde tinha começado.

Ela olhou para baixo quando seu pé tocou em algo duro e plano. Meio enterrada na terra e na vegetação havia uma tabuleta de pedra, tão larga e longa quanto alta. Tinha um entalhe de três arcos convergindo no centro, onde formavam um triângulo, e espiralando do centro da forma havia escrita. O que a tabuleta estava fazendo ali e o que significava? Ao procurar pistas no chão, Naia ficou surpresa de encontrar outra tabuleta... e outra, uma depois da outra. Não eram tabuletas, ela percebeu. Era um caminho. Cheia de esperanças e indo contra o corpo e os pés machucados que reclamavam, ela seguiu as pedras, uma a uma, que foram ficando cada vez mais pronunciadas, cada uma com um entalhe diferente. Com um suspiro de alívio, ela viu luz à frente... e, de repente, a floresta se abriu e ela estava ao pé de uma ponte levadiça em arco por cima de um fosso denso e lamacento.

Do outro lado da ponte, enorme, de um preto magnífico com a tempestade elétrica como pano de fundo, estava o Castelo do Cristal e suas torres.

CAPÍTULO 22

Naia lançou um último olhar à Floresta Sombria antes de fugir dela com alegria. Seus sapatos ecoaram na ponte quando ela a atravessou, as tábuas grossas e as correntes pesadas dando uma sensação de segurança noturna da qual ela sentia muita falta. A qualquer momento ela esperava que o monstro mascarado (ela não ousava chamá-lo pelo nome que *queria*, para que sua imaginação não enlouquecesse de medo de novo) pulasse das sombras e a arrastasse de volta para a floresta, onde Naia ficaria perdida para sempre. Mas não aconteceu. Se ele a seguira até o castelo, tinha ficado longe, e ela logo sentiu o calor das tochas que iluminavam o caminho largo de pedras do outro lado da ponte. O caminho era feito de mais pedras entalhadas, algumas com texto e outras só com imagens, muitas apresentando uma estranha similaridade com as inscrições na casa de urVa. Repetidamente, ela viu os círculos dentro do triângulo, embora assumissem formas e caracteres diferentes. O caminho entalhado serpenteava pela base torta do castelo, abaixo dos pilares longos que pareciam pernas, até enfim formar outro arco levando a um grupo enorme de portas com espinhos que fizeram Naia se sentir uma mosca na boca de um portão feito para gigantes.

— Ah...

Tavra estava na frente do portão fechado, com a capa prateada. O coração de Naia despencou. Mas a presença dela confirmava a suposição de Naia, de que seu destino era o castelo e que Gurjin também devia estar lá... embora ela não esperasse encontrar a soldado Vapra esperando no portão. Naia não tinha certeza, depois da caminhada sozinha pela floresta, de que estava preparada para um confronto tão cedo, embora parecesse impossível evitá-lo. A única explicação que não pareceria totalmente ridícula seria a verdade, mas Naia guardou até isso, determinada a se manter firme sem se importar com o que Tavra pensava. Tinha ido atrás da verdade, e se isso significava enfrentar Tavra (ou até a Maudra-Mor) e ser punida, que fosse.

Mas, em vez de ficar com raiva, Tavra só ficou pálida na luz dourada da tocha. Seus olhos se arregalaram e ela segurou os ombros de Naia.

— Naia, em nome de Thra, o que você fez?

A urgência e o medo na voz de Tavra pegaram Naia de surpresa. Em seguida, houve um som trovejante e arrastado dos portões se abrindo, puxados lentamente como as asas de um besouro gigante, as correntes estalando e as dobradiças chiando. As duas Gelflings foram banhadas em luz dos candelabros de cem chamas pendurados no salão de entrada. Lá dentro, Naia ouviu uma cacofonia de música e vozes cacarejantes, gargalhando e berrando, e viu uma sombra alta e curva que dançava no lado iluminado das portas enormes. Com os lábios apertados, Tavra botou as mãos nas bochechas de Naia, segurando o rosto dela com firmeza e grudando o olhar no dela. Naia sabia que era para criar um elo de sonhos, para que ela contasse a verdade. Em vez de aceitar o elo, ela só disse:

— Eu quero ouvir do próprio Gurjin.

— Eles estão vindo — sussurrou Tavra. — Você tem que ir. Agora.

— Mas os Lordes Skeksis...

Com um ofego de desespero, Tavra tentou criar outro elo de sonhos, mas elas foram interrompidas quando o

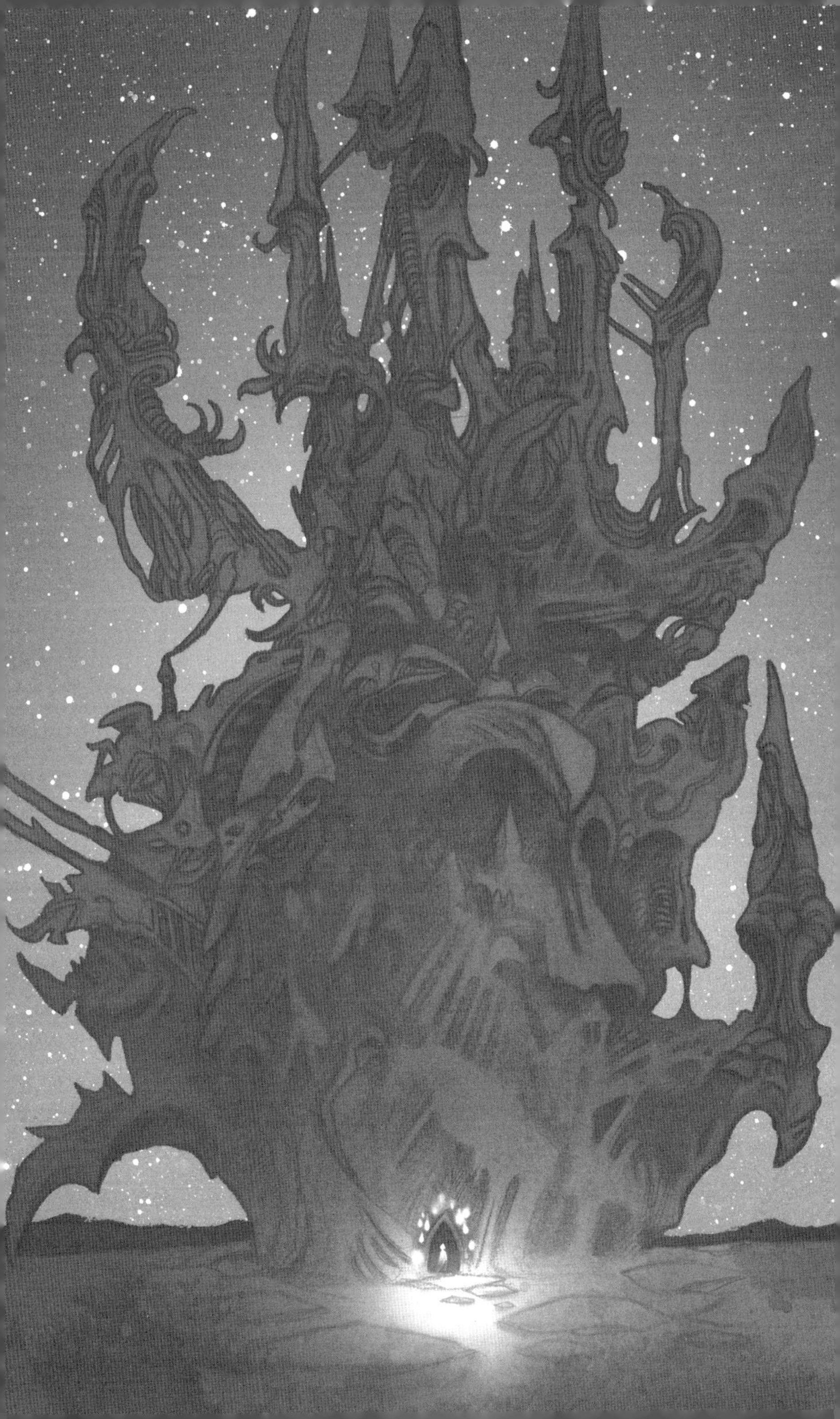

dono da sombra enorme e ornamentada apareceu no portão. Ver a criatura fez os pulmões de Naia ficarem sem ar. Apesar de ter visto Lorde skekLach e Lorde skekOk em Sami Matagal, tinha sido de longe. Ali estava outro, alto e decorado, parado na frente dela, tão próximo que ela sentiu o perfume almiscarado e doce que saturava as vestes e a pele oleosa. A capa e o manto ficavam bem acima da cabeça com uma estrutura complexa de ossos ondulados, adornada com pedras e metais brilhantes. A capa em si era vermelha com desenhos de contas em preto, com talismãs peludos e pretos. Projetando-se do meio dos tecidos brilhantes e da touca de babados estava o rosto de olhos pálidos do Lorde Skeksis no fim de um pescoço longo e musculoso, os lábios finos repuxados em um sorriso largo quando ele observou as Gelflings paradas em frente ao portão. O que Tavra queria dizer se perdeu no momento em que ambas olharam para ele. O silêncio foi rompido quando Tavra se ajoelhou perante o lorde, puxando Naia junto e baixando a cabeça.

— Chamberlain Lorde skekSil — disse Tavra. Com a cabeça baixa, seu rosto estava escondido do olhar do lorde, mas, de lado, Naia viu a testa franzida e a expressão pensativa. — Vim de Ha'rar em nome da Maudra-Mor Gelfling para seu conselho. Esta é Nadia, minha... criada.

Naia viu as pregas na barra da capa de Lorde skekSil quando ele se mexeu, inclinando-se para a frente e inspirando profundamente sobre as duas. Quando falou, sua voz saiu alta e aguda, quase cantarolada ressonando pelo rosto afunilado.

— Katavra! — gritou ele. — Filha de Mayrin! Venha, venha! Empregada, sim! Traga, traga! Todas para dentro!

Filha de Mayrin?

Tavra enfim lançou um olhar urgente em direção a Naia antes de Lorde skekSil segurar as costas da túnica de Naia e puxar, mal dando tempo que ela se levantasse antes de se mover bruscamente para dentro, meio a empurrando, meio a arrastando com a mão em garra. Do outro lado, ele empurrou Tavra com movimentos brincalhões e grosseiros. A soldado era mesmo filha da Maudra-Mor? Talvez ela só tivesse dito isso para os Skeksis... não, agora que Naia estava olhando melhor, ela viu: o cabelo prateado e as bochechas claras e, agora que a Vapra estava parada no salão do Castelo do Cristal, havia um aro fino de prata em sua testa, finalizado com uma única gota de pérola acima do nariz. Não havia dúvida; o tempo todo, Tavra fora mais do que uma mera soldado da Maudra-Mor.

Naia engoliu a percepção e a surpresa e foi andando atrás de Tavra, Katavra, uma das muitas filhas de Mayrin, como uma empregada faria. À frente, Lorde skekSil ia para um lado e para o outro em zigue-zagues excêntricos, como se seus dois pés tivessem vontades diferentes e próprias e estivessem em batalha constante para dominar sua trajetória.

— Sempre, Vapra de Ha'rar, ah, sim, sim, venha! Saborosa! Banquete! Comida! Bem-vinda!

Os olhos de Naia não podiam se arregalar o suficiente para absorver tudo que havia atrás do portão do castelo. O salão de entrada era abobadado, entalhado em degraus e vigas curvas, sinuoso e iluminado por tochas e candelabros cobertos de cera derretida pingando. Todas as paredes eram adornadas por algum tipo de entalhe ou relevo, formas astronômicas conectadas por linhas e caminhos pontilhados, pigmentados com tintas ou pedras redondas. Chamberlain Lorde skekSil andava entre as duas, os passos arrastados chutando a barra da saia e da veste em ondas frenéticas conforme ele andava pelo corredor, virando à esquerda. Assim que ele desapareceu de vista, Tavra esticou a mão para pegar a de Naia... mas só segurou a manga, e o Chamberlain voltou, segurando os ombros delas com um suspiro alto e trêmulo e as guiando rapidamente por um par de portas com janelinha em cima. O que Tavra queria dizer para Naia se perdeu de novo, e os sentidos de Naia foram sobrecarregados com a cena à frente.

Duas mesas compridas estavam arrumadas em cruz, cobertas de panos sedosos e dezenas de passadeiras e toalhas. Pratos de metal cobertos de acepipes de aroma saboroso que se debatiam estavam amontoados uns sobre os outros, quase sem deixar espaço para os cálices de vinho e decantadores de vidro que apareciam em meio ao banquete como mudas de árvores. Faixas e cortinas em dourado, vermelho, coral, marinho, marfim e branco caíam do teto abobadado alto como velas, puxadas e repuxadas em uma variedade de texturas e cores com cordas trançadas e com borlas e correntes. À mesa do banquete, em tronos festivos parecidos com as mãos e os dedos do castelo em si, estavam os Skeksis de pele roxa e bicos de lâmina.

Ninguém olhou quando eles entraram. Estavam absortos demais na comilança, a maioria com as mãos até os cotovelos em algum prato, enchendo os bicos escamosos e brilhantes com macarrões grossos e rastejadores de bigodes que tentavam fugir. Naia olhou de um lorde para outro; cada um usava um manto elaborado, cada um com formato diferente e decorado com um ornamento diverso. Um possuía penas grossas e brilhosas e o outro usava armadura, o manto mais parecendo uma capa e as placas das ombreiras tilintando enquanto ele lutava com um pedaço do jantar que não fora completamente cozido. O outro usava bronze e couro e um adorno de cabeça cercado de seis lentes presas por bracinhos metálicos.

Não havia música no salão, só os gorgolejos e grunhidos do banquete, pontuados pelo estalo das facas e espetos quando eles atacavam os pratos como se ainda fossem presas em fuga. Havia dois soldados Gelflings na porta, em silêncio. Naia talvez não tivesse reparado neles caso não estivesse olhando com atenção, querendo ver se eles tinham a mesma função de seu irmão.

— Gelfling! Gelfling! Prateada e Sogling! — gritou o Chamberlain skekSil. Ele segurou os ombros delas e as sacudiu de leve, como se movimentá-las fosse atrair a atenção de seus camaradas. — Filha da Prateada!

— Filha? — gritou um dos lordes, finalmente reparando. O rosto dele era mais grosseiro que os dos outros, com bigodes pretos compridos se projetando do focinho como espinhos. — Aqui?

— Agora? — perguntou outro, o quarto da esquerda, com um bico fino como agulha e olhos apertados. Com um susto, Naia reconheceu Lorde skekOk, as garras e braços quase completamente cobertos de pulseiras preciosas, um guardanapo rasgado e manchado enfiado na gola de babados. — Por quê?!

— Calem a boca!

A última voz fez todos ficarem em silêncio. Ela veio do lorde sentado no centro da arrumação de mesas. Ele não era o maior Skeksis em tamanho, mas a reação imediata que sua voz penetrante obteve carregava mais peso que qualquer um dos outros estaria disposto a contestar. No alto da cabeça havia uma coroa com várias pontas, o metal quase escondido atrás das pedras facetadas inseridas no aro. No pescoço havia mais joias, amontoadas em grupos de três e penduradas tocando na mesa, onde estavam meio submersas em uma cabaça de ensopado denso com pedaços grandes dentro. Quando ele se levantou, o caldo do ensopado pingou dos amuletos nas vestes, cuja cor se perdeu nos carmins e vinhos escuros.

Tavra se inclinou pela cintura em uma reverência rígida e Naia a imitou. Suas bochechas ardiam sob o olhar dos lordes agora que só havia silêncio e todos os olhares estavam nelas. Ela esperava atendentes ou servos... até mesmo guardas Gelflings, talvez, ou uma empregada que lhe dissesse que a culpa de Gurjin fora comprovada, até esperava que talvez o visse, mas nunca esperou ficar perante os dezesseis Lordes Skeksis tão pouco tempo depois de botar o pé no Castelo do Cristal. E agora, ali estava ela, coberta de lama da cabeça aos pés, machucada e maltratada da corrida pela floresta, com Tavra tentando desesperadamente lhe passar uma mensagem.

O Imperador Skeksis skekSo, pois essa era a única pessoa que o lorde do centro poderia ser, limpou a garganta e se inclinou para a frente, com as duas garras na mesa. Seu pescoço se esticou e desceu até elas com um olhar avaliador que sem dúvida deixaria até o mais orgulhoso dos Gelflings de joelhos. Mas, quando falou, sua voz soou quase com cultura, seu sotaque no idioma Gelfling bem mais aperfeiçoado do que as expressões mancas e quebradas do Chamberlain.

— Katavra — disse o Imperador skekSo, a voz dele agora o único som ecoando no salão. — O que a filha-soldado da Maudra-Mor estaria fazendo aqui no Castelo do Cristal, sim? E tão tarde? O que é essa coisa verde, um Sogling? Ahhh! — O imperador lançou um olhar para o Chamberlain. — É esse, aqui, finalmente?

Naia olhou para o chão, apertando os punhos com a acusação, mas sabia que não deveria responder um dos lordes, especialmente em um momento daqueles. Os Skeksis conheciam tão mal seus guardas que a confundiram com seu irmão? Ele nem lhe deu atenção, nem olhou o suficiente para perceber que ela era uma menina. O Chamberlain fez um ruído cantarolado, mas Tavra respondeu primeiro.

— Não, imperador — disse ela. — Ela não é um dos guardas que você pediu à minha mãe para encontrar. Ainda não conseguimos descobrir o paradeiro dele.

— Os guardas?... Ah. Sim, claro. Os guardas. Então o que você veio fazer aqui? Desperdiçar meu tempo? Gelfling precisa encontrá-los. Gelfling precisa puni-los. Vai embora, vai procurar!

— Eu gostaria de reportar diretamente a Vossa Grandeza a situação da missão que nos foi tão honradamente passada.

— Perda de tempo! — repetiu o Imperador skekSo, de forma tão ríspida que as espinhas nas laterais de sua cabeça se eriçaram como as penas de um muski. — Os *Gelflings* estão causando problemas, os *Gelflings* precisam resolver! Pelo tempo que for preciso, procure em Skarith, procure em toda Thra... não queremos saber, só deixe claro que os Gelflings estão causando problemas para nós, os Lordes Skeksis. Agora, vá! Saia! Volte ao trabalho!

Não parecia certo para Naia o quanto o imperador estava determinado a encontrar e punir Rian e Gurjin. Se eles *fossem* traidores, os boatos que eles estavam espalhando eram mentiras, com certeza nada que devesse deixá-lo tão defensivo! Mas parecia que o imperador só queria que Tavra e Naia saíssem do Castelo do Cristal e levassem os Gelflings a uma caçada cruel atrás do próprio povo.

A julgar pela reserva pesada nas palavras seguintes de Tavra, parecia que a Vapra era da mesma opinião.

— Nós vamos retomar nossa busca, claro, meu lorde. Mas há uma tempestade hoje, e a viagem fica difícil. Sei que a Maudra-Mor estaria disposta a aumentar os esforços de busca se ela soubesse que tínhamos o apoio dos lordes do Castelo do Cristal.

Enquanto Tavra falava, o Imperador skekSo a observou com atenção, em determinado ponto com intensidade tão direta que Naia não sabia se ele de fato estava ouvindo as palavras que ela dizia. A ponta da língua dele, uma coisa rosada e cinzenta tremendo entre o bico superior e o maxilar, passou pelas beiradas dos dentes e desapareceu com um estalo baixo.

— Veremos — disse o imperador. — Muito bem! Espero que você planeje partir de manhã, com grande rapidez. Para Ha'rar, para o Mar Prateado. Para onde for, e pelo tempo necessário para encontrar os traidores. Que *todos* os Gelflings saibam que eles são só mentiras. Nós amamos os Gelflings, amamos mesmo, nós os amamos, claro, mas traidores... Ninguém ama traidores, Prateada... Ninguém.

O salão ficou silencioso de novo, dessa vez com um fundo de murmúrio ambiente entre os Skeksis, um deles até soltando uma risadinha baixa. O Chamberlain, ainda parado atrás de Naia, mostrou as garras e se mexeu sem sair do lugar. Ela ouvia as saias dele arrastando no piso seco de pedra.

Tavra ergueu o queixo. Ela realmente pareceu a filha da Maudra-Mor naquele momento, e Naia se sentiu burra por não ter percebido antes.

— De fato — disse Tavra. Com um olhar medido, ela falou para Naia: — Arrume um quarto e o prepare até a hora de eu chegar. Eu gostaria de apreciar a hospitalidade de nossos lordes por um momento… sozinha.

Tavra limpou a garganta de forma forçada, e Naia percebeu que não era por desprezo que ela estava sendo dispensada. Ela encarou Tavra mais uma vez e, quando seus olhares se encontraram, sentiu outra pessoa a observando. Uma observação familiar, como buracos sendo queimados em suas costas. Na ponta da sala, um dos lordes estava parado com as garras entrelaçadas, o queixo apoiado nos dedos ossudos e grossos, os olhos vermelhos fixos nela. A capa e o traje eram todos pretos, dando-lhe um semblante que parecia malvado demais para um lorde. Ou, talvez, fosse só o jeito como ele a observava.

— Guardas! Um! Leve o Sogling para os aposentos de hóspede da Maudra-Mor!

Um dos guardas se adiantou e parou em posição de sentido junto à porta. Apesar de seu estômago estar doendo e de ela não compreender os motivos de Tavra, naquele momento Naia faria qualquer coisa para fugir do olhar horrível do lorde de preto. Ela assentiu, curvando-se primeiro para o soldado e depois novamente para o imperador. Em seguida, com todo o controle que conseguiu, ela saiu, sentindo o peso dos olhares dos Skeksis nos ombros mesmo depois que as portas do salão de banquetes estavam fechadas.

CAPÍTULO 23

Naia seguiu ao lado do guarda Gelfling, retorcendo as mãos. O corredor alto e curvo estava vazio, só com os sons baixos de passos vindos de algum piso distante. Gurjin muitas vezes descreveu o castelo como agitado, cheio de guardas e Podlings cumprindo seus trabalhos de limpar, preparar os rituais diários dos Skeksis, cozinhar e coisas do tipo, mas Naia não viu evidências de tanta atividade. Até o guarda que a acompanhava estava em silêncio e gesticulou com a mão enluvada antes de sair andando pelo corredor. Naia foi atrás, os pés ainda doendo. Embora só quisesse se sentar, descansar e saciar a sede, era óbvio que Tavra queria que ela saísse do aposento o mais rápido possível.

Seria porque tinha ido incriminar Gurjin em nome da Maudra-Mor ou haveria outro motivo? Se ela soubesse o que Tavra estava querendo dizer!

— A filha da Maudra-Mor visita com frequência? — perguntou Naia ao guarda, que andava alguns passos à frente. Ele era um pouco mais velho do que ela. Seu cabelo avermelhado e denso estava preso em uma trança. Não reagiu de forma alguma ao som da voz dela. Primeiro ela achou que ele talvez não tivesse ouvido, mas quando perguntou de novo e ele não respondeu, ela percebeu que era intencional. Nenhum dos dois disse nada até que ele finalmente parou na frente de um novo par de portas e as empurrou, revelando um quarto de hóspedes mais elaborado do que a câmara de audiências da mãe de Naia.

Ela entrou quando o guarda indicou que deveria. Virando-se e parando em frente a ele na entrada, ela enfim olhou para o guarda. O que viu deixou suas mãos frias e suadas. O rosto não exibia expressão, não tinha vida. Não havia fagulha de vivacidade nas feições abatidas. Quando ele falou, a palavra que saiu não foi mais do que mais um gemido das portas.

— Fique — grunhiu ele.

Ele fechou as portas na frente de Naia, que voltou a ficar sozinha.

Qual era o problema do guarda? Ela nunca tinha visto um Gelfling tão relutante em falar... e os olhos! Ansiosa, Naia parou só para limpar terra e lama da floresta dos sapatos, deixando uma mancha no tapete trançado que ocupava a área principal do quarto, e encostou o ouvido à porta. Esperou que os passos do guarda sumissem e abriu a porta com cuidado. O corredor estava vazio e silencioso. Depois de contar até oito, ajeitar a túnica e acalmar os nervos, Naia saiu do quarto e foi percorrer o castelo. Quando um odor distante de comida chegou a seu nariz, ela o seguiu. Comida quente significava cozinheiros. Cozinheiros significavam atendentes Gelflings, esperava ela, e alguém que pudesse indicar o local onde seu irmão estava preso.

Ela não fora longe quando um par de portas por perto se abriu. Uma onda de vapor saiu, com cheiro de comida cozida, caldo e ensopado, junto dos estalos e ruídos de uma cozinha grande. Um pequeno grupo de Podlings saiu, vestidos com túnicas de juta e empurrando um carrinho sobre rodinhas barulhentas. Naia chegou para o lado quando eles passaram, os pés descalços fazendo barulho na caminhada em direção ao salão de banquetes. Os passos arrastados e entorpecidos não tinham a animação e a energia dos Podlings que ela conhecera em Sami Matagal, e quando ela ofereceu um "oi" educado, nenhum deles se virou para

213

olhar. Na verdade, os olhos deles estavam leitosos, nem mesmo mirando à frente, mas olhando sem foco para o chão. Um em particular parecia excepcionalmente apático, a boca aberta e um filete grosso de baba caindo pelo lábio inferior cinzento. Quando a procissão lenta tinha finalmente passado, Naia observou os grilhões de madeira em seus tornozelos. Embora horríveis, eles não pareciam necessários, considerando o estado de letargia do pequeno povo Pod. O que estava acontecendo ali?

Naia percorreu o corredor com mais rapidez, mantendo os passos os mais leves possíveis no mármore rajado e brilhante que parecia amplificar cada som que era gerado nele. Ela queria encontrar um aposento, algum lugar onde pudesse parar e pensar sem se preocupar que algum soldado, guarda ou lorde aparecesse e perguntasse quem ela era e o que estava fazendo. Em um castelo tão grande, era difícil acreditar que poderia haver só corredores; mas era o que parecia conforme Naia seguia andando, subindo e descendo escadas sinuosas e cruzando passarelas que pareciam pontes, por cima de câmaras grandes. No caminho todo, ela só viu insetos correndo pelo chão; não havia nenhum guarda. Ela nem viu mais dos estranhos servos Podlings.

Ela parou quando uma coisa cintilou no canto de seu olho. No meio do labirinto formado pelo emaranhado de passagens do castelo, havia uma luz fúcsia, aparecendo pelas sombras fracas, iluminadas só por uma tocha ocasional. Naia foi em direção a ela, passando por um túnel mais escuro e estreito que dava em uma sacada alta em uma câmara enorme e aberta. Embora não houvesse tochas na parede nem viga no teto para pendurar um candelabro, a câmara abaixo era banhada de um violeta que vinha de uma fonte fora de seu campo de visão. Naia parou na entrada, onde o túnel levava à sacada, fechada por um portão velho de metal. Ela *reconhecia* aquela luz. Suas entranhas se contraíram e seu coração disparou, ambos apavorados com o que ela veria e, ao mesmo tempo, atraídos por um instinto que ela não conseguia compreender.

Ela sacudiu o portão de leve; estava trancado. Em circunstâncias comuns, ela imaginava que haveria guardas ali, um de cada lado, segurando lanças e impedindo todos de passarem. Mas, naquela noite de tempestade, os guardas eram poucos e as sombras eram muitas, e Naia se segurou no portão e subiu.

Passou pelas pontas de lanças na parte superior e pulou para o outro lado. Seguiu pelo túnel até a sacada da câmara, onde poderia ver o que poucos Gelflings haviam visto. A luz estranha estalou uma vez como um relâmpago, e o ar vibrou com energia. Ela queria olhar... queria ver, embora soubesse com todas as partículas do corpo que fazer isso seria como espiar o vácuo. O vácuo que ela só tinha vislumbrado no lodo de Sog: a luz abissal, sombria e tremeluzente que engolira a alma do Nebrie. Ela a ouvia virando, um som quase arrastado que sentia mais nos ossos que nos ouvidos. Acima disso, na atmosfera, ela identificou um som mais alto, como o de um instrumento ou coral. Estava cantando, não, a *chamando*, e ela deu um passo à frente para ver seu rosto.

Abaixo, em um salão circular com várias entradas e saídas, havia uma plataforma plana marcada com centenas de runas e outros entalhes; palavras e símbolos, alguns que Naia reconhecia da escrita de Kylan; outros eram completamente estranhos. No centro da plataforma havia uma abertura com o formato de um círculo perfeito; chamas vermelhas ofuscantes e ondas de calor emanavam dela, como se fosse um poço que levava diretamente ao núcleo ardente de Thra.

Pairando acima da plataforma, como se sustentada pelo vento quente e pela luz ardente, havia uma pedra enorme e multifacetada na forma irregular de uma lâmina, larga no alto e ficando mais estreita conforme apontava para o lago de fogo abaixo. As faces violeta-sangue se alternavam em ásperas e lisas, algumas brilhando como gelo e outras ondulando com a textura do tempo. Lá, girou, suspensa e lenta. Do corpo escuro e cristalino emanava a canção que permeava Thra e ecoava pelo coração de Naia com tristeza linda.

Aquele não era o branco e puro Coração de Thra contado nas canções. Aquele coração era da cor dos veios escuros de cristal; o tom de um coração já sombrio. Na coroa do Cristal havia um ferimento, um buraco cercado de fraturas de quando fora golpeado. Naia tremeu com a visão, a fonte da canção partida, a rachadura que fez o Cristal sangrar em violeta e vermelho, escurecendo, sua dor fluindo pelos veios e chegando em todas as partes de Thra.

Naia sentiu lágrimas nas bochechas, sabendo que o que desejava não era verdade.

O Cristal não estava correndo perigo de ser infectado pelos veios de cristal.

O Cristal era a fonte.

A tristeza imensa e sufocante da canção do Cristal atraiu Naia como nenhuma força que ela já tivesse sentido; o fio que ela viu no pântano de Sog não passou de um cintilar em comparação ao brilho ofuscante do Cristal para o qual ela olhava agora. Enquanto olhava para o brilho sombrio, ela começou a ver formas, figuras. Imposto na face do Cristal (ou na mente dela, ela não tinha certeza), ela viu Tavra perante os Skeksis no salão de banquetes, longe de onde ela estava, junto ao Cristal.

— Acredito que ele esteja aqui, dentro destas paredes.

A voz da soldado soou alta e clara, assim como os Skeksis quando caíram em gargalhadas repentinas e barulhentas. Ela estava falando de Gurjin? Tavra estava na frente deles, as costas eretas e orgulhosa, enquanto os lordes batiam com os punhos na mesa e soltavam cacarejos que não eram nem um pouco nobres.

— Traição! — gritou o Lorde de armadura de nariz curto. — Ahhhh! Todos os Gelflings são traidores, afinal!

— Depois de tudo que os Skeksis fazem por vocês! — gritou outro. — Os Gelflings vieram aqui só para contar mentiras assim!

— Vocês estão ansiosos demais para nos tirar do castelo depois de tantos trines nos convidando a entrar — gritou Tavra em meio à confusão, com severidade. Seus dedos tremiam perto do cabo da espada. — Eu vim para descobrir a verdade. Se os senhores juram que não há nada preocupante, que o Cristal está intacto e, bem, que os boatos de que os senhores são responsáveis pelo sumiço do povo Pod e pelos dois guardas desaparecidos não passam de mentiras espalhadas por infiéis, então acredito que não tenha nada de preocupante para relatar à Senhora Minha Mãe e vamos revirar toda Thra para encontrar os dois traidores.

— Então vá e relate! — gritou um lorde, e o grito dele foi ecoado pelos irmãos.

— *Sim, vá! Relate! Conte para ela o que ela quiser ouvir! A Maudra-Mor Gelfling traiçoeira!*

— Então jurem! — exigiu Tavra. — Jurem que é verdade! Jurem que se eu revistar o castelo, não vou encontrar sinal dos guardas que os senhores acusam de traição e que, se eu olhar no Cristal, vou encontrá-lo brilhando em branco reluzente como no dia em que foi confiado aos senhores!

Os Skeksis, por mais ansiosos que estivessem por rir e gritar na cara de Tavra, passaram a emitir uma série de murmúrios e sussurros e risadinhas. *Ela sabe*, eram as palavras, *oh, ela sabe*, como fumaça subindo de um fogo sendo criado. O Imperador skekSo, que tinha ficado em silêncio o tempo todo, ergueu o cetro de cabeça triangular e o balançou para a frente e para trás, em um gesto indiferente e descuidado.

— A Prateada fala como uma traidora — disse ele.

— Onde estão todos os guardas do castelo? Na última vez que estive aqui, havia dois em cada porta e dez no portão. Hoje está silencioso como uma cripta. Minha mãe me mandou procurar por toda parte dois traidores que são tênues como fantasmas, mas os procurei sem fazer perguntas. Mandei os parentes mais próximos de Rian e Gurjin para o Tribunal de Ha'rar, como me ordenaram. Confiei na Maudra-Mor e nos senhores, os Skeksis, mas vi criaturas encantadas vagando por aí. Ouvi a Canção de Thra cantada fora de melodia. Ouvi testemunhos sobre o bom coração dos supostos traidores... e recebi uma mensagem de Rian de Pedra-na-Floresta alegando que os Skeksis são assassinos mentirosos, que Gurjin está aqui no castelo e que meu povo está em perigo.

O Imperador skekSo estalou o bico duas vezes e continuou arrastando o cetro pelo ar em movimentos de oito, os talismãs e joias aplicados na ponta cintilando de forma hipnótica. Tavra se manteve firme, com um pedacinho de papel na mão. Ela jogou a mensagem no piso de pedra.

— Estou apenas em busca da verdade — disse. — Supõe-se que Rian é um traidor. Então, vim pessoalmente descobrir.

Se eu estiver errada, convido-os a provarem... porque, se eu estiver certa, foram os Skeksis que nos traíram. Traíram o castelo e o Coração de Thra. E eu não quero estar certa.

As palavras da Vapra ecoaram no salão e Naia não ouviu mais nada além do próprio coração batendo. Ela prendeu o ar, tentando se acalmar. Os Lordes Skeksis estavam agitados, inquietos, as penas e escamas nas cabeças e pescoços se erguendo de expectativa. Mais uma vez, o castelo em si reagiu, estalando quando a tensão no aposento cresceu, se apertando, quase se partindo. O Chamberlain, ainda parado perto das costas de Tavra, esfregou as garras uma na outra.

O Imperador skekSo riu e cutucou os dentes de forma casual com uma garra. Suspirando, ele esticou a cabeça para a frente no pescoço fino.

— Sinto muito, Prateada. Infelizmente... você está correta.

A voz de Katavra soou sem surpresa, lenta e grave quando ela respondeu. Ela fez a pergunta seguinte com o tom de uma ordem real.

— Onde estão Gurjin e os guardas Gelflings desaparecidos?

— Você vai poder vê-los em pessoa. Chamberlain!

A mão de Tavra foi até o cabo da espada quando o Chamberlain deu um salto para a frente. Pegando-a pelo cabelo, ele derrubou a espada da mão dela. Quando segurou o braço de Tavra com a outra garra, o salão explodiu em gritos e risadas, e os Lordes Skeksis pularam dos tronos de jantar, saltaram por cima das mesas de banquete e foram para cima dos dois, jogando pratos e cálices longe, no chão e nas paredes. Tavra não gritou quando eles se reuniram à sua volta, segurando-a pelos braços e pernas e a erguendo, berrando com gargalhadas e provocações.

— Ela quer ver!

— Mostrem a ela! Para ela ver o Cristal pessoalmente!

— Para a câmara!

— Para a Câmara da Vida!

— Não! — gritou Naia, mas sua voz não atravessou o Cristal. Em um desfile de comemoração histérica e fanfarra descontrolada e escandalosa, os Lordes Skeksis jogaram Tavra de um para o outro, e enfim a arrastaram em direção à saída com movimentos frenéticos dos braços. Mesmo depois que saíram do campo de visão, a risada ensurdecedora e os pés agitados soavam pelo corpo do Cristal. Naia tentou entender tudo mesmo com medo e incredulidade, mas só um fato ressurgia em meio ao mar de perguntas.

Os Lordes Skeksis, protetores do Castelo do Cristal, os traíram.

Com o coração disparado, Naia se virou de costas para o Cristal e puxou a adaga de Gurjin. Tavra sabia, ela já sabia antes mesmo de entrar. Ela tentara salvar Naia, e, por um momento, Naia pensou em encontrar uma janela, escalar o muro do castelo para fora e fugir. Mas o monstro mascarado se esgueirava pela floresta, e ainda seria noite por horas e horas. Em seu estado de desespero, ela não conseguiria escapar uma segunda vez. Protegido pelo animal sombrio, armado com portões e muros pesados, o castelo que ela procurou para se abrigar tinha se tornado o lugar mais perigoso da Floresta Sombria.

O que faria? Tavra era uma soldado experiente e filha da Maudra-Mor, e os Skeksis a trataram como um inseto. Se os lordes tinham essa atitude com uma das filhas de Mayrin, o que achariam de Naia? Como ela poderia fazer algo para salvar Tavra, além de Gurjin? Mesmo agora que sabia que ele estava em algum lugar no castelo, era possível que não estivesse vivo. Além disso, ela não fazia ideia de onde ele estava. Apesar de estar tão perto, era como se ele estivesse do outro lado de Thra.

Por que eles estão fazendo isso?

Naia sentiu uma lágrima desesperada cair e a limpou. Pensou na luz quebrada do Cristal, nos olhos leitosos dos escravos Podlings, na expressão faminta nos olhos do imperador. Havia uma conexão entre tudo, ela sentia. Tudo remontava ao Cristal e aos Lordes Skeksis que tinham sido encarregados da proteção dele, embora ela não soubesse exatamente como. A frustração era enlouquecedora, e ela escondeu o rosto nas mãos, angustiada.

Naia inspirou fundo. Não tinha tempo para ficar infeliz e não tinha tempo para esperar respostas. O fato era que Tavra corria perigo e Gurjin, se ainda estivesse vivo, devia correr também. De qualquer modo, ambos eram prisioneiros agora, e se Naia não agisse depressa, ela achava que seria capturada e sofreria o mesmo fim. Era morte na floresta nas mãos do Caçador ou a possibilidade de salvar o irmão e a amiga se ficasse.

Era isso que Gurjin estava tentando fazer?

O pensamento fez seu coração dar um pulo, quase caindo do peito, sendo segurado pela teia de culpa intensa que o cercava como uma rede. Os boatos e as mentiras que eles foram acusados de contar... não era que eles não tivessem falado aquelas coisas, só não eram mentira.

Mas culpa não resolveria o problema. Com a faca de Gurjin firme na mão, ela encarou o Cristal mais uma vez.

— Meu irmão — suplicou ela. — Mostre-me onde ele está. Por favor, eu preciso salvá-lo!

O Cristal gemeu com sua canção fantasmagórica e girou novamente. Nas paredes do corpo dele Naia viu uma figura escura caída perto de uma janela, e pela janela ela viu estrelas e topos de árvores. Era algum lugar alto nas torres do castelo e, sem hesitar um momento, ela correu para o labirinto de corredores, procurando um caminho para subir.

CAPÍTULO 24

As vozes dos Skeksis foram se distanciando e se aproximando conforme Naia corria de salão em salão, procurando uma passagem que a levasse para cima. As grossas paredes do castelo pareciam feitas para ecos, amplificando e distorcendo os gritos dos lordes de tal forma que pareciam estar em todos os lugares ao mesmo tempo. Em cada esquina, Naia se preparava para um confronto, o coração martelando de alívio quando via que não havia ninguém.

Em um desses pontos, Neech soltou um gorjeio e disparou do ombro dela, voando rapidamente por um corredor inclinado e desaparecendo na passagem escura.

— Neech! — sussurrou ela.

Se ela gritasse muito alto, sua voz ecoaria... mas Neech não respondeu e continuou piando sozinho enquanto voava mais e mais longe pela escada. Naia trincou os dentes e o seguiu, mas acabou o perdendo de vista, torcendo para que ele tivesse percebido algo que ela deixara passar e não estivesse apenas perseguindo alguma criatura com cara de saborosa correndo pelas sombras. O corpo preto de Neech tornava difícil enxergá-lo nas passagens ascendentes em espiral mal iluminadas, mas ele soltava pios intermitentes que a permitiam segui-lo mesmo na escuridão. Quanto mais eles subiam, mais apertada ficava a escada em espiral e mais alta a tempestade soava do lado de fora. Ao olhar pelas janelas quando passava, Naia percebeu que eles estavam subindo uma das torres do castelo e a vista mostrava a tempestade caindo sobre a Floresta Sombria.

Neech enfim pousou em uma barra de ferro grande na frente de um par de portas pesadas, o corpo todo vibrando de expectativa. Ele achava que era para lá que os Skeksis estavam indo? Ela prestou atenção e não os ouviu se aproximarem. Não, Neech estava esperando ali por um motivo diferente, roendo a madeira pesada em uma tentativa vã de entrar.

Naia apoiou as mãos embaixo da barra de ferro e puxou, fazendo-a deslizar horizontalmente da base com um gemido longo que ela esperava que se misturasse com os muitos outros ruídos espalhados pelos salões escuros. Com a tranca aberta, Naia forçou o corpo com cuidado contra a porta pesada, abrindo-a o suficiente para ver uma cela escura lá dentro. Pelo odor quente e azedo que chegou a seu nariz, ela soube que não queria ver o que havia lá dentro, mas sabia que não tinha escolha. Neech chilreou e voou para dentro e ela foi atrás, sabendo com uma expectativa podre e ansiosa o que iria encontrar.

Jaulas de ferro prendendo Gelflings ocupavam todas as paredes da cela. A maioria dos prisioneiros estava encolhida no espaço apertado com os braços em volta de joelhos, outros se apoiavam nas barras enferrujadas. Alguns estavam vivos; ela ouviu a respiração curta e difícil, os choramingos baixos. Alguns estavam tão imóveis que deviam estar inconscientes, isso se não estivessem mortos. Ela viu uma palheta de tons de pele, do marrom-escuro dos Spritons ao pálido quase branco dos Vapras. Uma das Gelflings não possuía cabelo na cabeça, só tatuagens pretas no couro cabeludo e no pescoço. Outro tinha cachos castanhos sujos que já tinham perdido o brilho havia tempos. Nenhum deles se mexeu quando ela entrou, e ela achou que eles talvez estivessem dormindo, mas quando a luz fraca do corredor tocou no rosto de um prisioneiro ali perto, ela viu que os olhos dele estavam leitosos e vazios, como os dos escravos Podlings... como os do Nebrie.

— Naia?

A voz fraca quase se perdeu em sua fragilidade, mas o timbre trouxe lágrimas aos olhos dela. Agachado em uma caixa de madeira no canto mais distante, quase escondido pelas sombras, havia um Gelfling desgrenhado com pele cinzenta de Drenchen e cachos grossos presos em um coque atrás da cabeça. Boa parte do volume natural de seu corpo sumira, deixando-o magro e ossudo como uma criança. Ele se virou, se segurou na madeira grossa e encostou o rosto entre tábuas para olhar melhor para ela. Sua voz estava abafada e fraca, mas sem dúvida era Gurjin.

— Naia? É você mesmo?

— Gurjin — sussurrou ela. — Você está bem. Você está bem!

— Bem? — repetiu ele com uma tosse leve. — Eu fui jogado no lixo como uma casca de noz.

Sem perder tempo, Naia procurou o fecho que mantinha a caixa fechada no alto e bateu nele com a adaga. A madeira era grossa, mas velha; a lâmina da faca a acertou regularmente e foi soltando o metal no qual a tranca estava presa.

— Nós temos que ir — disse ela entre golpes. — Os Skeksis... eles estão com a minha amiga... Gurjin, o que está acontecendo aqui?

Quando a placa do trinco estava separada o suficiente, Naia enfiou a adaga entre ela e a madeira e botou toda sua força e seu peso. Com um gemido, a madeira se quebrou e a placa se soltou. Naia abriu a tampa da caixa e segurou o irmão para ajudá-lo a se levantar. A largura dos ombros não tinha sumido como o peso, e ela passou os braços em volta deles e o abraçou com força.

— Não sei se consigo andar — disse ele. — Estou aí dentro há dias sem comida, e botaram flor da lua na minha água...

— Vou carregá-lo se precisar.

Gurjin secou as bochechas dela com as pontas dos dedos. Seu rosto, o rosto que ela compartilhava com ele, estava mudado, pálido e fundo, os olhos desfocados. Esse último detalhe era culpa da flor da lua, Naia achava. Os efeitos da flor do sono acabariam passando, mas ela temia que não houvesse remédios para os outros pesadelos que seu irmão tinha enfrentado.

— Eles virão logo — disse Gurjin.

— Eu sei. É por isso que precisamos ir embora. Algum dos outros consegue andar?

Naia ergueu Gurjin e sustentou boa parte do peso dele na lateral do corpo quando suas pernas compridas começaram a falhar. Ela se sentiu tomada de uma onda de desesperança impotente quando olhou ao redor. Mal conseguia aguentar o peso do irmão. Não havia como conseguir carregar todos os Gelflings para fora da cela, mesmo que tivesse tempo de libertá-los. Uma caixa de madeira era uma coisa, mas as barras e correntes de metal...

— O que vamos fazer?

Gurjin balançou a cabeça. A voz dele soou tão baixa que foi quase irreconhecível.

— Eles já estão drenados. É tarde demais.

Naia não sabia o que ele queria dizer com *drenados* e achava que não gostaria de saber. O fato terrível era que eles não tinham tempo. Se quisesse ajudar os Gelflings silenciosos com olhos sem brilho, ela precisaria se salvar primeiro.

— Vamos ter que voltar para buscá-los depois — disse ela, determinada. — Nós vamos voltar.

Naia engoliu a culpa e saiu da cela caminhando com dificuldade, os pés do irmão desajeitados ao lado. Juntos, eles fizeram uma fuga lenta e complicada para o salão externo. Naia pensou na longa escadaria para descer e tentou não pensar na distância até a saída e em quanto tempo eles levariam naquele ritmo. Tentou não pensar no quanto seria fácil encontrá-los se os Skeksis não estivessem tão ocupados com o que quer que faziam com Tavra.

Vou ter que voltar para buscá-la também, pensou Naia com infelicidade.

— Os Skeksis nos traíram — sussurrou Gurjin.

— Eu sei — respondeu ela. — O que aconteceu, o que eles fizeram? Você disse que os outros estavam drenados... eles drenaram você também?

Antes que Gurjin pudesse responder, um vento frio soprou nos tornozelos dela quando algo se moveu na escadaria abaixo. Como a escada era em espiral, ela não conseguia ver longe, mas sentiu... ouviu o movimento e a respiração... e sentiu aquele odor azul terrível de Gelfling... de *essência* de Gelfling, percebeu ela com um tremor horrível. Ela subiu a escada de volta, um degrau de cada vez, mas sabia que só estava adiando o inevitável. Não havia para onde fugir naquele corredor estreito. Também não havia onde se esconder além da cela úmida que se tornaria uma prisão assim que a porta pesada se fechasse novamente.

— Tem uns *fujões* na torre Skeksis — soou a voz arrastada e rouca. Passos soaram em seguida, um atrás do outro, e a figura de pele escura que surgiu das sombras parecia carregar a escuridão junto. Era o Skeksis com olhos ardentes, o que a tinha observado no banquete. Nos ombros havia uma capa de noite líquida, fervendo aos pés dele como fumaça preta, avolumada de um lado, onde ele carregava algo. Embora Naia agora já tivesse visto todos os lordes, ela sabia que, por mais sombrios e altos que fossem, aquele era o mais temível.

— Um e um — ronronou ele. Apontou um dedo primeiro para Naia e depois para o irmão. — Dois, mas um. Dois, um... gêmeos. Tinha um e estava esperando o segundo. Agora, a temos! Ah, eu estava esperando essa maravilhosa noite!

— SkekMal — sussurrou Gurjin. — Não...

— Agora, venham. Mais perto. Acabar com isso agora, é o que skekMal vai fazer. Hora de uma drenagem especial de Gelflings gêmeos. Esperei tanto! SkekTek, o Cientista, diz que pode fazer *essência* especial para o imperador. Rá! Não se skekMal fizer e pegar para *ele*.

A ideia de que estavam guardando Gurjin como um petisco especial de festa era ruim, mas saber que os Skeksis sabiam que ele tinha uma gêmea e que a estavam *esperando* era atordoante e revoltante. Encurralada, traída, Naia sentiu seu medo virar raiva. Ela firmou os pés e ergueu a voz.

— O que vocês fizeram com Tavra? — perguntou. Ela queria saber, mas, mais do que isso, precisava ganhar tempo. Gurjin já sustentava um pouco mais do próprio peso, começando a se livrar da névoa de ficar preso na cela, mas não estava de jeito nenhum pronto para fugir com os próprios pés. Um relâmpago estalou lá fora e iluminou o interior da escadaria espiralada por uma das janelas intermitentes que se abria no ar denso de tempestade, acima da Floresta Sombria.

— A Prateada queria saber o que fazemos com os Gelflings. Queria ver em pessoa. Prateada fedida. Teve o que merece. Só um pouco sugada hoje... o resto amanhã.

Esticando um braço, o Lorde Skeksis skekMal abriu a capa, e a boca de Naia ficou seca. Embaixo estava Tavra, inerte e inconsciente, os olhos arregalados e enevoados como neblina em uma manhã de verão. De repente ela caiu de onde estava, despencando na escadaria com um baque seco, e Naia viu o que segurava o corpo da soldado enquanto as garras de skekMal estavam ocupadas. Dobrados nas laterais do tronco do Skeksis havia um segundo par de braços pretos com garras.

Quatro braços...

— Ele não é lorde — disse Naia. — É o Caçador.

SkekMal riu e fez uma reverência extravagante e condescendente com todos os quatro braços, enquanto pegava algo no volume infinito da capa. Tirou uma máscara de osso, embora ela tivesse uma rachadura na têmpora, formada por uma pedra do tamanho das usadas em boleadeiras. Com um sorriso arrogante cheio de dentes e presas, skekMal, o Caçador, colocou a máscara no rosto curvo.

— Até a Gelfling burra descobre — observou ele. — Gelfling tão burra.

— Naia. Desculpe.

A voz de Tavra foi pouco mais do que um sussurro, mas ver a Vapra fez Naia se lembrar do quanto ela estava determinada a tirá-la de Sog. Do quanto ela já parecia saber sobre Naia e seu irmão gêmeo. Até skekMal parou quando a

Vapra falou, esticando os dedos das duas mãos maiores e observando, como se por diversão. Tavra se levantou o suficiente para encarar Naia.

— Você sabia? — sussurrou Naia.

— Sabia que eles queriam você. Não sabia por quê. Quando descobri, tentei consertar as coisas. Tentei impedir você na floresta, mas você me seguiu até aqui mesmo assim. Sinto muito.

Apesar do sentimento distante de traição, Naia percebeu a dor na confissão da soldado e a urgência nas três palavras que soaram em seguida:

— Avise os outros.

A névoa sumiu dos olhos de Tavra por um momento e Naia entendeu. Eles agora conheciam o segredo dos Skeksis, e tudo teria sido em vão se não conseguissem chegar aos outros Gelflings, aos outros clãs, aos pais de Naia, à tribo dela, à Maudra-Mor.

— *Ninguém avisa ninguém!* — gritou skekMal, movendo a garra e pegando Tavra nos degraus. Ele a segurou pelo pescoço e a sacudiu como um animal atormentando a presa, para ver se ela teria coragem de desafiá-lo de novo. Tavra aguentou a agressão em silêncio, apenas olhando para Naia. Com clareza severa e altruísta, ela repetiu as palavras, embora a voz estivesse estrangulada pelo aperto de skekMal.

— *Avise os outros...*

SkekMal a largou e ela não se levantou mais. Passando por cima dela com todas as suas saias e capa, o Caçador rosnou:

— Ninguém avisa ninguém.

Com lágrimas nos olhos, Naia recuou, levando Gurjin junto, enviando um pedido de desculpas silencioso para a

Vapra caída. Um vento frio de tempestade soprou chuva janela adentro, e ela olhou para fora e viu a longa queda até o fosso abaixo, sabendo que para trás só havia o topo da torre, um caminho sem saída que levava direto para a cela que ela queria evitar a qualquer custo.

Satisfeito com a forma como se livrara de Tavra, skekMal subiu a escada, os quatro braços abertos, as mãos pretas com garras prontas para cortar e o bico com presas pronto para morder. Naia olhou para a adaga na mão, a lâmina sólida pesada na palma.

— Difícil lutar carregando pedra — declarou skekMal, rindo.

Era a triste verdade: não havia como ela carregar Gurjin e lutar ao mesmo tempo. Soltar a faca a deixaria indefesa, mas ela não soltaria o irmão. Mas talvez...

Agora o Caçador espera atrás dele...

Não sabendo o que há abaixo dele...

Ela olhou pela janela e sentiu uma pontada de esperança. Apertou o cabo da adaga uma última vez para lhe dar sorte e se despediu antes de jogá-la pela janela. O movimento sobressaltou skekMal e ele fez silêncio por tempo suficiente para que Naia ouvisse com atenção em meio à tempestade barulhenta lá fora.

Splash.

Naia puxou Gurjin até o parapeito e, com um último olhar de desafio para skekMal, se virou para o céu aberto e pulou. Com um berro de consternação, skekMal deu um pulo para a frente e suas garras roçaram no tornozelo da Drenchen quando ela saltou do parapeito, segurando Gurjin nos braços e levando-o junto.

Ela sentiu o vento e o surgimento de uma dor nas costas e nos ombros quando a corrente de ar contrária os atingiu. Naia fechou os olhos e rezou, se preparando para o impacto na água, torcendo para que amortecesse a queda deles o suficiente para salvar suas vidas. Esperando a duração da queda livre, ela se agarrou a Gurjin e se preparou para atingir rapidamente o fosso do castelo. As águas densas estavam paradas... exceto pelo ruído molhado que soltaram quando a faca de Gurjin acertou a superfície.

Mas eles não estavam caindo. A descida foi leve e suave, como sementes emplumadas levadas pelo vento. Olhando para trás, Naia viu skekMal curvado na janela do castelo, gritando como louco atrás deles, e ela as viu... as *sentiu*.

Pretas e iridescentes, refletindo a luz da tempestade em azuis e fúcsias, as asas de Naia os carregavam, bem acima da floresta e para longe dos terrores do Castelo do Cristal.

— Naia — disse Gurjin. — São lindas...

Naia não teve tempo de apreciar o momento; o vento parou abruptamente e eles oscilaram, caíram das alturas antes que outra corrente de ar surgisse para cima e voltasse a amortecer a queda. Acima, na torre, a sombra de skekMal tinha desaparecido da janela. Naia apertou Gurjin ainda mais. O Caçador iria atrás deles, sem dúvida. Eles ainda não estavam em segurança.

Bem abaixo, escondido pela sombra da floresta, ela ouviu o chamado assoviado de um hollerbat e um sorriso surgiu em seu rosto antes que ela pudesse controlá-lo. O chão estava se aproximando depressa e ela se preparou para tentar, pela primeira vez na vida, fazer uma manobra no ar. Era como jogar uma boleadeira com a outra mão, algo familiar, mas descoordenado, e eles viraram de repente, girando para a terra. Ela só pôde mirar na água do fosso, e eles caíram lá dentro, Naia segurando o irmão com força apesar do choque temporário da água fria. Suas brânquias se abriram e ela respirou, orientando-se na água escura e nadando para a margem. A água era densa com algas e vegetação e estava quase tão fria quanto gelo. Os membros de Naia estavam entorpecidos e doloridos quando ela chegou à superfície, com algas grudentas e pretas no rosto... mas mãos quentes a seguraram pelo braço e a puxaram. Quando seus joelhos estavam no chão, ela se virou e, por sua vez, tirou Gurjin do fosso fundo. Por mais fria que a água estivesse, pareceu ter feito bem a ele, e seu corpo se movia com mais controle e confiança crescente. Naia se virou para quem a tinha tirado da água e dado o assovio abaixo. Passou os braços em volta dele e o abraçou com força.

— Você não deveria ter vindo — sussurrou ela. — É perigoso... eles estão vindo. Os Skeksis...

Kylan, o Contador de Canções de Sami Matagal, assentiu, se levantou e a ajudou a se levantar.

— Então é melhor irmos logo, não é?

Gurjin se levantou sozinho quando ela e Kylan o chamaram e, embora seus movimentos ainda estivessem lentos, ele conseguiu correr com eles e fugir para a floresta. A tempestade finalmente tinha diminuído, os trovões se afastando ao longe, e só havia uma chuva firme e fria que Naia esperava que escondesse o cheiro deles. A Floresta Sombria era domínio do Caçador e, agora, a perseguição a eles era pessoal. Seu coração doeu quando ela pensou nele, no jeito cruel como se livrara de Tavra, mas não tinha tempo para lágrimas nem para se preocupar se a soldado ainda estava viva... ou lamentar se não estivesse.

— Os Skeksis nos traíram — disse Naia para Kylan, para o caso de eles se separarem. — Nós temos que fugir. Temos que contar à Maudra-Mor!

— Deixei o Pernalta no rio — falou Kylan. — Um atalho, espero, se conseguirmos chegar a tempo!

Outra coisa precisava ser dita, e Naia fez questão de falar antes que fosse tarde demais.

— Sinto muito por antes — disse ela. Kylan a encarou e assentiu.

— Eu sei. Também sinto muito.

Um estrondo atrás deles os fez parar por um momento. Naia sabia, em sua mente, que parar e olhar para trás era a pior maneira de fugir, mas a reação foi por reflexo. Pela floresta, um monstro se aproximava, e a respiração enfurecida e odiosa, acompanhada pelo grito apavorante que ele deu, a fez ter certeza de que era skekMal. Gurjin segurou Naia de repente pelo cotovelo e a puxou para o lado, para o buraco de um pedaço de árvore caída. Kylan parou e os seguiu. Lá, na escuridão, eles ouviram os sons do monstro os caçando.

— Desculpem — pediu Gurjin, ofegante. — Tiraram muito de mim. Acho que não consigo correr.

— Então vamos esperar — disse Naia. — Vou chamar a Árvore-Berço, talvez ela possa nos esconder, nos ajudar a fugir.

Gurjin balançou a cabeça.

— SkekMal é implacável e é o mestre da Floresta Sombria. Se ele não for impedido, vai nos encontrar. Vai nos matar.

Lágrimas surgiram nos olhos de Naia.

— O que... o que você está dizendo? — ela perguntou, embora já soubesse a resposta.

— Nós não temos tempo. Faça um elo de sonhos comigo, agora!

Naia segurou as mãos do irmão quando ele as esticou e, de repente, todas as lembranças que viviam na mente dele caíram sobre ela.

CAPÍTULO 25

— Rian! Está aqui?

Rian? Conheço esse nome…

Naia… não, era a lembrança de seu irmão, ela era Gurjin agora. Ele empurrou com o ombro a porta do quarto que dividia com Rian. Ao olhar para o espaço apertado, ficou claro que metade pertencia ao Drenchen e que metade pertencia ao Stonewood. Enquanto os bens de Gurjin estavam espalhados em pilhas práticas de roupas, cordas e experimentos de escultura em metal com vliyaya, os de Rian estavam em montes ordenados: livros, papéis e algumas esculturas bem-feitas de madeira. A única coisa errada no lado de Rian no momento era Rian, andando de um lado para o outro, retorcendo as mãos. Ele era da idade de Gurjin, com cabelo castanho denso e pele escura, algumas contas de pedra penduradas em um cordão no pescoço. Ainda estava com o uniforme da noite anterior e voltou olhos exaustos e preocupados para o amigo quando ele entrou.

— Aí está você! — exclamou Gurjin. — O que deu em você? Todos estão procurando você e Mira desde que não compareceram para trabalhar hoje de manhã. Não parece justo que eu seja o único levando a culpa. Mas acho que costuma ser o contrário… Venha.

Gurjin segurou o amigo pelo braço, mas Rian se soltou tão de repente que Gurjin deu um pulo.

— Mira se foi — disse Rian, a primeira coisa que falou desde que Gurjin o encontrou. O Drenchen franziu a testa em resposta.

— Vocês dois não saíram ontem à noite e se meteram em confusão, não é? Pelo Olho de Aughra! Vou ter que ouvir para sempre se foi isso... — Gurjin parou de falar por causa do olhar perturbado de incompreensão que estava recebendo. Rian costumava ser cheio de vida, falador e expansivo. A mudança não era um bom presságio, e o coração de Gurjin despencou quando as palavras que Rian proferiu a seguir confirmaram o pior.

— Mira morreu.

Era inimaginável. Em choque, Gurjin só conseguiu perguntar:

— O quê?

— Os Skeksis — sussurrou Rian, arregalando os olhos, um calor finalmente surgindo neles, embora fosse um calor de medo. — Eles a levaram... ontem à noite, quando ela voltou do trabalho de vigia... Lorde skekTek a chamou para seus aposentos. Eu queria vê-la quando ela terminasse de falar com ele e fiquei esperando... mas ela não voltou. Quando fui até a sala dele para descobrir para onde eles tinham ido, eu vi... eu vi...

A voz de Rian ficou vazia, sem encontrar palavras. Sentindo-se meio tonto, Gurjin fechou a porta do quarto antes de voltar e sacudir o amigo de leve pelos ombros.

— O que você viu?

— Lorde skekTek a amarrou a uma cadeira — disse Rian. — Abriu uma janela na parede da sala... dava para o vão embaixo do Cristal. Estava ardendo intensamente. Tive que proteger os olhos. Eles a fizeram olhar para lá e... a sugaram. Não sei como. O rosto dela... os olhos... a vida foi sugada dela. Estava murchando como uma flor no sol.

Gurjin não queria ouvir o resto. Cobriu a boca e sentiu seu coração disparar. Rian continuou, sem conseguir parar agora que tinha começado.

— Eles sugaram toda a vida dela fazendo-a olhar para a luz do Cristal — disse ele. — E botaram a força vital dela em um frasco de vidro. Gota a gota. Roubaram a vliya dela e ela morreu, Gurjin!

— Você está mentindo — disse ele, apesar de não acreditar nisso. Rian não tinha motivo para mentir, principalmente não sobre algo assim. Gurjin balançou a cabeça, virando as orelhas com delicadeza, tentando entender tudo. — Os Lordes Skeksis... Eles não... por que Mira? Por que qualquer um?

— Não sei — falou Rian. — Mas estamos em perigo. Nosso pessoal está em perigo. Nós temos que contar à Maudra-Mor.

Gurjin concordou; essa parte era óbvia. A mente dele ainda estava girando pelo que Rian tinha contado, mas eles não precisavam ficar girando em círculos confusos, sem fazer nada.

— Sabe, ninguém vai acreditar em nós — disse ele. — *Eu* quase não acredito em você! Como vai convencer a Maudra-Mor de que os lordes, os *Lordes Skeksis*, fizeram isso? Eles só vão precisar nos chamar de mentirosos e vai ser nossa palavra contra a deles... Rian, se não tivermos provas, é nosso fim.

— Então vamos obter provas — propôs Rian. — O frasco com a essência de vida dela. Lorde skekTek levou. Se pudermos pegar o frasco, talvez possamos salvar Mira... talvez possamos levar como prova para a Maudra-Mor.

— Rian. Rian, Rian, *Rian*. Você ouviu o que disse? Isso é morte!

— A morte não vai ser se deixarmos que eles continuem? — insistiu Rian. — O que quer que eles estejam fazendo.

Gurjin andou de um lado para o outro, puxando os cachos, pensando. Tinham feito Mira olhar para o Cristal...

mas por que olhar para o Coração de Thra faria algo tão terrível acontecer? Os Skeksis eram os guardiões jurados do Coração de Thra, do Cristal da Verdade. Nem os guardas do castelo tinham permissão de entrar na Câmara do Cristal, onde ele ficava. Só os Skeksis podiam, uma vez por dia durante o ritual, entrar na câmara e olhar diretamente para o Cristal. Dava-lhes vida em troca de proteção.

O Cristal está rachado, disse Naia dentro do elo de sonhos, respondendo à pergunta na memória do irmão. *Eu o vi na câmara. Não é mais o Cristal da Verdade, o Coração de Thra. Está quebrado.*

É, respondeu Gurjin. *Mas nós não sabíamos disso naquela hora.*

O elo de sonhos mudou, o tempo passou, as lembranças se condensaram e passaram voando em imagens que a mente de Naia não conseguiu separar. Rian e Gurjin guardaram o segredo dos outros guardas e ficaram esperando uma oportunidade. Aos poucos, a quantidade deles foi diminuindo, guardas foram desaparecendo aqui e ali de diferentes alas do castelo. Quando sumiam, eles nunca mais eram vistos. Criaturas encantadas começaram a aparecer na floresta que cercava o castelo; até a floresta em si parecia enfeitiçada pelo que os Skeksis tinham feito ao Coração de Thra.

Os veios de cristal sempre correram pela terra, a voz de Gurjin disse no elo de sonhos. *Levando vida. Levando luz. Mas os Skeksis perceberam que podiam usar o poder dele. Quando isso aconteceu... quando eles viraram o Coração de Thra contra suas próprias criaturas... foi quando o Cristal começou a escurecer. Foi quando as sombras cresceram. Estão pervertendo o poder do Cristal e o escurecendo.*

Mais uma vez, Naia assumiu o lugar de Gurjin no sonho. Era o crepúsculo e ela estava correndo pela Floresta

Sombria. Alguém corria ao lado dela. Rian. Na mão dele estava um frasco de vidro, com uma rolha apertada sendo a única coisa impedindo que o precioso líquido azul lá dentro fosse derramado, fazendo sumir a única chance que eles teriam de convencer a Maudra-Mor da traição dos Skeksis.

A vliya?, perguntou Naia. *No frasco?*

Sim. Eles bebem como néctar. Dá vida a eles... a nossa vida. Agora que experimentaram, eles ficaram loucos por ela...

Atrás deles, os gritos dos Skeksis soavam agudos como os de um bando de corvos-morcegos, os ecos enfurecidos fazendo parecer que eles eram centenas.

— *Traidor!* — gritavam eles. — *Traidor do castelo! Traidor do Cristal!*

— Eles estão chegando! — gritou Rian. — Como uma coisa tão velha e tão grande pode ser tão *rápida*?

O coração de Gurjin batia com esforço no peito, e de repente suas botas afundaram em terra molhada; eles tinham chegado ao Rio Negro. Ali, o rio cortava a Floresta Sombria em um vale baixo e pequeno, e por um momento eles ficaram escondidos pela terra mais alta nas duas margens.

— Precisamos nos separar — disse Gurjin. — É o único jeito. Se formos encontrados juntos, seremos capturados juntos. Vá na frente e pegue o rio. Vou distraí-los pelo tempo que puder e depois o encontro em Pedra-na-Floresta.

— Eu sei o que você está fazendo, Gurjin, e não vou aceitar! — retorquiu Rian.

— Pare com isso! Nós só temos um frasco de vliya e você tem aliados em Pedra-na-Floresta. Acha que as pessoas têm mais chance de esconder um estranho do pântano de Sog ou um deles mesmos? Agora saia daqui, eles estão chegando!

Gurjin fez que ia empurrar o amigo na correnteza do rio, mas Rian segurou o gibão dele primeiro.

— Se você for pego, vou voltar para buscá-lo — disse ele. — Vou salvar você.

— Se chegar a esse ponto, você não vai poder me salvar — respondeu Gurjin e, conforme ouvia com o elo de sonhos, Naia reconheceu as palavras. — Se você voltar, vai se encontrar com a Maudra-Mor de mãos vazias, vai estar só quando se apresentar a ela. Seremos membros de um clã traidor e será questão de tempo até que os Skeksis busquem retribuição. Você é melhor líder do que eu e viu com os próprios olhos o que eles fizeram. É mais importante que você fuja. Agora, vá!

Com relutância, mas sabendo que o tempo era precioso, Rian assentiu e entrou no rio. Foi nessa hora que as garras e os berros dos Skeksis que os perseguiam chegaram à margem; eles surgiram na colina com seus mantos pretos de caça, seis deles, com os olhos ardendo de raiva; skekMal, o Caçador, na frente. Gurjin puxou a espada e eles partiram para cima, tão velozes e famintos que ele nem teve tempo de fugir do rio, de levá-los para longe do amigo. Quando skekUng, o General, o pegou nas garras esmagadoras, erguendo-o no ar com um grito gutural, Gurjin viu skekMal pular no rio, fazendo espuma nas ondas pretas enquanto perseguia Rian e o pequeno frasco de vliya azul.

— Sou eu, eu sou o traidor! — gritou Gurjin, procurando qualquer palavra que pudesse impedi-los de ir atrás do Gelfling no rio. — Vou contar para todo mundo que os Skeksis são vilões, vou virar todos contra vocês, contra o castelo...

— Quieto, Gelfling! — rugiu skekUng, sacudindo Gurjin com tanta força que os dentes dele bateram.

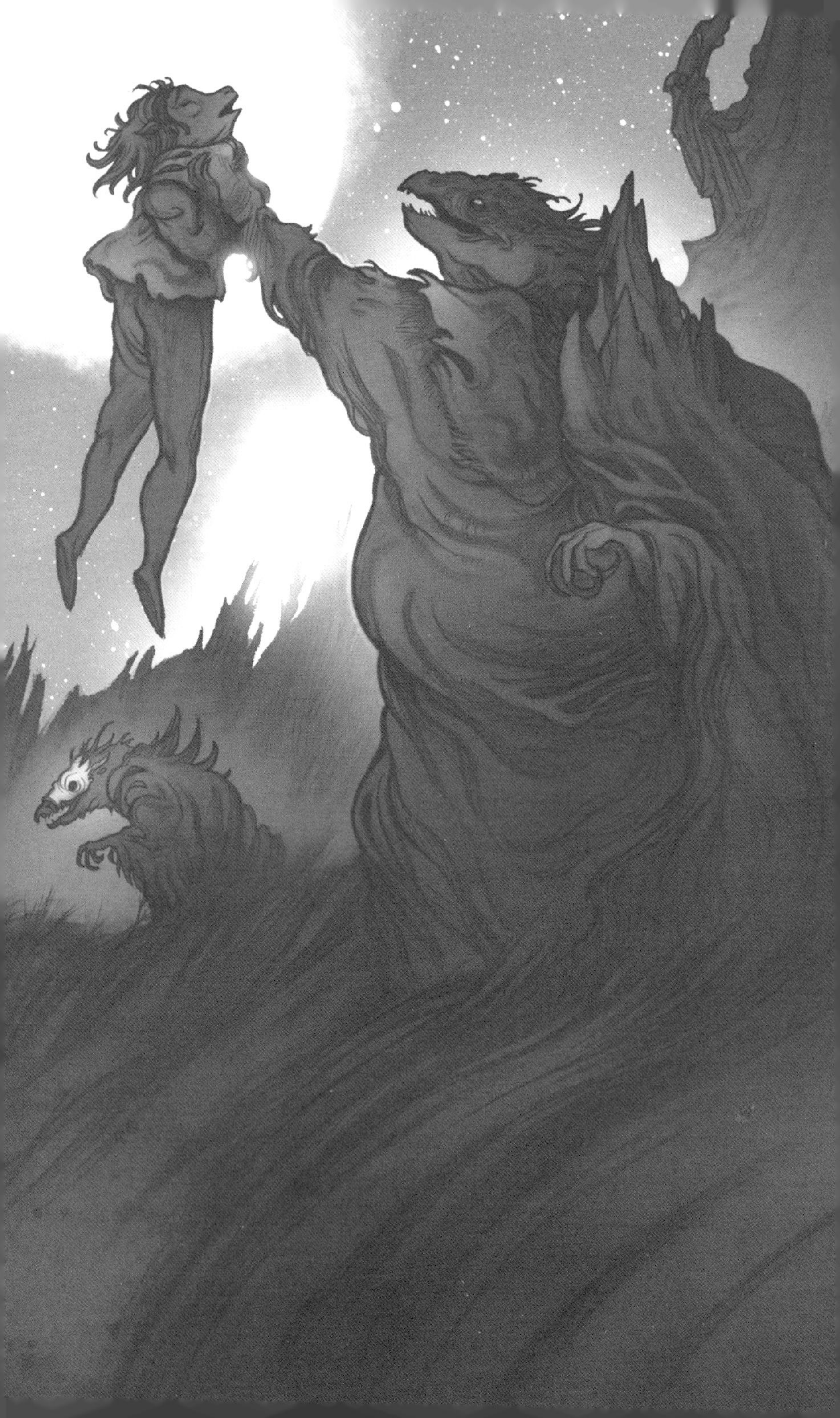

— Até a Maudra-Mor — ofegou Gurjin. — Seu poder vai acabar! *Esperem e vejam!*

Em uma onda de fúria, skekUng uivou de novo e bateu com a enorme mão em garra, como uma clava, na cabeça de Gurjin. Tudo ficou preto.

Rian fugiu, Naia lhe garantiu. *Ele mandou notícias, um recado para os nossos pais, querendo saber de você...*

Gurjin a interrompeu, mas ela sentiu alívio nas palavras dele.

Não temos tempo, disse ele. *Há mais um sonho que preciso compartilhar, apesar de ser um pesadelo.*

Quando Gurjin acordou, a cabeça latejava com uma dor que parecia pulsar por todas as partes do corpo maltratado. Até as pontas das orelhas e do nariz doíam, e quando ele abriu os olhos, sua visão estava borrada. Ele tentou se mover, mas não conseguiu; seus pulsos e tornozelos estavam presos em uma cadeira fria de metal. Ele fora imobilizado em um assento parecido com um trono em uma câmara cheia de correntes de ar que gemia com os sons da terra, como se ele estivesse muitos quilômetros no subterrâneo.

— Acordado — disse uma voz Skeksis atrás dele. — Bem na hora.

Lorde skekTek, o Cientista, atravessou a sala lentamente, puxando a manga por cima do braço artificial para poder alcançar a alavanca na parede. A garra de metal era a única coisa mais apavorante do que a biológica. Cintilava na luz fraca da câmara como um osso preto-prateado. Quando ele puxou a alavanca, um gemido e um estalo metálicos sacudiram a câmara. O painel na parede para a qual Gurjin estava virado começou a subir, e uma corrente de ar quente e seco surgiu. Embora erguido só um pouco, a luz vermelha vinda do vão de fornalha que estava atrás era ofuscante e queimava todas as outras imagens da visão já dificultada de Gurjin. Ele só ouvia Lorde skekTek grunhindo, puxando outra alavanca para soltar um braço de controle além do painel, dentro do poço. Gurjin sabia o que viria em seguida e lutou, tentando soltar os braços e pernas das garras de metal da cadeira.

— Os Gelflings sempre choramingam sobre não ver o Cristal — disse skekTek, ignorando as tentativas infrutíferas de escapar. A cadeira fora elaborada para prender um Gelfling, claro, e Gurjin sabia disso; ainda assim, não suportava a ideia de ficar passivo sabendo o que viria. Se ele não escapasse... Uma onda de pânico renovou seus esforços quando um *clang* alto ressoou dentro do poço de luz. Um refletor, um espelho preso por um longo braço de metal, estava aparecendo. Apesar de Gurjin fazer tudo que podia para afastar o olhar, o espelho começou a brilhar e depois zumbiu ao captar a luz do Coração de Thra escurecido mais ao alto. Seus raios o encontraram e sua canção o consumiu e ele não conseguiu afastar o olhar.

O Cientista soltou uma gargalhada engasgada de prazer quando seu prisioneiro parou de lutar.

— Não chore, Gelfling! — disse ele com desprezo. — Vai ver o Cristal *agora*.

— Espere!

SkekTek soltou um chiado alto e empurrou a alavanca para trás, para que o espelho desaparecesse de vista. Quando o reflexo da luz oscilou, Gurjin afastou o olhar, embora seu corpo ainda estivesse preso à cadeira horrível. Ele não conseguia ver atrás, mas a voz do Chamberlain era inconfundível.

— Espere! — gritou ele. — Espere, espere. O Imperador skekSo mandou esperar. Não esse. Guarde esse.

— Guardar? Por quê? — SkekTek não tinha retirado a garra da alavanca, pronto para empurrá-la de volta a qualquer momento. O Chamberlain soltou seu suspiro trêmulo.

— Esse aí... tem uma irmã... humm, uma gêmea. Um e um. Duas metades, mesma alma, sim? O imperador acha que vale a pena guardar até termos a irmã. Gelfling especial. Gelfling *raro*. Como nós. Duas metades, sim? Vale esperar, sim? Talvez essência especial. Talvez essência poderosa.

O aperto de skekTek na alavanca não vacilara no começo, mas agora ele apertou os olhos pensativo e andou na direção do Chamberlain, deixando a alavanca no lugar. O coração de Gurjin batia com tanta força que parecia capaz de libertá-lo da tira que prendia seu peito. Ele girou as orelhas para ouvir, para o caso de poder sobreviver. Ele não podia deixar que levassem Naia para lá... mas como poderia impedi-los?

— Entendo o que quer dizer, Chamberlain — disse skekTek. — Sim, agora entendo... Talvez a essência de Gelfling um-e-um possa reviver... o que perdemos desde a separação... Mas como trazer a outra aqui? A gêmea?

O Chamberlain soltou um ruído eufórico de expectativa.

— SkekSo tem um plano e skekSil vai botar em ação. SkekTek só precisa esperar. A gêmea virá, sim.

— E vamos sugar os dois. Bebê-los. Ah, sim, sim.

SkekTek riu, os passos ecoando quando se aproximou das costas da cadeira de Gurjin. Com gestos brutos, ele puxou Gurjin da cadeira. Gurjin lutou quando foi solto, mas não adiantava lutar contra o braço de metal imperdoável de skekTek. O Cientista segurou o soldado Drenchen de longe, como se ele fosse um animal selvagem, e andou pela sala cheia até soltar uma risadinha de euforia ao ver uma caixa de madeira com trinco de metal.

— Ei, me solte! — gritou Gurjin, chutando quando o bico de skekTek estava quase ao alcance de seu pé. Seu calcanhar quicou no focinho do Lorde, gerando um chiado de irritação. SkekTek jogou o prisioneiro na caixa e, quando tudo ficou escuro, um pânico violento tomou conta de Gurjin, que lutou com a pouca vida que ainda restava nele, segurando a abertura da caixa e gritando. O Chamberlain também gritou, e juntos os dois Skeksis empurraram Gurjin para dentro e fecharam o tampo da caixa.

A última coisa que Naia ouviu no elo de sonhos foi o clique do trinco pesado de metal trancando seu irmão na escuridão.

CAPÍTULO 26

Quando o elo de sonhos acabou, Naia sentiu as lágrimas molharem suas bochechas. Ela não sabia quanto tempo tinha passado, mas não se importava no momento. Com infelicidade, segurou a frente da túnica de Gurjin.

— Sinto muito — disse ela. — Sinto muito mesmo.

Ele a abraçou e beijou sua bochecha, embora ela sentisse no abraço que ele estava tremendo, mal conseguindo se manter de pé.

— Isso é o melhor que posso fazer por você — disse ele. — Encontre Rian e vá até a Maudra-Mor. Eu só vou atrapalhar. Se for meu destino perecer nesta floresta, prefiro que seja como herói e não como fardo.

— Não — respondeu Naia. Ela o sacudiu e se abaixou atrás das paredes do esconderijo quando uma explosão enorme soou, tão perto que caíram terra e insetos do tronco velho e podre. Eles correram quando outra explosão destruiu a árvore, os três separados na escuridão da floresta e nas nuvens de terra e casca de árvore. Em seguida, houve silêncio. SkekMal tinha sumido.

Naia andou de quatro até conseguir encostar as costas no tronco de uma árvore. Procurou Gurjin, Kylan, mas não conseguiu os encontrar no caos da floresta. Com o coração disparado, ela foi contornando a árvore, os olhos procurando, tentando encontrar o animal que os caçava. Se pudesse encontrá-lo, se pudesse impedi-lo... ou se pelo menos encontrasse Gurjin e Kylan, talvez eles pudessem escapar.

Naia se virou, o medo suplantado pela dormência quando ela sentiu o hálito familiar. Atrás deles, perto o suficiente para ela poder ver as veias rosa e vermelhas no branco dos olhos, estava skekMal, o Caçador, seus olhos acesos por trás da horrível máscara de osso.

Mais perto que nunca, agora vibrando com a empolgação da caçada, skekMal abriu os braços e sorriu com a bocarra cheia de dentes. Por um instante a chuva diminuiu, e como se pela primeira vez em muitos dias, as nuvens diminuíram o suficiente para que duas das Irmãs ficarem quase visíveis no céu. A luz delas caiu sobre skekMal em uma capa de azul sinistro, e ele virou a cabeça de forma que os buracos dos olhos da máscara ficaram ocupados por sombras.

— Gêmeos Gelfling, todos meus! — gritou skekMal, e pulou, mas suas garras só roçaram em pedaços da casca da árvore atrás da qual Naia estava escondida. Naia rolou e passou a mão pela vegetação molhada e lamacenta na esperança de encontrar uma pedra ou um galho, qualquer coisa que pudesse usar como arma.

— Ei, você!

Kylan, do outro lado de skekMal, balançou os braços antes de correr na direção oposta. Seu movimento chamou a atenção de skekMal, mas os dedos de Naia finalmente encontraram uma pedra grande e ela a jogou, acertando a têmpora do Skeksis. Rápido como um chicote, ele virou a máscara vazia para ela, e Naia encontrou uma nova pedra. Ela a segurou na mão enquanto skekMal andava em sua direção em seu terrível manto preto.

— Todos os Gelflings levados para o castelo têm que ser guardados para o Imperador skekSo — disse skekMal. — Mas skekMal encontrou jeitos. Só recebe a vliya de todos os Gelflings que chegam no castelo... Mas talvez nem todos os Gelflings *cheguem* ao castelo. Humm! *Rá!*

Um para o imperador? Um para skekMal... e, esta noite, *um e um*.

Ele sorriu, os dentes afiados e irregulares cintilando no luar, como se esperasse que Naia o parabenizasse pela inteligência. Ele deu um passo à frente e ela recuou, mantendo a distância entre eles mas levando-o para longe de Kylan. Se ao menos um deles escapasse com vida seria suficiente. Naia não queria morrer, não ali, naquela floresta horrível, mas precisava pensar na própria vida agora. Se pudesse ganhar tempo para Kylan... e onde estava Gurjin?

— Quantos de nós vocês... vocês pegaram? — perguntou ela. — Há quanto tempo os Skeksis nos traem? Há quanto tempo estão nos contando mentiras e depois... se *alimentando* do nosso povo?

SkekMal inclinou a cabeça e começou a andar de lado em volta dela, mexendo o pescoço nos ombros e grudando nela os olhos horríveis e famintos.

— O Cristal rachou — disse ele, dando de ombros como se estivessem tendo apenas uma conversa casual durante o jantar, com a diferença de que um deles queria comer o outro. — Foi acidente. Os Skeksis estavam cuidando dele, cuidando dos Gelflings. Como os Skeksis poderiam proteger os pequenos Gelflings se o Cristal rachou? Se estavam envelhecendo? Ficando fracos? Pequenos sacrifícios. Pagamento. *Propósito* dos Gelflings.

Era um sentimento sem remorso. A ideia de skekMal sugando sua essência de vida como um cálice de vinho no banquete deixou Naia enjoada.

Não, pensou ela. *Eu me recuso.*

Reunindo sua coragem, ela soltou um grito de guerra e atacou. Quando ele esticou o braço para pegá-la com a garra, como ela previa, ela saltou e caiu agilmente no pulso dele, subindo por seu braço esticado. Ele gritou e tentou pegá-la com as três outras mãos, mas ela já estava no ombro, depois nas costas, e usou as duas mãos para bater com a pedra no domo espetado do crânio. O golpe transformou os gritos agudos em um berro repentino e irregular, e skekMal tentou segurá-la quando ela bateu com a pedra uma segunda vez. A máscara no rosto dele rachou mais, partindo-se em três pedaços irregulares, e ela pegou um pedaço antes que caísse e o virou na mão livre como uma faca. SkekMal arrancou os outros pedaços do rosto antes que o cortassem, as beiradas afiadas rasgando a pele em volta da bochecha... e foi nessa abertura que Naia mirou, preparando-se para botar no ataque força suficiente para poder cortar a mão do Skeksis e acertar o olho vulnerável.

Quando ela ergueu o pedaço de osso e inspirou, um sopro de vento levou o que restava das nuvens no céu. Um luar vívido caiu sobre eles, e os olhos de Naia encontraram uma cicatriz nova feita na mão dura e escamosa do Caçador. Mesmo na escuridão, mesmo com seu coração batendo em um ritmo desesperado de sobrevivência, não dava para confundir. No formato distinto de X estava a marca que se parecia precisamente com o ferimento que urVa sofrera ao se soltar da maldição da Árvore-Berço.

A imagem confundiu Naia e essa foi sua ruína. Ela tinha contado três braços quando calculou a abertura, mas perdera o quarto de vista. Ele a agarrou por trás, envolvendo seu pescoço com os dedinhos quase do tamanho de dedos de Gelfling. Ela bateu na mãozinha preta com a pedra, e skekMal rugiu e a pegou com uma das garras maiores, grande o suficiente para segurar o pescoço, os ombros e também a parte de cima das asas. Naia largou a pedra e tentou cortá-lo com o pedaço de osso, mas ele segurou o pulso dela e imobilizou seu braço na posição erguida.

— Por que você tem essa cicatriz? — perguntou ela.

— Metades, metadinhas, meio e meio e metades — cantarolou skekMal, abrindo o bico com um estalo sinistro entre cada palavra, borrifando gotas de saliva faminta. Ela lutou contra o aperto, mas parecia ferro. Ela não sabia onde Kylan estava e só podia torcer para que tivesse escapado. SkekMal inclinou a cabeça em direção a ela e soltou um chiado longo e ávido, o odor de Gelfling no hálito dele ameaçando deixá-la inconsciente de repulsa.

— Quando brilham unicamente os sóis triplos. Metades, metades, metades...

— Um.

A palavra soou muito baixa, mas, quando saiu pelos lábios de Naia, fez skekMal parar em um silêncio trêmulo. Até Naia sentiu os arrepios, embora não os entendesse completamente; ela só conseguia pensar nas palavras de urVa:

Para tudo há outro...

— Não um — disse skekMal, virando a cabeça e a observando com desconfiança. Ele a apertou e a sacudiu. — *Não* um. SkekMal, eu. Só este. Não um!

— Você está conectado — disse ela, surpresa. — Para tudo há outro... você está conectado a urVa... Você é parte... *dele?*

O mundo tremeu quando skekMal gritou, jogando as mãos para o alto e levando Naia junto. Segurando-a no alto, ele inclinou a cabeça para trás, a bocarra terrível tão aberta na gritaria histérica que ela via a garganta rosa e roxa. Ela segurou o estilhaço de osso em uma das mãos, tentando não perder a luta apesar de saber que em segundos seria jogada na boca cheia de dentes; ela lutaria até o fim, sem dúvida. O cortaria por dentro se precisasse.

— NÃO ESTOU CONECTADO A NADA!

Um borrifo de baba e um ranger de dentes explodiram quando alguma coisa acertou a cara de skekMal. Ele largou Naia e ela rolou, ficando de pé, atordoada, tentando recuperar o equilíbrio. À sua frente, skekMal se debatia, segurando a cara com as duas mãos e gritando em gorgolejos frenéticos. Atrás dele estava Kylan, ainda paralisado na posição após arremessar a boleadeira que tinha acertado skekMal entre os dois olhos.

Por um momento, o corpo de Naia se encheu de fogo, e ela se preparou para atacar enquanto tinha chance... mas pensou na cicatriz na mão do Skeksis, na cicatriz que ele compartilhava com urVa pela ligação misteriosa que os conectava. O que aconteceria com urVa se ela enfiasse o pedaço de osso no tronco exposto de skekMal? E se acertasse seu coração feio e o matasse? Ela não suportou o pensamento e assim, quando finalmente encontrou Gurjin se levantando ali perto, ela correu até ele e o ajudou.

— Fuja — disse ela, e Kylan se juntou a eles. — Vamos fugir. Vamos sair daqui.

Eles correram, Naia ajudando o irmão e Kylan seguindo na frente, abrindo caminho. Naia só podia esperar que o senso de direção dele fosse correto o suficiente para guiá-los até o rio; depois de ser perseguida pelo Caçador e com as nuvens de tempestade ainda densas no céu, ela não tinha ideia de onde eles estavam e nem para que lado o Rio Negro ficava. A única coisa que sabia era que skekMal estava atrás deles e que eles estavam fugindo o mais rápido que conseguiam.

Os gritos distantes de skekMal pararam, deixando uma onda de silêncio.

— Ele está vindo — disse Gurjin. — Eu falei... não temos como escapar dele. Se ele tiver uma presa, vai persegui-la.

Naia queria resistir à ideia. Queria acreditar que o Rio Negro estava à frente e que a qualquer momento eles chegariam ao Pernalta e montariam nele até um lugar seguro. SkekMal era rápido, mas as pernas compridas do Pernalta deveriam ser mais rápidas. Mas os ruídos pesados dos passos enfurecidos vinham atrás deles, ficando mais próximos.

SkekMal os estava seguindo, e apesar de estar desorientado e ferido, Naia negligenciara a oportunidade que teve de acabar com ele. Agora, eles estavam pagando o preço. Ela esperava que compensasse.

— Se pudéssemos distraí-lo — disse Kylan, ofegante. — Ainda está longe. Não sei se vamos conseguir!

— Nós temos que conseguir — respondeu Naia. — Se não conseguirmos, não vai haver ninguém para contar para a Maudra-Mor... ninguém para avisar os outros!

Ela quase perdeu o equilíbrio quando Gurjin de repente se afastou dela. A névoa pesada que o envolvia estava quase sumindo, mas Naia sabia que levaria vários dias para ele voltar a ser como era... se voltasse. Mesmo assim, quando ele a encarou com expressão firme, ela soube o que ele ia dizer.

— Gurjin, não...

— Não consigo correr. Estou só atrapalhando. Mesmo que eu sobrevivesse, os Skeksis... eles sabem meu nome. Mas vocês dois... eles não conhecem vocês. Não sabem seus nomes, de onde vocês vêm. Não vão conseguir encontrá-los se vocês conseguirem chegar até Pedra-na-Floresta.

Naia segurou a mão do irmão e o puxou, mas ele não deu nem mais um passo. Kylan parou à frente, esperando, embora ela visse todos os músculos do corpo dele contraídos. Os grunhidos e gritos elaborados de skekMal estavam se aproximando... mesmo ferido, ele os encontraria logo.

— Gurjin, pare com isso. Nós vamos sair daqui juntos. Juntos ou nada!

— Eu estarei com você — disse ele. — Quando fizemos o elo de sonhos... eu mostrei tudo que sei. Mais do que você viu... você vai ver um dia. Quando precisar de mim. Eu estarei com você. Encontre Rian. Ele está com o frasco. Ele tem a prova.

Naia balançou a cabeça, segurou a mão dele e a manga quando ele se virou, indo em direção ao som da movimentação de skekMal.

— Corra e viva — falou ele. E lançou um último olhar para trás. — Por nós dois agora.

A sombra que era skekMal surgiu da floresta, jogando várias árvores menores para o lado. Kylan segurou Naia e eles pularam na vegetação, rolando e sumindo de vista.

— GELFLING! — gritou skekMal. — *CADÊ A QUE TEM ASAS?*

Naia sentiu lágrimas escorrerem por suas bochechas enquanto Kylan mantinha a mão sobre sua boca para impedir que o choro fosse ouvido. Ele lamentou sem parar, em silêncio e por elo de sonhos. Ela ouviu a voz de Gurjin; ele tossiu e riu com ironia. Controlando-se apesar do pânico e do sofrimento pelo que Gurjin ia fazer, ela espiou pelas plantas. O irmão estava na frente de skekMal, as costas eretas, se afastando lentamente de onde ela e Kylan estavam escondidos.

— Foi embora — disse ele. — Foi embora para longe daqui e você nunca vai pegá-la.

— Mentiras — rosnou skekMal. Ele se agachou, seguindo o Drenchen, apoiado nos dois braços da frente, os espinhos no manto subindo como penas. — Você mente. SkekMal sente o cheiro deles, perto. Muito perto. O que Gelfling vai dizer se skekMal o pegar e comer aqui mesmo? Gelfling de asas vem voando salvá-lo!

— Melhor não — murmurou Gurjin, mudando a postura. — Prefiro que Gelfling com asas voe até Ha'rar e conte à Maudra-Mor sobre tudo isso. Vamos ver quantos Gelflings skekMal vai farejar, hein? Sem essência de Gelfling? Com que rapidez skekMal vai murchar e morrer?

SkekMal soltou um grito ensurdecedor e bateu com a garra, acertando Gurjin com a força de uma árvore caindo e o lançando no ar. Ele acertou com força o tronco de uma árvore enorme e caiu de cara nas folhas e na terra, sem se mover em seguida. SkekMal admirou seu trabalho por um instante e soltou uma gargalhada rosnada. Quando Naia achou que Gurjin tinha encontrado seu fim, ele se mexeu. Levantou-se e soltou outra gargalhada.

— SkekMal mata esse e depois mata os outros — rosnou skekMal.

— Ela já foi embora. Você não tem como impedi-la agora.

As palavras eram amorosas, determinadas. Por mais que Naia não suportasse a ideia de deixá-lo, ela sabia que, se ficasse, o sacrifício dele seria por nada. Ninguém saberia da traição dos Skeksis se a jornada deles terminasse ali. Ninguém saberia que o Cristal estava quebrado, sangrando em desespero pelos veios que chegavam a todos os cantos de Thra. Seu coração se partiu com a certeza do que ela tinha que fazer.

Para salvar seu povo, ela precisava deixar o irmão.

— Não — disse ela, mas a verdade já estava enraizada.

Ela sentiu outras palavras nos lábios, embora não tenham sido pronunciadas (*obrigada, sinto muito*), e as mãos de Kylan em seus braços, levando-a para longe. Ela foi sem protestar. Folhas e galhos arranharam suas bochechas e ombros, ainda molhadas como tudo; o chão estava enlameado, as plantas escorregavam com as algas e as bochechas de Naia brilhavam com as lágrimas que deixavam uma trilha de água salgada para trás durante a fuga.

A vegetação rasa se abriu e revelou uma visão familiar: o Rio Negro, tão tranquilo como sempre, serpenteando pela Floresta Sombria em direção ao norte. Ao lado de uma árvore havia um Pernalta. O Pernalta de Tavra, ao que parecia, pois ainda estava com sela e arreio. A visão do animal encheu Naia de novo remorso pela Gelfling que o montava, que continuava nas mãos dos Skeksis no Castelo do Cristal, isso se ainda estivesse viva. Naia soltou um grito de angústia e sentiu a dor tomar conta de seu coração ao pensar nos Gelflings na torre, murchos e fracos e com a essência sugada, seu paradeiro desconhecido de todos.

E Gurjin...

— Suba! — disse Kylan. Ele estava de pé nas rédeas do Pernalta, subindo até as costas altas. — Suba! Nós temos que ir!

— Gurjin — falou ela, mas isso foi tudo que ela conseguiu dizer, o resto da frase perdida na dor. Sem conseguir subir porque o sentimento a sufocou, ela só pôde se segurar às rédeas e deixar que Kylan a puxasse para trás dele. Não conseguindo segurar as lágrimas, ela encostou o rosto nas costas de Kylan quando ele balançou as rédeas, sufocando os soluços no capuz pesado da capa. Com um trote cada vez mais rápido, o Pernalta seguiu a orientação e eles saíram em disparada pela margem do rio, debaixo de um céu que clareava lentamente com o nascer dos Três Irmãos.

CAPÍTULO 27

Naia sonhou com um céu azul aberto, repentinamente partido por um choque de fogo ofuscante. Cortou os céus como uma espada flamejante e foi só porque ela estava sonhando que o calor da luz não queimou seus olhos. Acima, no zênite do céu, a luz branca, rosa e roxa dos Três Irmãos pulsou quando eles se alinharam, um na frente do outro, se mesclando – um – e se separando depressa, como se empurrados do céu um pelo outro. Eles se separaram na descida, cada um indo para baixo do próprio horizonte com um brilho verde. O céu, então, ficou mais escuro e ainda mais, e em vez de milhares de estrelas nos braços dele, Naia só contou sete, espalhadas no aro de Yesmit, o Olho de Aughra.

Era uma lembrança, ela sentiu por instinto; mas não sabia de quem. Seria um elo de sonhos com Kylan, um vislumbre de uma das muitas canções coloridas que ele tinha armazenadas na memória? Talvez uma canção fosse assim para um contador de canções, esse espetáculo sublime e incrível... Ou quem sabe fosse um elo de sonhos com a própria Thra, a terra viva abaixo e ao redor, uma lembrança marcada na força vital que vinha dela. Essas perguntas ficaram sem resposta, mas o significado ficou claro: a noite estava chegando, o inevitável, e a escuridão logo os alcançaria.

Quando acordou, Naia viu galhos grossos sustentando um telhado de sapé coberto de trepadeiras e folhas de três pontas. Filetes espiralados e amontoados de mirtilos pendiam da folhagem verde, lhe trazendo uma vaga lembrança de casa. A cabeça estava parcialmente afundada em um travesseiro macio e uma colcha feita a mão, com verdes e vermelhos da floresta, estava puxada até seus ombros. Era manhã (ou dia, talvez). Havia quanto tempo ela estava dormindo? Tentando pensar com clareza, ela só conseguiu se lembrar do trajeto frio nas costas do Pernalta, e sua garganta e seu peito doíam das centenas de pedidos de desculpas que ela sussurrou e das centenas de lágrimas que derramou. Depois disso, não se lembrava de nada.

Ela ouviu vozes e se sentou, levando a mão à testa quando sua visão dançou com o movimento. Estava com um curativo aqui e outro ali e seu corpo latejava de dezenas de hematomas e pequenos cortes, mas de um modo geral ela estava inteira... ou mais. Dobradas com delicadeza nas costas, as asas pareciam um manto, macias por serem novas, mas já mais encorpadas do que quando apareceram. Ela as abriu e apreciou a sensação ao mesmo tempo estranha e familiar.

Uma caixa de madeira ocupava a maior parte do quartinho aconchegante, e o restante de seus pertences estava cuidadosamente arrumado em cima. Naia saíra de Sog com a bolsa do pai, cheia de suprimentos para a longa viagem até Ha'rar. Agora, ali estava ela, longe da casa do norte da Maudra-Mor Gelfling, só com um par de sapatos Spriton e o pedaço de osso que tinha quebrado da máscara do Caçador... *Lorde skekMal*. Isso era tudo; nem a túnica com que partira estava ali, era provável que tivesse sido descartada depois de tantas manchas e rasgos que sofreu. Naia sentiu lágrimas surgindo de novo e botou as mãos no rosto ao se dar conta de que a faca de Gurjin também não estava mais ali, perdida no fundo do fosso do castelo e, com ela, o restante do irmão que ela provavelmente poderia ver. Mas, assim como foi com Gurjin, ela perdera a adaga para sobreviver, por mais que desejasse que tivesse sido diferente.

Ela abriu as cortinas pesadas da janela e levou um susto. Do lado de fora, viu dezenas, talvez centenas de moradias de pedra cinzenta com janelas redondas, organizadas em um crescente em volta de um lago azul e límpido. Naia nunca tinha visto tantas casas em um lugar só, nem vira moradias de Gelfling daquele tipo. Muitas tinham, em seus telhados, flores do tamanho de duas mãos juntas, vermelhas e cor-de-rosa e laranja; algumas até se projetavam do lago em si, todo cercado pela folhagem densa da floresta. Entre, ao lado e até no centro de algumas casas havia árvores enormes, assim como nas ruas estreitas. A copa superior gerava sombra e era decorada com lanternas, cordas e entalhes antigos na casca. As casas eram entremeadas com as árvores, o vilarejo e a floresta uma coisa só. Aquilo ali só podia ser um lugar.

Houve uma batida leve na porta e ela ajeitou o vestido claro em que a vestiram antes de mandar o visitante entrar.

— Kylan!

Naia o abraçou assim que ele entrou, apertando com força para que Kylan soubesse que a segurança dele era muito importante para ela. Suas lágrimas voltaram a sair quando ela viu a forma peluda e escorregadia no ombro dele. Neech, tremendo de alegria, subiu e desceu pelos braços dela e a encheu com uma mistura de gorjeios e simpáticos beijos de focinho e bigode. Ela o segurou e beijou suas orelhas, sentando-se na cama com alívio.

— Senti tanto medo de ter perdido você também, pequena enguia. Seu danadinho! Fiquei preocupada.

— Ele nos alcançou depois que atravessamos o rio — disse Kylan. Ele enfiou a mão na manga e tirou um embrulho de pano pequeno. — Com isto.

Naia sabia o que havia dentro do pano felpudo mas, mesmo assim, mais lágrimas vieram a seus olhos quando ela abriu o embrulho e viu a adaga de Gurjin. Parecia uma coisa tão idiota para se preocupar, principalmente depois de ela ter se resignado com a perda do objeto. Ela a carregara por tanto tempo com ressentimento – ou fé? – que mal lembrava se no final a adaga tinha dado sorte ou não.

— Kylan — disse ela. — Você nos trouxe até Pedra-na-Floresta?

O amigo cruzou os braços e olhou para os pés.

— Eu não seria um grande contador de histórias se não conseguisse achar o caminho da casa de Jarra-Jen, não é?

Eles ficaram em silêncio, e Naia olhou seu reflexo na lâmina polida da faca de Gurjin. Ela sentia falta dele. Foi a única coisa em que conseguiu pensar naquele momento. Conseguira salvá-lo, mas agora ele se fora. Era uma dor que ela não conseguia compreender, um sentimento maior que ela, grande demais para segurar de uma forma que ela pudesse controlar. O máximo que podia fazer agora era torcer para que não ficasse tão grande a ponto de sufocá-la. Gurjin dera sua vida por ela, de vontade própria, e esse era o único fato que a impedia de se dissolver em lágrimas de remorso. Ela não se arrependeria do sacrifício dele.

— Obrigada... Onde estamos? Quer dizer, sei que aqui deve ser Pedra-na-Floresta, mas de quem é esta casa? Os donos sabem quem somos? Estamos protegidos dos Skeksis?

Kylan respondeu à pergunta dela com um sorriso e um aceno. Ele estava animado com algo, mas estava esperando. Era quase como se não quisesse contar para ela.

— Sim — disse ele. — Esta casa... é do Rian.

— Rian?! Você já o encontrou?

Kylan levantou as mãos para acalmá-la.

— Não, não! É a casa da família dele. Eu os encontrei quando chegamos ontem à noite. Ele não mora em Pedra-na-Floresta, mas fez contato com a família. Contou tudo para eles, e eles acreditaram. Ele falou para eles esperarem Gurjin. Quando chegamos aqui e falei que você era irmã de Gurjin, eles ajudaram. E me contaram onde Rian está. Eu ia encontrá-lo mais tarde.

Naia cruzou os braços e sentiu as asas tremerem de desconfiança.

— Se você sabe onde Rian está e vamos vê-lo hoje; então, por que está triste?

Seu amigo olhou pela janela e puxou uma trança. Ele não estava triste, ela percebeu. Era relutância. Ele confirmou isso quando falou.

— Você perdeu seu irmão. E perdeu sua amiga Tavra. Passou por muita coisa. Não acho justo você ter que fazer isso tudo em uma noite e seguir em frente na tarde seguinte. Você merece tempo para lamentar... Eu achei que talvez quisesse ir para casa, para Sog.

Naia pensou na rede, nos pais e nas irmãs, no calor da Grande Smerth. Na segurança escondida e isolada do coração de Sog. Queria aquilo tudo, queria ficar cercada daquilo, fechar os olhos e ser levada para longe do que tinha visto na Floresta Sombria, no Castelo do Cristal... no sonho. Queria puxar seus próprios cobertores acima da cabeça e se agarrar às lembranças de antes de Gurjin ir embora, de antes de Tavra aparecer. De antes de ela saber o que estava acontecendo no mundo fora do pântano. De antes de ela ver as sombras altas e negras lançadas pelos Lordes Skeksis de Thra.

Ela abriu os dedos e colocou as mãos no colo, com as palmas para cima. Por mais que quisesse voltar e se agarrar com força aos dias do passado, isso não mudaria as estações, nem os Irmãos e as Irmãs. E não impediria que os Skeksis executassem seu plano. O único jeito de ter certeza de que poderia voltar para casa, o lugar que a protegera por tanto tempo, era deixar o passado para trás e se agarrar ao possível futuro.

— Eu quero ir para casa — disse, empertigando as costas. Ela sentiu as asas tremerem com determinação e soube que estava tomando a decisão correta. — Mas saí de Sog para me encontrar com a Maudra-Mor. Tavra me encarregou de entregar uma mensagem... e foi capturada me protegendo, assim como ao resto de nosso povo. Não quero que o sacrifício dela e nem o de Gurjin sejam desperdiçados. Nosso povo ainda está em perigo.

Naia pegou a faca de Gurjin e desceu do consolo quente da cama para ficar ao lado do amigo. Seus pés estavam doendo, mas ela suportaria. Ela tinha bons sapatos Spritons, afinal. Não teria sido possível chegar tão longe com as sandálias feitas de casca de árvore. Ela sofria de pensar no quanto teria sido horrível e impossível.

— Eu quero ir para casa e vou... mas ainda não. Vamos arrumar as coisas e nos encontrar com Rian para decidir o que fazer.

Naia esticou a mão para Kylan. Ele continuava relutante, mas algo em seu sorriso também demonstrava alívio. Ele segurou a mão dela e apertou.

Por cima do ombro de Kylan, Naia viu seus sapatos sobre a cômoda e ficou satisfeita com o quanto tinham aguentado. Os sapatos percorreram campos e terras altas, tropeçaram em vegetação da Floresta Sombria e abafaram seus passos no Castelo do Cristal. Tudo isso e ainda estavam inteiros. Naia ficou feliz por isso. Haveria muitas outras léguas antes que eles pudessem ser aposentados.

GLOSSÁRIO

boleadeira: pedaço de corda amarrada em formato de Y, com pedras presas em cada uma das três pontas. Usada como arma, a boleadeira pode ser girada ou arremessada, permitindo que o portador capture sua presa.

daeydoim: criaturas de seis pernas habitantes do deserto, com grandes escamas dorsais e cascos largos. São frequentemente domesticadas por nômades do deserto.

fizzgig: carnívoros pequenos e peludos nativos da Floresta Sombria. Às vezes são criados como animais de estimação.

hooyim: uma das muitas espécies de peixes coloridos e saltadores que migram em cardumes grandes pela costa Sifa. Costumam ser chamados de joias do mar.

maudra: literalmente, "mãe". A matriarca e sábia de um clã Gelfling.

maudren: literalmente, "os da mãe". A família de uma maudra Gelfling.

muski: enguias voadoras com penas, comuns do pântano de Sog. Os bebês são muito pequenos, mas os adultos nunca param de crescer. O muski mais velho conhecido era, supostamente, da largura do Rio Negro.

ninet: cada uma das nove estações orbitais de Thra, provocada pela configuração dos três sóis. Os arcos em que Thra fica mais longe dos sóis são os ninets de inverno; os arcos em que Thra está mais próxima são os ninets de verão. Cada ninet dura aproximadamente cem trines.

Pernalta: animais de pernas longas e cascos, comuns nas planícies Spritons.

swoothu: criaturas voadoras como besouros peludos, com padrões estranhos de sono. Muitos agem como mensageiros para os clãs Gelfling em troca de comida e abrigo.

ta: bebida quente feita da mistura de água fervente com especiarias.

Três Irmãos: os três sóis de Thra — o Grande Sol, o Sol Rosado e o Sol Morrente.

Três Irmãs: as três luas de Thra — a Lua Azul, a Lua Pérola e a Lua Escondida.

trine: período orbital de Thra se movendo em torno do Grande Sol, equivalente a cerca de um ano terrestre.

unamoth: insetos perolados de asas grandes que trocam de pele a cada *unum*.

unum: tempo que a maior lua de Thra leva para dar uma volta completa, equivalente a cerca de um mês terrestre.

vliya: literalmente, "fogo azul". Essência da vida dos Gelflings.

vliyaya: literalmente, "chama do fogo azul". Artes místicas dos Gelflings.

APÊNDICE

OS CLÃS GELFLINGS

VAPRA

Animal símbolo: unamoth
Maudra: Mayrin, a Maudra-Mor

O clã Vapra é uma raça bonita de cabelos brancos, pele clara e mulheres de asas translúcidas. Considerado o mais antigo dos clãs Gelflings, os Vapras residem em povoados nos penhascos ao longo da costa norte, e sua capital é Ha'rar. A maudra Vapra, Mayrin, também é a Maudra-Mor, líder matriarca de todos os clãs Gelflings. Os Vapras têm a habilidade da camuflagem; sua vliyaya concentra-se na magia da mudança de luz, o que permite que eles se tornem quase invisíveis.

STONEWOOD

Animal símbolo: fizzgig
Maudra: Fara, a Cantora de Pedras

Esse clã é um povo antigo e orgulhoso que mora nas terras férteis perto e dentro da Floresta Sombria. Eles fizeram sua principal moradia em Pedra-na-Floresta, o lar histórico de Jarra-Jen. Muitos Gelflings Stonewoods foram guardas importantes no Castelo do Cristal. São agricultores, sapateiros e artesãos de ferramentas. São inventivos, mas pastorais; como seu animal símbolo, são pacíficos, mas ferozes quando ameaçados.

SPRITON

Animal símbolo: Pernalta
Maudra: Mera, a Costureira de Sonhos

Rivais ancestrais do clã Stonewood, os Spritons são uma raça guerreira que habita as colinas ao sul da Floresta Sombria. Com uma terra tão fértil para plantar e criar famílias, o território desse clã se espalhou e cobriu o vale em vários povoados. Incluídos entre os mais aguerridos guerreiros da raça Gelfling, os Spritons muitas vezes foram convocados para servir como soldados para os Lordes Skeksis e como guardas no Castelo do Cristal.

SIFA

Animal símbolo: hooyim
Maudra: Ethri dos Olhos de Pedras Preciosas

Encontrados nos vilarejos costeiros ao longo do Mar Prateado, os Sifas são pescadores e navegantes habilidosos, mas muito supersticiosos. Exploradores por natureza, são competentes na batalha, mas distinguem-se verdadeiramente em sua capacidade de sobrevivência. A vliyaya Sifa concentra-se em introduzir a magia Gelfling da sorte em objetos inanimados; os amuletos Sifas encantados com diversos feitiços são muito desejados por viajantes, artesãos e guerreiros de todos os clãs.

DOUSAN

Animal símbolo: daeydoim
Maudra: Seethi, a Pintora de Pele

Esse clã reside em navios de areia – construções espantosas de osso e cristal que navegam o Mar do Cristal como embarcações marítimas. Resilientes, mesmo no clima árido do deserto os Dousans prosperaram. Sua cultura é encoberta e silenciosa a ponto de ser inquietante, sua linguagem é feita de sussurros e gestos, e suas histórias de vida são contadas nas complexas tatuagens mágicas pintadas em seus corpos.

DRENCHEN

Animal símbolo: muski

Maudra: Laesid, a Curandeira da Pedra Azul

O clã Drenchen é uma raça de Gelflings anfíbios que vive no pútrido Pântano de Sog, no limite mais ao sul da região Skarith. Mais gordos e mais cabeludos que o restante de sua raça, os Drenchens são poderosos em combate, mas geralmente preferem viver reservados. Embora seja um dos menores clãs Gelflings, os Drenchens têm o maior sentimento de orgulho de clã; são leais uns aos outros, mas mantêm-se o mais longe possível dos outros clãs.

GROTTAN

Animal símbolo: hollerbat

Maudra: Argot, a Dobradora de Sombras

Uma raça secreta e misteriosa que vive na perpétua escuridão das Cavernas de Grot. Gerações vividas nas sombras os deixaram com uma extrema sensibilidade à luz – além de olhos totalmente negros, que enxergam no escuro, e ouvidos que captam até o mais fraco dos ecos. Dizem que o clã Grottan tem menos de três dezenas de Gelflings, e sua expectativa de vida é inigualável, três ou quatro vezes maior que a dos outros Gelflings.

Leia também:

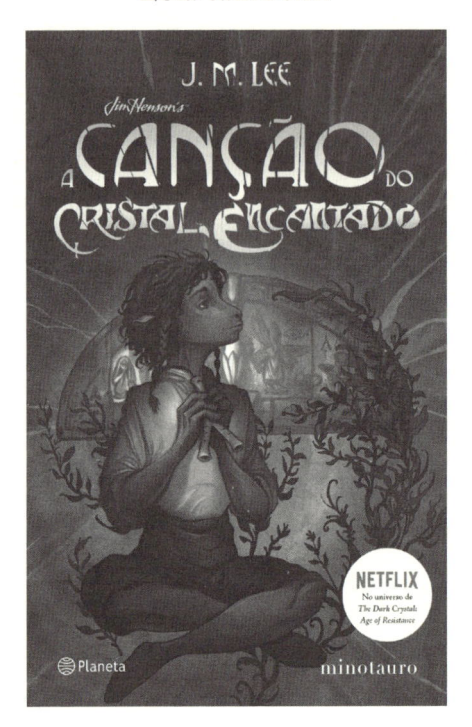

Acreditamos
nos livros

Este livro foi composto em Dante MT Std e impresso pela Gráfica Santa Marta para a Editora Planeta do Brasil em julho de 2019.